KB124297

어둠 속의 비행 소년들

어둠 속의 비행 소년들

마츠무라 료야 지음
조아라 옮김

할배책방

1

'가퇴원'이라는 글자가 눈에 들어왔을 때, 자연스럽게 '병원'을 연상했다. 마음속에 소용돌이치는 불안이 감기 초기 증상인 노곤함과 닮아서 그럴지도 모르겠다. 하지만 실제로 내가 있었던 곳은 소년원. 그 어떤 병도 앓지 않았다. 어디 다친 곳도 없다. 죽고 싶을 정도로 촌스러운 쥐색 상하 운동복을 입고 우두커니 서 있다.

가퇴원식.
넉 달 동안의 소년원 생활에 마침표를 찍는 의식.
바깥세상에 있던 남사친들이 "체육관에서 했는데 구경

거리가 된 느낌이었어."라며 농담조로 말했지만, 내 경우에는 원장실이었다. 출원하는 우리 말고 다른 재원자는 없다. 평소처럼 운동장에서 뺑뺑이를 돈다. 남자소년원과 여자소년원은 다른 걸까. 아니, 단순히 장소 문제일지도 모른다.

입원식 이후 처음 원장실로 들어간다. 고급스러워 보이는 책상과 스테인리스 사무용 선반. 최근에 개축한 모양인지 벽은 눈부실 정도로 하얀 광택을 뿜어낸다. 정면 창문 위에는 라미네이트로 가공된 '가퇴원식'이라고 적힌 종이가 붙어 있다. 말할 땐 '출원'이라고 하지만 정식 명칭은 '가퇴원'인 모양이었다. 오늘 나 말고 두 명이 더 출원한다. 정렬하는 우리 앞에는 체격이 다부진 초로의 원장이 서 있고, 그를 중심으로 법무 교관이 양쪽으로 열 맞춰 나란히 섰다.

남성 법무 교관이 목소리를 높였다.

"결의 발표!"

숨을 들이켜고 한 발 앞으로 나와 외친다.

"나, 미즈이 하노는 이날을 맞아 감사함으로 가슴이 벅찹니다. 과거, 타인에게 민폐만 끼쳤던 저는 이곳에서의 생활을 통해 제가 얼마나 많은 이에게 도움을 받아왔는지 통감했습니다. 배운 것을 가슴에 새기고 사회에 보답할 수 있도록 정진하며 살겠습니다."

출원이 결정됐을 때부터 사전에 연습을 거듭하며 달달 외운 내용이다. 문장으로 써서 교관에게 제출했을 때 교관이 "정말 그렇게 생각하고 있어?", "구체적으로 말해줄래?"라며 몇 번이나 집요하게 몰아가는 통에 우물쭈물하다가 꾸중을 들었다.

"사회로 나가면 일반준수사항인 '일정한 거주지에서 지내며 건전한 직업에 종사할 것', '선행을 유지할 것', '범죄성이 있는 자 또는 행실이 불량한 자와 교제하지 않을 것', '거주지를 옮기거나 장기 여행을 갈 때는 사전에 보호관찰사에게 허락받을 것'과 특별준수사항인 '이른 시일 안에 취직하여 끈기 있게 일할 것', '매월 보호사와 면접을 가지며 보호사의 조언에 따를 것', '가출 및 무단 외박을 삼갈 것'을 지키겠습니다. 만약 이를 위반할 시에는 소년원으로 되돌아와도 이의 없습니다. 출원 후에는 비행에 발을 담그지 않고 건전한 삶을 살도록 애쓰며 열심히 살겠습니다. 지금까지 감사했습니다."

암기한 내용을 토씨 하나 틀리지 않고 끝내자, 교관이 힘차게 박수 쳐주었다.

퇴원하는 다른 두 명에게도 결의 표명과 준수사항을 이어서 재확인한다. 그것이 끝나자 마지막으로 원장이 악수를 건넨다.

"진정한 갱생은 지금부터 시작이야."

신세 진 교관들과도 악수했다. 이것으로 가퇴원식이 끝났다. 옆에 있던 여자아이는 울었다.

가퇴원이라, 속으로 중얼거렸다.

몇 번을 읊조려봐도 '가'라는 한 글자가 목구멍 안쪽에 걸린 잔가시처럼 아프다. 하지만 어쩔 수 없다. 법률로 정해진 거라고 배웠다. 소년원을 나간 후에는 보호관찰 아래에서 생활하며, 준수사항을 지키지 않으면 소년원으로 되돌아온다.

앞으로의 생활을 생각하자 심장이 꽉 조여드는 기분이 들었다. 입원 초기에는 당장에라도 나가고 싶었는데 오늘 아침에는 밥이 목구멍으로 넘어가질 않았다.

퇴실하려고 발걸음을 돌렸다. 그때, 원장실 안쪽에 서 있던 숙모와 삼촌이 눈에 들어왔다. 지금까지 눈치채지 못했다. 오시지 않을 거라고 단념했었다. 두 분의 눈에 눈물이 맺혔다. 그걸 보자, 내 눈시울도 또다시 타들어 가듯 뜨거워졌다. 눈물 같은 건 나오지 않을 거라고 달관했었는데 제방은 허무하리만치 쉽게 무너졌다. 굵직한 눈물방울이 뺨을 타고 흐른다.

"감사했습니다……!"

원장실 문 앞에서 나는 다시금 교관들에게 머리를 숙였다. 꼴불견일 정도로 떨리는 목소리에 나조차도 놀랐다. 하지만 감사한 마음뿐이라고 진심으로 생각했다.

입원했을 때는 교관들이 고압적으로 보였지만, 그 이면에는 우리를 향한 다정한 마음이 있었다는 걸 깨달았다. "반성하고 있습니다."라고 말만 그럴 듯이 늘어놓는 내게 집요하게 "구체적으로 뭘 잘못했지?", "다른 사람들은 잘 살고 있는데 왜 넌 선로에서 벗어났다고 생각하니?"라는 논리적인 말로 내 생각이 얼마나 어리석은지 인식시켜 주었다. 삼촌과 숙모에게 편지를 쓰지 못하는 내게 아낌없이 책을 빌려주었고, 오탈자까지 바로잡아 주었다. 구제 불능이던 나를 바른길로 인도해 주었다.

다신 돌아오지 않겠어, 라고 스스로에게 굳게 되새긴다. 다시 돌아와서 그분들을 마음 아프게 만들고 싶지 않다.

실망을 안겨주기 싫다. 내가 달라졌다는 걸 증명하고 싶다.

그리고 무엇보다 내 인생을 위해서.

난 여자소년원 원장실에서 달라지겠다고 진심으로 결의

했다.

그 마음에 한 점의 거짓도 없었다.

——그랬는데.

——두 달 후인 7월. 난 감기약을 한입에 삼키며 오버도즈(overdose)를 한다.

——아, 전부 될 대로 되라지.

• • •

"이 일, 적성에 안 맞는 거 아니야? 너한테 어떤 일이 적성에 맞는지는 모르겠지만 말이지. 아무튼, 이 정도로 일을 익히지 못하는 사람은 처음이거든."

어째서 스도 점장의 목소리는 온몸에 착 달라붙는 것처럼 들리는 걸까.

이자카야의 뒷문 앞에서 나는 고개를 숙인 채 연신 '네, 네'라고 기운 빠진 대답을 반복하고 있었다. 주문 전달 실수, 서빙 실수, 예약 전화를 받을 때 예약자의 전화번호를 묻지 않기——흔히들 하는 실수를 한 번씩 다 훑은 결과 단골을 격분하게 했고, 지금에 이르렀다.

단골인 미조바타 씨는 첫 맥주만큼은 생맥주가 아니라

굳이 병맥주를 주문한다. 그리고 여성 점원에게 따르게 한다. 가게에서 근무를 시작하고 처음 그 요구를 받았을 때 매뉴얼에 없어서 거절했는데,

"다른 점원들은 해준다."

미조바타 씨가 말해서 얼떨결에 술을 따르고 말았다.

"쓸데없는 짓 하지 마."

그 현장을 본 점장이 내게 화를 낸 게 두 달 전. 하지만 기고만장해진 미조바타 씨는 일주일에 한 번 올 때마다 나를 불렀다. 점장이 가르쳐준 대로 거절하면

"지난번엔 해줬잖아."

하며 혀를 찼다. 올 때마다 부르더니 끝내 팔을 붙잡길래

"지랄 좀 그만 떨어!"

힘껏 뿌리쳤다. 그랬더니

"손님한테 이게 무슨 태도야."

불같이 화냈다.

점장의 담배 쩐내가 진동하는 한숨이 내 얼굴을 미적지근하게 어루만졌다.

"그야, 뭐. 매뉴얼에는 없지. 여긴 유흥업소가 아니니까. 나도 저딴 아저씨들 싫어. 하지만 손님이잖아. 그런 건 슬며시 팔을 빼면서 죄송하다고 하면 되는 거거든. 내 말이

틀려?"

틀렸다고 말하지 못했다.

사회인이 된 지 두 달밖에 안된 나는 무엇이 그른지 판단이 서지 않는다. 이게 사회생활의 상식이야, 라고 말하면 그대로 받아들이는 수밖에 없다.

실제로, 내가 일하는 이자카야에는 이런 부류의 손님이 많다.

나고야의 번화가——사카에 중심지에 자리한, 저렴한 가격을 특장점으로 내세운 이자카야다. 닭꼬치구이는 한 개에 90엔, 생맥주는 한 잔에 250엔, 하이볼은 230엔. 퇴근하는 길에 가볍게 한잔 걸치려는 회사원이나 대학생이 주요 고객층이다.

내가 주문을 받으러 가면 남성 손님이 재밌단 얼굴로 묻는 경우가 많다.

"뭐야, 아직 고등학생이야?"

"맞아요."

내가 대답하면 무슨 이유에서인지 좋아하며

"진짜 JK[1]네."

---

1 여고생(じょしこうせい)을 알파벳(Joshi Kosei)으로 적고 그 앞머리를 딴 약어.

동료들과 웃는다. 한술 더 뜨는 놈들은 연락처를 묻는다.

온몸을 구석구석 두루 핥는 듯한 시선을 눈치챈 순간 사고회로가 얼어버린다.

나는 깜짝 놀라며 뭘 하려던 중이었는지 잊고 만다.

내 근무시간이 끝날 때까지 스도 점장의 설교가 이어졌다.

"벌써 열 시야?"

스마트폰을 보면서 말한다.

"가도 돼. 열여덟이잖아."

그 말에 담긴 조롱은 눈치채지 못한 척한다.

18세——많은 이가 고3 신분으로 학교에 다니는 나이.

"고맙습니다. 내일부턴 열심히 할게요."

"그 말, 벌써 몇 번째인지 알긴 아냐?"

모멸하듯 코웃음을 친 점장에게 머리를 숙인 나는 뒷문을 통해 탈의실로 향했다.

매일 쌓여가는 무력감. 비참해서 죽고 싶어졌다.

• • •

마음이 괴로울 때면 늘 태백산의 기억이 떠오른다.

내 고향 센다이에 있는 태백산은 해발 고도가 320미터다. 산기슭에서 보면 진짠가 싶을 정도로 반듯한 삼각형의 자태를 취하고 있다. '센다이의 후지산'이라고도 불리는 것 같은데 나는 고향의 또 다른 아이가 부르는 것처럼 '삼각산'이라고 불렀다.

관광안내서 등에 초등학생도 오를 수 있는 산이라고 소개되어 있지만, 길이 꽤 험준하다. 벽과 다름없는 길을 기어오르는 일도 있다.

생각해 보면 당시 초등학교 1학년이었던 내게는 가혹한 도전이었다. 평소에는 일하느라 집에도 제때 들어오지 못하는 아버지가 웬일로 휴가를 얻어서 나는 학교를 쉬고 아버지와 등산에 도전한 것이다.

"괜찮아? 힘들면 쉬어가자."

아버지는 내 손을 꼭 잡고 몇 번이나 말을 걸어주셨다.

"괜찮아."

그때마다 나는 우겼다.

"난 아빠와 엄마의 딸이니까."

그러자 아버지는 흐뭇하신 듯

"좋아, 힘내라."

하시며 머리를 쓰다듬어주셨다.

"하노는 강한 아이야. 그래, 맞아. 우리 딸이니까."

도중에 힘들어졌을 때도 나는 다리를 계속 움직였다.

정상에 도착했을 때, 몸속 깊은 곳에서 솟구치는 충동을 그대로 실어 외쳤다. 산기슭을 향해 크게 외치자, 지금까지의 고생이 안개처럼 스르륵 흩어졌다.

"자, 그럼."

한껏 소리를 내지른 나를 보고 아버지는 웃으신다.

"엄마에게 줄 토산품을 사서 돌아갈까?"

나는 아버지의 손을 잡고 힘껏 고개를 끄덕였다.

——생각해 보면 그것이 인생에서 가장 행복한 시간이었다.

태백산에서 돌아가는 길, 지면이 갈라질 듯한 기세로 흔들렸다.

2011년 3월 11일. 밀어닥친 쓰나미는 눈 깜짝할 사이에 내가 사는 마을을 집어삼켰다. 우리는 센다이역까지 겨우 당도했고, 그제야 사태의 심각성을 차차 이해하기 시작했다. 심장이 멈출 듯한 불안에 시달렸다. 엄마가 집에서 기다리고 있을 게 분명했다. 아버지는 날 꽉 끌어안고 "괜찮을 거야."라고 말하면서도 떠셨다. 그길로 가까운 초등학교로 피난한 우리는 집에 있을 엄마와 연락이 되지 않는 사실에 망연자실했다.

엄마의 시신은 찾지 못했다. 재난 이후 아버지는 연안에 있는 잔해들을 치우면서 엄마를 찾았다. 3년이 지나도록 엄마를 찾지 못한 현실을 받아들이자 아버지는 환상 속에서 엄마를 찾아 헤매게 되었다. 매일 밤 술이 떡이 될 정도로 마시고는 게슴츠레한 눈으로,

"이렇게 취해 있을 때 만났어."

"엉망진창이 되었을 때 나타나줬어."

라고 말했다. 나도 처음에는 받아주었지만, 언젠가부터 으스스한 공포를 느끼기 시작했다.

중2 겨울, 아버지는 정원 나무에 밧줄을 매달아 엄마 곁으로 떠났다.

나만 살아남고 말았다.

14세가 된 나는 나고야에 있는 삼촌 댁에서 지내게 되었다. 따뜻하게 맞아주셨지만, 아무래도 얼굴을 거의 본 적 없는 조카와 함께 살아야 하니 당혹스럽기는 했겠지. 매일 밤 식탁에서는 서로의 거리감을 확인하는 듯한 침묵이 여러 번 일어났다. 난 그분들의 배려를 온전히 받아들일 여유가 없었다.

고1 여름, 성적이 떨어진 나는 밤중에 외출하는 일이 잦

아졌다. 처지가 비슷한 아이들을 만나 음주나 오버도즈를 시작했다. 무단 외박을 반복했고, 고등학교에서는 퇴학당했다. 몇 차례나 경찰에 계도되었지만 그럼에도 끊지 못했다. 처음에는 감별소[2]에 갔었고, 두 번째에는 소년원행이 결정되었다.

우범 행위——소년원 송치가 결정된 소년심판 자리에서 그러한 설명을 들었다.

범죄로 치부하기에는 부족한 비행 행위. 심야 외출이나 무단 외박 등이 해당한다. 또 예를 들면 미성년자의 음주나 매춘은 미성년자 본인에게는 벌칙 규정이 없으나 우범 행위에 해당한다. 경우에 따라서는 보호 대상이 되어 보호 처분을 받는다.

다행히 소년원은 넉 달 동안의 단기 입소였다. 출원일이 다가오던 어느 날, 면회 온 삼촌과 숙모에게 전했다

"더는 폐 끼치기 싫어요. 보증인은 제가 찾을게요."

"신경 쓰지 않아도 돼."

라고 말씀하셨지만, 피곤한 기색이 역력한 표정을 보니 도저히 기댈 수 없었다.

---

2 관찰 및 보호조치 대상으로 송치된 소년을 교정 교육하는 곳으로, 한국은 소년분류심사원으로 개칭함.

앞으로는 실패하지 않겠다고 가슴에 새기며 18세가 된 나는 독립하기로 결심했다.

음식점을 경영하는 사장이 보증인이 되겠다고 나서주었다. 사회복지 일환으로 소년원 출원자의 보증인이 되어주는 기업이 존재한다. 거주지와 직장을 모두 제공한다. 정말이지 고마운 이야기였다.

사장은 여성이었는데,

"나도 젊었을 때 사고를 좀 쳤거든."

첫 면담에서 쾌활하게 웃어준 것이 인상적이었다.

"잘 부탁드립니다."

나도 즉시 대답했다. 여러 개의 음식 체인점을 운영하는 대기업이었다. 처음에는 호시가오카에 있는 작고 예쁜 카페를 희망했지만, 인원 조정 결과 이자카야로 배정받았다.

그것이 패착이었다.

근무 첫날 깨달았다──아버지의 모습이 플래시백 된다는 것을. 근무 중에 만취한 손님을 볼 때마다 뇌리를 스쳐 지나간다. 성적인 농담을 들었을 때는 한층 격렬해진다. 술에 찌든 상태로 먼저 떠난 엄마의 이름을 반복해서 부르던 아버지의 모습.

그걸 떠올리면 사고가 정지되어 내가 지금 무슨 일을 하던 중인지 잊어버린다. 손님 응대 중에 실수를 반복하면 점장이나 주위에 있던 사원들이 모멸에 찬 시선을 보낸다.

——도대체 난 어디서부터 꼬여버린 걸까.

울고 싶어지는, 마음이 무너져가는 나날을 보내고 있었다.

• • •

사카에에서 돈 없는 젊은이들이 모이는 장소——나고야 시민이 그런 질문을 받는다면 대부분 몇 군데가 퍼뜩 떠오를 것이다. 이케다공원, 오아시스 21, 야바공원, 나고야고속도로 고가도로 밑. 예전에는 니시키의 상업시설 거리가 가장 유명했지만, 지금은 폐쇄되었다.

이자카야에서 일을 마친 내가 향하는 곳은 그와 비슷한 장소. 사카에역에서 그리 멀리 떨어져 있지 않은, 화단이 쭉 깔린 게 전부인 작은 공원이다.

7월의 밤은 찐득한 여름 무더위로 가득 차 있다. 기분이 엿 같아서 화단 가장자리에 쪼그리고 앉아 약국에서 판매하는 감기약을 열 알 정도 입에 물고 미네랄워터로 꿀꺽 삼켰다. 점점 머리가 멍해진다. 졸음과 만취 사이에서 꿈을 꾸는 듯한 느낌은 왠지 모르게 기분이 좋다. 오버도즈. 술에 취하는 것보다 나는 이쪽이 더 좋았다. 술을 마실 때 경찰 눈에 띄면 신분증을 내놓으라고 끈질기게 요구한다.

밤 11시. 사고회로가 돌아가지 않는 머리로 근처 러브호텔에서 나오는 커플을 쳐다보고 있으니 실소 섞인 목소리가 들렸다.

"벌써 했어?"

"여자 혼자 OD를 하면 어떡하냐. 위험하게."

미키와 아리사. 내 친구다.

미키는 나보다 세 살 많은 여대생. 커다란 검은 리본이 달린 복숭아색 블라우스에 체크무늬 프릴 스커트를 입고, 검은빛이 반짝이는 굽 높은 펌프스를 신고, 작은 가방을 양손으로 안고 있다. 신주쿠의 셀카 찍는 여자를 완벽하게 따라 했다고 한다. 최애인 콘카페[3] 점원에게 칭찬을 들은 후로 계속 『피엔계[4]』니 『지뢰계[5]』니 하는 앳됨을 전면에 내세운 패션을 고집한다. 성격은 그 옛날 센 언니의 대명사 갸루에 가깝지만.

---

3 콘셉트 카페

4 훌쩍훌쩍, 흐잉~ 등을 남발하며 스스로를 가련한 소녀로 어필하는 사람을 지칭함.

5 겉으로는 평범해 보이나 막상 사귀어 보면 문제가 많은 여자를 뜻함.

아리사는 나보다 두 살 어리다. 고등학교에 재학 상태인 것 같지만, 다니질 않아서 고등학생이라고 말하기도 뭣하다. 한 사이즈 큰 검은 티셔츠를 헐렁하게 걸쳤고 밑에는 쇼트 팬츠를 입었다. 작은 체구와 보이시한 쇼트커트 덕에 얼핏 보면 초등학생으로도 보인다. 가출 중. 지금은 SNS로 알게 된 남자의 집에서 머무는 모양이다.

이 공원에는 우리 같은 아이들이 곧잘 모인다. 남자든 여자든 편의점에서 산 싸구려 술이나 과자를 둘러싸고 지루한 이야기를 하염없이 엮어나간다. 주변 어른들도 이해하는 편이며, 종종 여자들만 모여 있으면 파파카츠[6] 제안이 들어온다.

"너, 얼마니?"

——**블루마에.**

그곳이 내 도피 장소.

누군가가 멋대로 이름을 붙였다. 공원 옆에 있는 새파란 러브호텔 '블루가든'에서 유래했다. 신주쿠의 '도요코[7]', 오

6　원조교제 신조어.

7　도쿄 가부키초의 '도호 빌딩 옆'의 줄임말로 이곳에 모이는 아이들을 '도요코 키즈'라고 부름. 이들은 음주, 약물, 성매매 등 각종 위험에 노출되어 있음.

사카의 '구리시타[8]'처럼 이름이 없으면 틱톡에 올릴 동영상 해시태그가 마땅치 않다. '**#블루마에 부근**'이라고 쓰자 같은 장소를 이용하는 사람들이 댓글을 달아줘서 괜스레 기분이 좋아진다.

우리는 근래 거의 매일 밤 모였다. 화단에 걸터앉은 내 앞에 미키와 아리사가 웅크려 앉는다. 각자의 손에는 이미 빨대가 꽂혀 있는 스트롱제로[9]와 몬스터[10]가 들려 있다. 오는 길에 이미 마신 모양이다.

"또 점장한테 깨졌어?"

미키가 내 머리를 쓰다듬어주었다.

"확 때려치우지? 하노가 불쌍해."

"솔직히 당장 관두고 싶어. 하지만 사장이 보증인이고, 회사 기숙사에서 지내고 있으니까 맘대로 관둘 수도 없어."

미키가 "헐~."이라며 수긍했고, 아리사가 "망했네."라며 깔깔 웃었다.

퇴직하면 분명 사원기숙사에서 지낼 수 없게 된다. 독립

---

8   오사카 도톤보리의 상징인 '글리코 간판 아래'의 줄임말로 방황하는 아이들이 다리 아래쪽에 모임.

9   산토리에서 발매하는 츄하이.

10 에너지 드링크.

하겠다고 선언한 지 얼마 되지도 않았는데 결국 삼촌과 숙모에게 의지해야 한다는 게 내키지 않았다. 더는 민폐를 끼치고 싶지 않다.

게다가 사원기숙사 위치가 꽤 마음에 든다. 신사카에 쪽에 있기 때문에 사카에에서 도보로 갈 수 있어서 아무도 사생활에 간섭하지 않았다. 그래서 내가 밤이면 밤마다 새벽이슬이 내릴 때까지 이 '블루마에'에 있다는 건 알려지지 않았다.

"어떻게든 되지 않겠어?"

아리사가 녹아내릴 듯한 달콤한 목소리로 말한다.

"하노는 귀여우니까 어떻게든 될 거야. 아리사도 지금 꽤 행복하거든?"

"남친한테 버림받을까 봐 걱정 안 돼?"

"가끔 다투긴 해도 그냥저냥 지내. 아, 다음에 데려와도 돼? 간섭이 꽤 심하거든. 남자랑 만나는 건 아닌지 불안하다나 뭐라나."

그녀는 계속해서 독신남(28세)과의 동거생활을 적나라하게 들려주었다. 스마트폰의 사용내역을 전부 체크하더니 남자 연락처를 모조리 삭제한 일. 성행위는 주 3회이며 침을 뱉어주는 걸 좋아하는 마조히즘이라는 것. 요리를 해주면 좋아하지만, 아리사가 할 줄 아는 건 고기양념볶음뿐이라는 것.

"전 남친한테 배운 게 그것밖에 없어."

라고 변명했더니 불같이 화를 내서 지금은 집에 돌아가기 뻘쭘하다는 것.

불평인지 자랑인지 모를 지루하기 짝이 없는 이야기에 적당히 '너무하네'나 '이해해' 등을 섞어 맞장구를 치고 있으니 성질머리 더러운 내 마음이 독을 뿜어냈다.

—어떻게든 된다고?

——되긴 뭐가 돼.

입 밖으로는 꺼내지 않았다.

미키도 같은 생각인 모양인지 차분한 눈빛을 보낸다. 아마도 눈치챘으리라. 아리사의 동거 생활은 오래가지 못했다. 정신이 똑바로 박힌 남자라면 열여섯 짜리 여자아이를 집에 재우지 않는다.

하지만 우리는 아무 말도 하지 않았다. 타인의 사정에 일일이 관여하지 않는다.

지루하게 이어지는 아리사의 이야기를 들으며 시간을 때우고 있으니 이윽고

"뭐, 잘 지내볼게."

대수롭지 않다는 듯 말하며 아리사는 남자의 집으로 돌아갔다.

미키는 다 마신 스트롱제로 캔을 찌그러뜨리면서 중얼거렸다.

"아리사도 힘들겠어."

"그러게."

남자 혼자 사는 집을 전전하며 지내는 건 도저히 따라할 수 없다. 아리사에게는 미안하지만, 미래가 밝아 보이지 않았다.

"하노는 진짜 어쩔 거야? 일하는 데랑 안 맞지?"

"……어. 죽을 것 같아."

"하노도 지금 나랑 같이 갈래?"

파파카츠를 같이 하자는데——솔직히 매춘이다.

미키는 일상적으로 만나는 남자가 너덧 명 있고, 호텔에서 한 번에 5만 엔 이상 받는 것 같다. 미키는 그 돈을 거의 전액, 최애인 콘카페 점원에게 갖다 바친다.

월급이 17만 엔인 나로서는 꿈만 같은 사치 행각이다.

"미안, 패스. 결심이 안 서."

"응, 그래."

미키도 억지로 권하지는 않았다. 하지만 재수 없다는 듯한 말투는 묻어나왔다. 거절은 곧 자신의 행위를 모독한 것이라고 느낀 모양이다.

나는 미키에게서 시선을 돌려 가방에서 감기 정제 약을 움켜쥔다.

"그 짓 좀 그만해. 그러다 진짜 죽는다?"

미키가 엄한 목소리로 말했다.

"내가 아는 사람 중에 눈이 샛노랗게 변한 놈도 있어. 황달이래. 간이 망가지면 그 꼴 나는 거야. 죽기 직전에 바로 입원했잖아."

감기약을 과잉섭취 하는 게 건강에 좋을 리 없다. 머리로는 안다.

"괜찮아, 조금만."

나는 고개를 가로저었다.

"현실은 가혹하네."

"저기, 린쿠 씨 알지?"

물론이지 하고 고개를 끄덕였다.

이 일대에서 린쿠 씨를 모르는 이는 없다. 블루마에는 치안 부대를 자칭하는 '창선회(蒼船)'라는 팀이 존재한다. 린쿠 씨는 그곳 리더다. 공원에 오는 이들에게 다정하게 대하는데, 지금도 공원 가장자리에서 신참자의 고민을 듣는 중이다. 이렇게 말하는 나도 '창선회'사람들에게 애로사항을 털어놓은 적이 있다.

"린쿠 씨한테 받았는데."

미키는 뭔가를 꺼냈다.

내용물이 보이지 않는 새까만 봉투.

"차라리 이걸 하는 게 어때? 안전하고 중독성도 적은 허브래. 하지만 약발을 제대로 받는 사람도 있는 모양이니까 처음에는 집에서 해. 알겠지?"

몸에 꼭꼭 숨겨 비밀스럽게 건네는 바람에 더는 미키의 호의를 무시할 수 없어서

"고마워, 진짜 감사."

라고 대답하며 받았다. 검은 봉투를 조용히 쥐어본다. 메마른 소리가 났다. 위법일까. 합법일까. 궁금했지만 그 이상은 아무 생각도 할 수 없었다.

"일하는 건 좀 어떠니?"

세토구치 씨 앞에서 나는

"네, 익숙해져서 괜찮아요."

웃으며 대답한다. 그것 말고 무슨 대답을 하면 좋을지 알 수 없었다.

"그럼, 다행이고. 마음이 놓이네."

세토구치 씨는 둥그스름한 볼에 손을 대고 고개를 갸웃거린다. 버릇인 모양이다. 적당히 살이 붙은 볼이 짓눌려 납작하게 늘어났다.

"그 왜, 하노 짱은 아직 열여덟이잖아? 솔직히 이자카야가 어떤 곳인지도 잘 모를 텐데 괜찮을까 걱정 많았거든."

세토구치 씨는 50대 중반의 보호사다. 포동포동한 몸매에 눈빛이 다정한 여성이다. 예전에는 고등학교 선생님이었다고 한다. 결혼을 계기로 퇴직하고 아이들이 어느 정도 컸을 때 자원봉사 활동으로 보호사를 시작했단다.

"처음엔 너무 힘들었어요. 느닷없이 소주 이름을 말하는데 뭔지 전혀 감이 안 왔거든요. '탄타카탄'[11]같은 것도 몰랐으니 완전 멘붕이었죠."

"아아, 확실히 그렇겠네."

"칵테일은 더 가관이에요. '키티'라든가 '블랙 디 아이' 같은 건 메뉴에 없는데 당연하다는 듯 주문하는 사람이 꽤 많거든요. 난처해서 점장한테 말했더니 있다는 거예요. 완전 어이없지 않아요?"

오버하면서 이야기에 흥을 돋우자 세토구치 씨가 아하

---

11   홋카이도산 차조기 소주.

하 하며 소리 내어 웃었다. 실제로 점장이 했던 말은 한숨
이 뒤섞인 "그 정도는 좀 외워라."였지만.

그럴싸하게 이야기를 꾸며내면 어른들은 안심했다는 듯
그 이상 추궁하지 않는다.

무위한 시간을 때우기 위한 토크는 언제부터 특기가 돼
버렸을까.

보호기간 중에는 2주에 한 번꼴로 세토구치 씨와 만나
는 것이 의무사항이었다. 내가 세토구치 씨의 집으로 가
든지, 세토구치 씨가 내가 사는 집으로 오든지. 원하는 쪽
을 고르면 된다고 해서 전자를 선택했다. 시간대는 이자카
야에서 일하기 전인 오후 2시. 세토구치 씨의 자택을 매번
방문해 정리 정돈이 잘 된 거실에서 정성스레 준비하신 밀
푀유를 기다렸다는 듯 맛있게 먹으며 대화를 나눈다.

"다행이야. 하노 짱이 별 탈 없이 잘하고 있는 것 같아
서."

내 근황을 다 들은 세토구치 씨는 평온한 표정으로 커피
잔에 입을 갖다 댔다.

내 기분도 따뜻해짐과 동시에 죄책감이 생겼다.

"실제로는, 역시나 좀."

세토구치 씨가 목소리의 볼륨을 낮췄다. 헛헛한 듯 눈을

내리깐다.

"결국 원으로 돌아가는 아이도 많으니까."

"그러게요."

"퇴원한 아이가 다시 검거되는 비율이 통계에 나와 있거든. 계속 증가 추세야. 최근 몇 년은 아주 조금 줄었다고 해도 말이야."

법무 교관에게도 배운 내용이었다. 소년원에서 나와도 5년 안에 다섯 명 중 한 명은 소년원이나 교도소에 들어가고 만다.

참고로 교도소의 5년 이내 재입소 비율은 세 명 중 한 명을 넘는다.

새 출발이 어려운 사회——라고 겁을 주었다.

세토구치 씨는 살짝 끄덕였다.

"하노 짱은 열심히 살렴."

"네."

"하지만 너무 잘하려고 애쓸 필요 없어. 무슨 일 있으면 꼭 상담하고."

만약——뇌리를 스쳤다.

——상담하면 어떻게 될까?

——어렵게 찾은 일자리마저 "그만두고 싶어요."라고 말

하면?

결론은 정해져 있는 느낌이 들었다. 어이가 없겠지. 포기하겠지. 그야 내가 세토구치 씨라면 그럴 테니까.

"거짓말했어요. 전에 놀던 애들과 만나 밤새워 놀고 새벽에 기어들어 가는 생활을 반복하고 있어요."

눈앞에 있는 어린 녀석이 이렇게 고백하면 틀림없이 경멸하겠지. 지금 장난하냐고 질책하겠지.

일반준수사항은 지금도 낭독할 수 있다.

——'범죄성이 있는 자 또는 행실이 불량한 자와 교제하지 않을 것'

블루마에의 두 친구에게는 미안하지만, 미키와 아리사가 '행실이 불량한 자'에 해당하는 것은 의심할 여지가 없다. 가퇴원 두 달 만에 가차 없이 어겼다.

"……사실대로 말하면 소년원으로 끌려갈 게 뻔해."

"무슨 말 했니?"

작게 중얼거린 나를 본 세토구치 씨가 의아해한다.

"아무것도 아니에요."

고개를 가로젓고는

"무슨 일이 생기면 상담할게요."

억지 미소를 짓는다.

"응, 이렇게 케이크라도 먹으면서 말이야."

세토구치 씨는 끄덕였다.

나는 케이크가 정말 맛있다며 재빨리 화제를 돌렸다. 어디서 샀냐고 물으며 다시 이야기꽃을 피운다. 세토구치 씨가 내민 사진을 보며 깜짝 놀라는 리액션을 덧붙인다.

나는 그렇게 착한 아이를 계속 연기한다.

대외적으로는 착한 아이로 통한다.

• • •

난 소년원에서 나오자마자 '자살'을 생각했다.

이자카야에서 일하는 게 치명적으로 적성에 맞지 않았다. 점장이 경멸하듯 쳐다보면 사라져 버리고 싶다. 한 번 '일머리 없는 녀석'으로 낙인찍히면 뭘 해도 미덥지 않게 보이는 모양이다. 실수할 때마다 "쓸모없는 놈."이라며 한숨을 내쉰다.

일도 제대로 못 하는 주제에 사원기숙사에서 지내는 게 부끄러워서 다른 입주자들과 제대로 말을 섞은 적도 없다. 방에 틀어박혀 게임하며 시간을 때웠다.

일하기 시작한 지 1주 차에는 피부가 뒤집어지기 시작

하더니 이마에 특대형 뾰루지가 생겼다. 2주 차에는 휴일에 게임하며 놀 기력조차 없어졌고, 4주 차에는 불면증에 걸리고 말았다. 약국에서 산 일반의약품용 수면제는 효과가 좋아서 무심코 많이 먹어버린다. 1회 복용량의 세 배나 되는 양을 먹고 아침까지 기절한다. 오버도즈라는 말은 SNS의 타임라인에서 알게 됐다. 메틸에페드린이나 디히드로코데인이 함유된 감기약이 괜찮은 모양이다. 가게 앞에서 대량 구매하면 점원이 눈여겨보기 때문에 인터넷으로 구매한다. 열 알 정도를 한꺼번에 삼켜서 뇌를 망가뜨린다. 언젠가 간에 이변이 생길 테고 최악의 경우에는 죽는다. 그런 리스크도 알고 있지만 끊을 수가 없다.

정신을 차려보니, 예전에 자주 가던 공원으로 자연스럽게 걸음을 옮기고 있었다.

내가 소년원에 들어가기 전부터 친구였던 미키는 언제나 블루마에 화단에 있다.

"오랜만이네. 일 끝나고 오는 길이야?"

나를 발견하더니 웃는다.

"뭐? 소년원 출신? 대박."

옆에서 신참인 아리사도 맞아주었다.

달려들 듯 미키를 껴안자 자연스럽게 눈물이 흘러넘쳤다.

"많이 힘들었지."

머리를 쓰다듬어주는 미키의 손끝에 확실한 윤곽이 느껴진다.

이러니저러니 해도 결국 내게는 블루마에가 최고의 안식처일지도 모른다.

• • •

미키에게 받은 검은 봉투는 정말 도무지 버티기 힘들 때 열자고 결심했는데, 사흘 후에는 하루하루가 버티기 힘들다는 것을 깨달았다. 그야 그렇다. 점장에게 매일 잔소리를 듣고, 여전히 근무 중에 실수가 잦다. 세토구치 씨에게 '감자를 좀 받았는데 줄까?'라는 평온하기 그지없는 메시지가 도착했다. '감기약을 정량의 다섯 배나 먹어서 식욕이 없다'고 답장을 보내면 어떤 표정을 지을까.

칼로리메이트와 크림현미블랑의 빈껍데기가 쌓여 있는 지저분한 방에서 미키에게 받은 검은 봉투를 꺼냈다.

허브를 빠는 건 처음이 아니었다. 소년원에 들어가기 전에 블루마에에서 다른 아이가 권해서 이미 해봤다. 처음에는 전용용지를 돌돌 말아서 빨았는데 담배 끝부분만 갈면 된다는 걸 배운 후부터 한층 수고가 줄었다.

밤 23시에 아르바이트를 마친 나는 콧노래를 부르면서 봉투를 개봉했다.

봉투 안에는 쪽지 한 장이 들어있다.

엥? 하고 얼빠진 목소리를 내며 봉투를 거꾸로 들고 흔든다. 하지만 허브 같은 것은 떨어지지 않는다. 일단 들어있던 종이를 펼쳐본다.

——【네버랜드 초대장】

그 타이틀 뒤에 SNS의 이름과 계정명이 쓰여 있다. 사용한 적이 없는 SNS다. 검색해 보니 정체를 철저히 숨긴 채 메시지를 주고받을 수 있는 모양이다. 개인정보 등록도 필요 없는 것 같다.

"······물건 받을 장소를 알려준다는 건가?"

예전에 나고야에서 위법 약물 판매상이 주택지에서 물건을 전달하다가 체포되었다. 요즘은 일반 맨션에도 감시 카메라가 있는 시대다. 거래 현장을 딱 걸린 멍청한 판매상은 저녁 뉴스에도 등장했다.

상당히 주의하며 이런 수법을 사용하는 건지도 모르겠

다. 나는 지정된 SNS를 깔고 적혀 있는 상대의 계정을 검색했다.

계정명은——'팅커벨'.

#'당신에게 연락하면 되나요?'#

불필요한 정보는 남기지 않고 간략하게 메시지를 보냈다.

답장이 오기까지 시간이 걸릴 거라고 예상했지만 의외로 금방 연락이 왔다.

#'처음 뵙겠습니다. 어떤 목적으로 메시지를 보내셨죠?'#

상당히 정중한 문장이었다.

#'미키에게 들었습니다. 좋은 허브잎을 구할 수 있다던데요?'#

아무리 그래도 탈법인지 위법인지 알 수 없는 허브를 노골적으로 내놓으라고는 못 하겠다. 미키의 이름을 말해버리고 말았지만, 분명 본명은 아닐 테니 상관없겠지.

답장이 오기까지 미묘한 간격이 있다.

긴장해서 화면에 시선을 고정하고 있었더니 그 메시지가 표시되었다.

#'좋은 허브잎은 없습니다.'#

무슨 뜻인지 전혀 이해가 되지 않았다. 나한테는 팔지 않겠다는 뜻일까. 큰 실수는 저지르지 않았는데.

고개를 갸웃거리고 있자 팅커벨이 새 메시지를 보냈다.

#'다만——그것보다 좋은 것을 제공할 수 있을지도 모르겠습니다.'#

꽤 자신감 넘치는 메시지다.

그게 대체 뭘까? 기대하며 기다리고 있으니 장문의 메시지가 도착했다. 스마트폰 화면을 꽉 채운 문장이 펼쳐져 어안이 벙벙했다. 뭔가 세세한 지시가 적혀 있다.

처음 몇 줄만 읽고도 무엇을 권하는 건지 눈치챘다.

——가상공유공간.

존재 자체는 안다. VR 고글을 끼고 전뇌세계에서 플레이어끼리 대화할 수 있는 게임이었다. 가상현실 안에서 타인과 교류하는 것. 같은 가상공간에서 타인과 지내기 때문에 가상공유공간(메타박스)라고 불린다.

어떤 뜻으로 이런 말을 하는 건지 모르겠다.

왠지 겁이 나서 답장을 보내지 않고 스마트폰 전원을 껐다.

• • •

36

다음 날 아르바이트를 마친 나는 블루마에로 가서 곧장 미키에게 따졌다. 혼자 스마트폰을 쳐다보며 물주를 찾고 있던 미키에게 의문에 차서 말했다.

"그 검은 봉투는 대체 뭐야?"

미키의 입꼬리가 여봐란듯이 풀어진다.

"완전 쩔지? 그거 린쿠 씨가 보증하는 거야."

"텅텅 비었던데 뭘. 게다가 이상한 종이가 들어있었어."

"뭐? 그럴 리 없어. 제값 주고 산 거란 말이야."

미키는 불쾌하다는 듯 미간에 주름을 잡는다.

이야기를 들어보니 린쿠 씨에게 검은 봉투를 직접 산 건 아닌 모양이었다. 그의 추종자인 '약사'에게 원하는 개수를 구두로 전달하고 현금을 건넨다. 그러면 두 시간 후에 거래 장소와 일시 등을 알려주는데, 거기서 '전달책'에게 물건을 받는 시스템인 것 같다. 거래 때는 린쿠 씨도 '약사'도 관여하지 않는다.

그렇다면 그 종이는 누가 중간에 집어넣은 걸지도 모른다. 태도를 보아하니 미키는 아닌 것 같지만.

"일단 돈 줘."

미키가 손을 내밀었다.

"썼으면 돈을 줘야지. 3만 엔. 가격이 좀 세."

"아니, 그러니까——."

"헛소리 지껄이면서 떼먹을 생각은 하지도 마."

미키는 진심으로 허브라고 믿나 보다.

돈을 주겠다는 약속은 한 적 없지만, 싸움은 피하고 싶어서 사과했다.

"이상한 소리해서 미안해. 지금은 이것밖에 없어. 나중에 줄게."

변명하며 2만 엔을 건넸다. 미키는 인형처럼 프릴이 달린 옷을 입고 있지만, 성질머리는 아주 난폭하다.

"필요하면 말해. 친구니까 또 싸게 넘길게."

"뭐? 설마 수수료 챙겨?"

"그야 당연하지. 나도 위험부담이 있으니까."

미키 본인이 허브를 얼마에 샀는지는 가르쳐주지 않았다. 하지만 꽤 남겨 먹겠지. 샐쭉거리는 입가를 보고 추측했다. 아마도 1만 엔 가까이.

"담엔 같이 하자."

미키가 손을 내민다.

하고 싶은 말이 목구멍에 산더미처럼 걸렸지만, 간신히 "응."하고 애매한 대답만 쥐어 짜낸다. 미키와 악수한 후 때마침 온 아리사와 사이좋게 합류한다.

——정기적으로 뜯어갈 셈이다.

불 보듯 뻔했다.

앞으로 미키가 몇 번이고 허브를 권한다면 난 계속 거절할 수 있을까? 무리다. 이젠 나조차도 빨고 싶은 건지 아닌지 알 수 없는 허브에 3만 엔을. 하지만 난 미키를 무시하고 직접 판매상과 거래할 배짱 같은 건 없을뿐더러 일단 미키가 싫어할 게 분명하다. 미키가 명령하면 아리사도 미키를 따른다. 다른 사람도. 나는 블루마에서 고립된다. 그 광경을 상상했을 때 발밑이 꺼지는 듯한 외로움이 몰려왔다.

그냥 죽어버리면 되는 건가, 하고 농담조로 중얼거리고는 그 서늘한 목소리에 나는 내가 무서워졌다. 하지만 블루마에 말고 내가 있을 곳은 없다.

• • •

집으로 돌아온 나는 VR 고글을 손에 잡았다.

'——그것보다 좋은 것을 제공할 수 있을지도 모르겠습니다.'

그런 수상쩍은 말을 진짜 믿는 건 아니다.

'팅커벨'이란 자에게 메시지를 몇 통이나 보냈지만, 답장은 오지 않았다. 직접 따져 물으려면 그가 있는 세계로 가는 수밖에 없는 모양이다. 일단 불만을 쏟아내고 싶다. 3만 엔이나 뜯겼는데 그만 종잇조각 한 장만 달랑 손에 남다니. 손해가 막심하다.

VR 고글을 벽장에서 꺼내 기동시킨다. 예전에 삼촌이 사주셨다. 이른바 고글내장형. 게임기와 VR 고글이 합쳐져 있다. 집으로 돌아온 지 얼마 되지 않은 내가 지루하지 않도록 신경 써준 것 같은데 주변 애들이 스마트폰 게임만 했기 때문에 제대로 해보지도 않았다.

눈 전체를 뒤덮는 거대한 고글을 머리에 끼웠다. 다행히 자세한 순서는 '팅커벨'이 친절하게 적어놓았다. 컨트롤러를 흔들어 지정된 VR 게임을 다운로드 받아 시작했다.

아바타는 잠시 고민한 뒤 표고버섯처럼 생긴 생물을 골랐다. 표고버섯의 갓이 모자 같아서 귀엽다. 밑동에 발이 달렸다. 아이디는 본명인 '미즈이 하노'의 일부를 따서 '미즈레'로 했다. 게임 속 설명은 전문이 영어라서 좌절하기 일보 직전. '팅커벨'의 해설이 없었더라면 제대로 조작도 못 했겠지.

튜토리얼[12]이 끝나자 가상 세계로 날아갔다.

――나의 메타버스 데뷔.

몸이 둥실 떠올랐다고 생각한 순간, 어딘가에 있는 저택의 널찍한 홀에 도착했다.

마치 그곳에 있는 것 같은 임장감(臨場感)이었다.

눈앞에는 타닥타닥 소리를 내며 장작이 타는 난로가 있고 천장에는 샹들리에가 반짝인다. 영화 속 세계 말고는 본 적이 없는 호화로운 저택이었다. 난로 앞에는 장방형의 유리 테이블이 자리 잡고 있고, 그것을 'ㄱ'자로 에워싸듯 연지색 소파가 놓여 있다. 가죽을 씌운 것 같은 광택. 벽에는 대량의 간접조명이 공간을 빛으로 가득 채운다.

으리으리함에 감탄하며 크게 숨을 내쉬었다.

현실 세계의 내가 오른쪽을 쳐다보면 화면도 오른쪽을 비춘다. 왼쪽을 쳐다보면 왼쪽 풍경이 눈에 들어온다. 컨트롤러를 사용해 앞으로 향하면 보이는 경치도 다르게 펼쳐진다. 점프하면 시야도 따라서 높아진다.

정말로 다른 세계에 있는 것 같다.

내가 처음 접한 VR 세계에 당황하고 있을 때, 이 홀에 다른 아바타가 있다는 걸 눈치챘다.

---

12 플레이어가 게임 속 세계관을 이해하도록 돕는 일종의 교육 시스템.

소파 위에 누군가가 홀로 앉아 있다.

회색 이불을 폭 뒤집어쓰고 있어서 약간 기분 나쁜 외모다. 동그란 얼굴에 세로선 두 개로 만든 깜찍한 눈만 내밀고 있다. 이불요괴다.

"어서 와요, 미즈레 씨."

낮고 다정한 느낌의 남자 목소리다. 무의식중에 이쪽에서 경계심을 풀어버릴 것 같은 음색이다.

"제가 팅커벨입니다. '네버랜드'라는 이 공간의 관리자죠. 편하게 계시면 됩니다."

부드러운 응대에 긴장이 풀려서 네, 라고 대답하는 수밖에 없었다.

눈앞에 있는 아바타가 나를 초대한 존재인 듯.

일단 팅커벨의 정면으로 이동했다. 물어보고 싶은 게 산더미지만, 가장 먼저 튀어나온 질문은

"어째서 팅커벨이죠?"

"네?"

"'네버랜드'라면서요? 남자면 피터팬이라고 하면 될 텐데."

"다들 그렇게 말합니다. 하지만 VR 안에서 남자와 여자를 신경 쓰는 게 더 이상하죠."

"그런가요?"

"게다가 전 너무너무 어른이 되고 싶거든요."

무슨 대답을 어떻게 하면 좋을지 몰라서 적당히 맞장구를 쳐주고 있으니 입구에서 끼익, 하는 소리가 들렸다. 누군가가 이 저택을 방문하면 그런 소리가 나는 듯했다.

"아아, 신입이 왔군."

소파로 다가온 건 두 발로 걷는 고양이였다. 새하얀 양복을 입은 댄디한 고양이. 2등신이지만 빳빳하게 뻗은 수염이 멋지다. 목소리를 들어보니 남자인 것 같다.

"가네쿠라 군이에요."

팅커벨이 소개한다.

가네쿠라 씨는 나를 향해 저벅저벅 다가왔다.

"넌 좋아하는 경치 같은 거 있어?"

고양이치고는 위압적인 목소리였다.

"관광명소라든가 볼만한 곳 말이야."

"네?"

"어디든 상관없어, 정해봐."

묘하게 신경 쓰이는 목소리다. 빨리 대답하라고 말하는 듯 얼굴을 들이밀면서 압박을 가한다. 조급해진 나머지 가장 먼저 떠오른 단어를 말한다.

"태백산⋯⋯ 정상⋯⋯."

"그건 또 뭐야? 뭐, 상관없지만."

가네쿠라 씨는 내게서 멀어지더니 팅커벨 곁으로 다가갔다. VR 공간이라도 거리가 멀어지면 소리도 작게 들린다.

"역시 여긴 좁아터져서 숨쉬기가 답답해."

"그런가요?"

뭔가를 상담한다.

완전히 방치됐다는 걸 깨닫자 점점 화가 치밀어 올랐다. 대체 이 자식들은 뭐야.

"저기요."

두 사람을 향해 목소리를 높였다.

"대체 뭐죠? 여긴 어떤 데고, 당신들은 뭐 하는 사람들이에요?"

"어떤 곳인지 물으셔도 딱히 드릴 말씀이⋯⋯."

팅커벨이 고개를 갸우뚱한다.

"편히 쉬고 있을 뿐이죠. 보세요, VR 안에서 글을 쓰거나 그림도 그릴 수 있어요. 어때요? 같이 안 하실래요?"

팅커벨 앞에는 하얀 윈도우가 떠 있고 일본어 문자열이 나열돼 있다. 그런 게 가능하다니. 하지만 이런 것에 넘어갈 정도로 멍청하진 않다.

"무슨 뜻인지 모르겠어요."

단호히 말했다.

"뭐가 재밌단 거예요? 좋은 게 있다고 해서 온 건데."

처음 접한 VR 공간에 다소 기분이 들뜨긴 했지만 그게 전부였다. 재밌는 체험인 건 확실하다. 하지만 나를 행복하게 해줄 약이나 허브를 주는 것도 아닐뿐더러 직면한 문제를 해결해 주는 것도 아니다. 3만 엔을 쓴 가치가 없다.

팅커벨은 어리둥절한 표정으로 가네쿠라 씨를 쳐다봤다. 가네쿠라 씨는 커다란 고양이 머리를 흔들면서 팅커벨을 흘낏 쳐다보고는 내게 한 걸음 다가온다.

"박력 있는 건 좋지만ーー."

코웃음을 치는 듯한 목소리가 들렸다.

"ーー년 타인의 행동을 부정할 만큼 일상을 충실하게 보내고 있어?"

아무 대답도 할 수 없었다.

마치 날 알고 있는 듯한 말투. 블루마에에서 길고 긴 밤을 허비할 뿐인 일상. 그것이 즐겁다고 자신 있게 말할 수 없다.

"정곡을 찔렀나? 그렇겠지. 어차피 매일 자기를 혐오하면서 지낼 테니까."

묵묵부답인 내게 가네쿠라 씨가 쏘아붙인다.

"너는 어쩌다가 선로를 이탈했지? 미즈이 하노."

본명을 부르는 바람에 얼떨결에 벌떡 일어섰다. 숨을 쉬기 어렵다. 온몸에서 땀이 쫙 뿜어져 나왔다. 현실 세계에서 무언가가 쓰러지는 소리가 들린다. 시야가 흔들린다. 그러고 보니 아까부터 만취한 느낌이 들었다. 입을 틀어막고 구토가 나오려는 것을 꾹 참는다.

──난 어쩌다가 선로를 이탈했지?

심장이 쿵쾅쿵쾅 두방망이질하고 있다. 입에서 차마 소리가 되지 못한 신음이 새어 나왔고 온몸이 떨렸다. 무슨 말을 하고 싶은데 목이 메말라 아무 말도 할 수 없었다.

"미즈레 씨?!"

팅커벨의 비명 같은 목소리를 들으면서 나는 VR 고글을 벗고 그대로 도망치듯 전원을 껐다.

VR 멀미인 것 같다.

시야 전체가 흔들리기 때문에 익숙하지 않으면 기분이 나빠지는 사람도 많다고 한다. 게임 안에서 설정을 제대로 조정하면 나아진다는데 팅커벨에게 자세한 사항을 배우기 전에 이탈해 버리고 말았다.

놀이기구를 탔을 때 느끼는 구역질에 시달리면서 침대

에 벌렁 드러눕는다. 돌연히 현실로 돌아온 기분이다.

내 현실 세계는 쓰레기투성이다. 의자에는 벗어 던진 옷들이 포개져 세토구치 씨 댁에서 먹었던 밀푀유처럼 층을 이루고 있다. 바닥에는 쓰다 만 화장품 병 두 개가 널브러져 있다. 인터넷으로 자가 진단한 우울증을 변명 삼아 청소도 빨래도 내팽개쳤다.

눈을 감는다. 이대로 움직이고 싶지 않았다. 빨리 아침이 왔으면 좋겠다. 동시에 평생 아침 같은 건 오지 않길 바란다.

• • •

면담실이라고 적힌 6조[13] 정도의 좁은 공간이 생각났다. 소년원 생활은 열흘 전후의 조사하는 기간부터 시작한다. 자신이 왜 입원하게 되었는지 원인을 정리하는 시간. 소년원 첫날에 '1차 면담'을 한다며 면담실로 불려 왔다. 눈에 새겨질 정도로 새하얀 벽지가 인상적이었다. 눈앞에 앉은 여성 법무 교관의 고요한 눈빛에 심장이 쫙 오그라든다. 나는 쥐색 운동복 바지를 꽉 부여잡고 법무 교관 앞에 있

---

13 '조'는 다다미를 세는 단위이며 6조는 3평 정도 됨.

는 의자에 앉아 있다.

"미즈이 하노."

법무 교관은 타이르듯 말했다.

"미즈이 양은 우범 행위 때문에 여기에 온 거죠? 본인이 뭘 했는지 말해주세요."

"……열다섯 살 때부터 일주일에 세 번 정도 한밤중에 집을 나가서 술도 마시고 담배도 피웠습니다. 탈법[14] 허브를 빤 적도 있고 무단 외박도 했습니다."

"소위 말하는 불량 아이들과 어울린 거죠?"

"……."

"미즈이 양이 만나던 사람 중에는 성매매 알선이나 위법 약물 소지 등에 연관된 사람도 있었습니다. 모른다고 하진 않겠죠?"

입술을 깨물어서 대답이 늦어졌다.

"……네, 질 나쁜 사람들하고도 친하게 지냈습니다."

지금까지 다섯 번이나 경찰에게 걸렸다. 감별소에는 두 번 갔는데, 두 번째에 결국 소년원행이 확정되었다.

"왜 한밤중에 외출하기 시작했나요?"

"딱히. 그냥 바깥 공기가 쐬고 싶어서. 그게 전분데."

---

14 경각심을 일으키지 못한다는 이유로 현재는 위험 약물이라고 부름.

48

"존댓말!"

법무 교관이 갑자기 소리를 질러서 나는 반사적으로

"네, 죄송합니다."

머리를 숙였다. 분해서 다시 입술을 악문다.

"둘러대려고 하지 마세요. 자기 인생을 똑바로 마주하세요. 그렇게 하지 않으면 미즈이 양은 계속 반복하게 될 뿐입니다."

법무 교관의 목소리가 점점 커진다.

나는 필사적으로 머리를 굴려 '고등학교를 관둬서'라는 그럴듯한 이유를 댔다.

"고등학교는 왜 그만두었습니까?"

"……학업을 따라가지 못했기 때문입니다. 중학생 때는 제법 열심히 공부해서 꽤 괜찮은 학교에 진학했습니다. 하지만 실제로 다녀보니 다른 아이들을 따라갈 수 없어서…… 따라잡아야 한다고 생각하다가 패닉 상태에 빠지고 말았습니다."

"어째서 다른 아이들을 따라잡아야 한다고 생각했습니까?"

"아니, 그건 당연한 거잖아요?"

"미즈이 양처럼 성적이 낮은 다른 아이들도 패닉 상태에 빠지던가요?"

"아……."

대답이 궁해졌다.

지적을 당하기 전까진 생각도 못 했다. 그 학교에는 당연히 나보다 성적이 낮은 아이도 있었을 테고, 대다수는 3학년까지 올라갔겠지. 나만 선로를 이탈했다.

계속 입을 다물고 있자 법무 교관이 질문을 이어갔다.

"삼촌이나 숙모가 그렇게 말했습니까?"

고개를 옆으로 세차게 흔든다. 그분들을 원흉 취급하는 건 말도 안 되는 일이었다. 경찰의 선도 활동에 걸린 어리석은 나를 데리러 언제나 경찰서까지 달려와 주셨다.

"삼촌도 숙모도 다정하게 대해주셨습니다. 갑자기 같이 살게 됐는데도 싫어하지 않으셨고, 제가 괴로워하자 힘들면 '전학 가도 된다'고 권해주셨습니다."

"그때 왜 전학 가지 않았습니까? 천천히라도 좋으니 대답하세요."

"왜냐하면……."

나는 시선을 돌렸다.

"교관님이 뭘 안다고 그러죠?"

"모르니까 묻고 있는 겁니다."

도망칠 수 없다는 것을 깨닫는다. 눈앞에 있는 교관은 지금까지 내가 상대한 어른들과는 전혀 다르다. 그럴듯한 변명은 통하지 않는다.

하지만 무슨 말을 해야 좋을까. 내가 고등학생 때 전학 가지 않은 이유. 그 결과, 퇴학당할 지경까지 내몰린 이유. 심야 외박을 시작한 이유. ——뭐? 그걸 알면 이 고생은 안 하지. 나한테 좀 알려줘 봐. 나는 왜 안 되지? 세상에는 훨씬 평범하게 살아가는 JK가 널리고 널렸잖아. 방과 후에는 동아리 활동도 하고 싶었다. 반에서 인기 많은 남학생과 연애도 해보고 싶었다. 어째서 그날 길 가다가 만난 남자에게 순결을 빼앗겨야 했지?

——난 왜 선로를 이탈했을까?

——난 왜 선로를 이탈했을까?

——난 왜 선로를 이탈했을까?

"이제 그만하세요."

견딜 수 없어서 빠른 어조로 말했다.

"저기, 앞으로 제대로 갱생하겠습니다. 죄송합니다. 반성하고 있습니다. 성실하게 살겠습니다. 마음을 다잡고 건실한 인간이 되겠습니다. 더는 선로를 이탈하지 않겠습니다."

"미즈이 하노. 진정해요. 그런 식으로 말만 늘어놓아서는 안 됩니다."

교관은 일어서서 내 어깨를 잡았다.

"오늘 면담은 여기서 끝내도록 하죠. 내일 똑같은 질문을 다시 할 테니까 밤새 생각해 보세요."

1차 면담은 이렇게 끝났지만 결국 대답다운 대답은 찾을 수 없었다. 내가 선로를 이탈한 이유. 조사 기간이 끝난 후에도 장소나 시간을 바꾸어 법무 교관은 거듭 물었다. 참고가 될 만한 책을 빌려주고, 심리상담사와의 상담 시간도 마련해주고, 생각을 쭉 써보라며 노트도 줬다. 자율학습 시간에 자격증 시험 준비나 중학교 공부에 매진하는 주변 사람들 틈에서 나는 그 백지 노트를 계속 바라보았다.

생각해 보면 사실 내가 선로를 이탈한 이유 같은 건 뻔하디 뻔한 거였을지도 모른다. 하지만 그것을 말로 표현하고 싶지 않았다. 인정하고 싶지 않았던 것이다.

결국, 나는 포장하는 법을 배웠다. 진심을 숨기는 연기만 하는 주제에 달라졌다고 우쭐해져서는 법무 교관에게 격려 받고 정을 나누며 가퇴원을 맞이했다.

소년원 생활이 무의미했다고는 생각하지 않는다. 하지만 넉 달이라는 짧은 기간은 뒤틀려버린 나를 바로잡기에는 불충분했다.

  • • •

눈을 뜨자 베개 옆에 있던 스마트폰이 깜박이는 중이다.

메시지가 대량으로 들어와 있다. 점장에게 온 것은 업무 메시지다.

"내일은 낮부터 일해주면 안 될까? 알바생이 쌩까네."

"이봐, 대답은 해줘야지?"

"사회인이라면 언제든지 연락이 닿아야 하는 거라고."

미키의 메시지도 있다.

"내일 밤에는 꼭 잔금 가져 와."

아리사가 보낸 것도 있다.

"오늘 밤엔 안 와? 심심한데."

세토구치 씨가 보낸 것도 있다.

"하노 짱, 많이 좋아진 것 같으니 면담은 한 달에 한 번으로 줄일까?"

숙모도 연락했다.

"확인. 아버지 기일에는 올 거니?"

아아, 벌써 그 계절이구나.

전부 나를 탓하는 것 같아서 벽을 향해 스마트폰을 던져
버렸다.

• • •

만사가 전부 엉망진창인 생활 속에서는 하루를 마친 소
감이 '오늘 하루도 잘 버텼다'라는 것보다 나은 건 없다. 아
무 생각도 하지 않는 것이 자신을 지키는 수단이라고 스스
로를 타이르며 마음을 둔하게 만든다. 점장에게 욕을 바가
지로 들어도, 미키에게 1만 엔 지폐를 뜯겨도, 기계처럼 머
리를 숙이며 담담히 받아들인다. 모든 것을 민감하게 받아
들인다면 나는 분명 치사량의 감기약과 수면제를 주저 없
이 먹겠지.

그래도 밤에는 VR 고글을 꼈다. 이번에는 인터넷으로
검색해서 멀미하지 않도록 설정한 후 '네버랜드'에 접속
한다.

장소는 변함없다. 호화로운 저택의 널찍한 홀. 이 공간
은 소파를 중심으로 이루어진 모양이다. 현관이나 주방도
없다. 소파와 난로가 전부다. 화려함에 정신이 팔려있었는
데 생각보다 좁을지도.

팅커벨은 지난번과 같은 위치에 있다. 소파에 앉아 있다. 아바타라서 외모상의 변화는 전혀 없다.

아바타가 이불요괴인 팅커벨은 내 존재를 알아차리고 웃었다.

"다행이다. 오늘도 와줬군요. 어제는 죄송했습니다. 가네쿠라 군에겐 제가 단단히 일러놓았습니다. 너무 무례한 언동이었어요."

가네쿠라 씨의 모습은 보이지 않았다. 오늘은 팅커벨 혼자인 모양.

그의 발언도 미묘하게 포인트가 어긋나 있었지만, 일일이 반응해서 어쩌랴.

"저에 대해 어디까지 알고 계세요?"

직구를 던졌다.

그들은 어째선지 내 본명을 알고 있다. 이보다 더 기분 나쁜 일이 또 있을까.

팅커벨은 생각에 잠긴 듯 낮게 신음했다. 어디까지 이야기하면 좋을지 망설이는 것처럼. 그 여유 있는 태도에 깊은 빡침이 올라왔다.

"비참하다고 생각했죠?"

"네?"

"저를 멋대로 뒷조사하고는 우월감을 느끼면서 경멸하고 있죠? 그래서 여기로 '초대해 줬다'는 식의 태도를 보이는 거고요."

팅커벨은 고개를 옆으로 흔들었다.

"아니요. 그런 적 없습니다."

"거짓말. 빼박 그렇게 생각하는 주제에."

천연덕스럽다고 느꼈다. 여기가 가상공유공간이 아니었다면 뭐라도 집어 던졌을 것이다. 아바타를 잡고 흔드는 게 최선이다.

"당신들하곤 친하게 못 지내겠어. 어디서 개인정보를 손에 넣었는지는 모르겠지만, 지금 당장 삭제해. 다시는 내가 산 물건에 초대장 같은 건 넣지 말고."

다른 용건은 없다.

솔직히 3만 엔을 청구하고 싶지만, 이제 그런 건 아무래도 상관없다. 여유만만하게 나를 대하는 그들에게 불평을 쏟아내고 앞으로 절대 얽히는 일이 없도록 관계를 끊으면 그걸로 충분하다.

팅커벨은 한숨을 크게 내쉬었다.

"그런가요, 아쉽네요."

풀이 죽은 음성을 듣고 나는 시니컬하게 웃었다.

"미안한데, 당신 같은 인간들은 현실에도 인터넷에도 널리고 널렸어. '도와줄까?'라면서 친절하게 말을 거는 남자들 대다수가 흑심 가득한 빌어먹을 인간들이야. 그쪽도 어차피 비슷한 부류지?"

놈들의 수법은 다 꿰고 있다. 곤란한 상황에 놓인 소녀를 보호해 주려는 듯 보이지만 진짜 목적은 몸이다. 끈덕지게 굴어서 거부하면 못생긴 주제에 고르지 말라며 되레 화를 내는 쓰레기 같은 놈들.

팅커벨도 그런 부류가 아닐까, 추측하고 있을 때 "설마."라며 경탄하는 목소리가 되돌아왔다.

"그냥 당신과 느긋하게 시간을 보내고 싶어요."

뭔 소리야? 미간을 찌푸렸다.

무슨 말인지 전혀 못 알아듣겠다.

"조금 밝히자면——저와 가까운 사람도 예전에 입원했었어요."

팅커벨이 말했다.

그가 말한 '입원'이라는 단어를 나도 모르게 반복하고 있다. 대다수의 사람은 보통 '병원'을 연상한다. 하지만 난 다르다. 입원이라고 하면 소년원이다. 내가 소년원에 있었다는 사실도 아는 모양이다. 하지만 그는 야유하는 태도를 보이지 않았다.

'도'라고 한 것은 그의 지인이 소년원에 있었단 걸까.

내가 아무 말도 하지 않자 그는 이야기를 이어갔다.

"출원했을 당시, 쓸쓸함이 묻어나던 그의 눈을 알고 있습니다. 가족들은 시한폭탄처럼 대하고 친구들은 피해 다녀서 왜 아무도 자신을 이해해 주지 않느냐고 한탄하며 여러 번 울었죠."

긴 한숨이 들린다.

"'도와달라'는 말조차 할 수 없는 지경이 되고 말았습니다."

"……………………………."

가슴을 푹 찌르는 듯한 충격을 느꼈다.

설교도 아니거니와 나를 타깃으로 한 대사조차 아니다. 경험담을 담담히 털어놓았을 뿐이며 잡담처럼 나온 말이다.

——그럼에도 나에 대한 이야기였다.

그것은 쐐기처럼 마음에 꽂혀 나는 한동안 멍하니 움직일 수 없었다.

• • •

"사실대로 털어놓겠습니다."

나는 세토구치 씨의 집으로 향했다.

나고야시 기타구에 있는 세토구치 씨의 집을 방문하여 늘 그렇듯 정리 정돈이 잘된 거실로 들어갔다. 집 안은 에어컨에서 나오는 시원한 공기로 가득 차 있다. 다과를 좀 챙겨올 걸 하고 그제야 겨우 눈치챘다. 이제부터 이야기할 내용은 듣는 이를 불쾌하게 만들지도 모른다. 센스 있게 신경 쓸 겨를조차 없었다. 긴장한 나머지 아침부터 아무것도 먹지 못한 상태다.

나는 세토구치 씨가 준비해 주신 홍차에 손을 대지 못한 채 이야기를 꺼냈다.

"잘하고 있는 게 하나도 없어요. 일이고 뭐고 다."

눈앞에 앉은 세토구치 씨가 어안이 벙벙해진 듯 숨을 삼킨다.

봇물이 터진 것처럼 다 쏟아냈다. 일터에서는 하루가 멀다고 꾸중을 들어서 우울증 비슷한 상태였다는 것. 예전에 놀던 블루마에로 돌아가 밤샘을 다시 시작했다는 것. 수상한 허브를 구매하려고 한 것.

눈물로 호소하며 머리를 숙였다.

"하지만 이제 한계예요. 이자카야는 무리예요. 더는 일하기 싫어요."

"왜?"

나는 설명했다. 이자카야에서 일하면 아버지의 자살 전 모습이 떠오른다는 걸. 그때마다 머리가 얼어붙어서 실수를 반복하는 바람에 주변 사람들에게 계속 민폐를 끼치는 사실을.

모든 사정을 다 들은 세토구치 씨는 눈을 동그랗게 뜨고 굳어버렸다. 쇼크를 받았는지 입을 틀어막는다.

"왜 말해주지 않았니? 계속 만나고 있었는데."

"야무진 아이로 보여야 한다고 생각했으니까요."

입고 있는 스커트의 끝자락을 꽉 쥔다.

"야무진 아이는 일도 요령 있게 잘하고, 밤새워 놀지도 않고, 법률을 준수하는 아이니까요. 그래서 말할 수 없었어요. 인정하고 싶지 않았어요."

고집이었다.

길 잃은 아이가 "난 미아가 아니야."라고 우기는 것 같은 유치한 허세.

"왜냐하면 전 아버지와 엄마의 딸이니까요."

세토구치 씨의 입에서 신음 비슷한 소리가 흘러나왔다.

부모님이 돌아가시고 나고야에 있는 삼촌 댁에 얹혀살

게 된 나는 가장 먼저 착한 아이로 지내자고 결심했다. "우리 딸이니까."라고 하신 아버지의 말을 잊지 않았다. 가장 든든한 버팀목이었다.

천국에 계신 부모님의 자랑스러운 딸이 되고 싶었다.

누구나 부러워하는 재원이 되고 싶었다.

"하지만 전부 실패하고 말았어요⋯⋯."

눈물을 훔치면서 말한다.

"전부, 모조리, 다. 강한 척했던 거예요⋯⋯."

고등학교 입학 후 치른 시험에서 원하는 점수를 받지 못한 나는 초조함에 시달리면서 공부에 매진했다. 삼촌과 숙모는 응원해 주셨다. 하지만 아무리 노력해도 성적은 오르지 않았다. 1학기 중간고사에서도 학기말 고사에서도 등수가 떨어지자 점점 죄송한 마음이 쌓여갔다. "전학 가면 돼."라고 타이르는 삼촌과 숙모께 "괜찮아요."라며 센 척했다. 이윽고 걱정해 주시는 것도 부담스러워서 집에 없는 시간이 늘었다.

이때부터 블루마에에 다니기 시작했다.

블루마에에 가면 입시 명문고에 다니는 나는 우등생 대접을 받았다. 자존심을 되찾았다. 어느덧 심야 외출은 일상이 되었고, 수면 부족 탓에 성적은 우수수 떨어졌다. 등교하지 않아 퇴학 처분을 받은 후에도 삼촌과 숙모께는 나가서 공부하겠다고 우기며 계속 비행을 저질렀다.

"망가질 대로 망가진 저를 인정하기 싫어서 주변 어른들에겐 괜찮다고 우기며 어른들이 안 계신 곳에서는 나쁜 짓을 일삼았어요……. 나약하기 짝이 없었죠."

소년원에서 출원할 때도 나는 실패를 반복했다.

——보증인이 되어주겠다는 삼촌과 숙모께 "독립하겠다."라고 고집을 부렸다.

——나를 고용해 준 사장에게 "이자카야에서는 일할 수 없다."라고 말하지 못했다.

몇 번이나 허세를 부렸다. 아무에게도 걱정을 끼치고 싶지 않았다. 뭐든지 완벽히 해내는 아이가 되고 싶었다.

그리될 리 없다는 건 질리게 경험했는데도.

자신의 나약함에서 눈을 돌린 채 본심을 털어놓는 것조차 포기했다.

"…………도와주세요. 전 착한 아이가 되지 못했어요."

테이블에 이마가 닿을 정도로 머리를 숙인다. 눈물이 흘러내린다.

세토구치 씨는 일어나 내 등을 토닥였다.

"미안하구나. 알아차리지 못해서."

세토구치 씨는 미안하다는 듯 조심스럽게, 여러 번 다정한 손길로 등을 쓰다듬어주었다.

"세상엔 말이야, 소년원에 있는 아이들을 곱지 않은 시선으로 보는 사람도 많아. 그러니 성실한 아이는 도와달라고 응석도 못 부린단다. 너처럼 말이지."

아무 말도 못 하는 나에게 격려의 말을 건넨다.

"괜찮아, 앞으로 다시 시작하면 되니까."

출원한 지 두 달 만에 좌절해 버린 나에게도 아직 기회가 있을까. 다시 시작하는 것이 그리 쉬운 일은 아닐 것이다.

감정이 박살 난 유리처럼 엉망진창이 되어 울음이 그칠 때까지 꽤 오랜 시간이 걸렸지만, 세토구치 씨는 그사이에도 계속 곁을 지켜주었다.

모든 것을 털어놓은 후, 세토구치 씨는 곧장 사장에게 연락했다. 듣자 하니 앞으로 다른 일자리를 찾는 쪽으로 이야기가 흘러가는 것 같다. 소년원으로 돌아갈 각오까지 했는데 그런 사태는 일어나지 않을 것 같다.

손이 발이 되도록 빌어야겠다고 생각했다. 역시 응석을 부리는 걸까. 이제 와서 이런 말을 하다니. 하지만 아무 말도 하지 않고 이 생활을 계속하다가 검거되는 것보다는 훨씬 낫겠지. 그걸 구실삼아 주변 사람들의 친절에 기대기로 했다.

사장이 직접 "오늘은 쉬어도 된다."라고 연락해 줘서 나는 몇 번이나 고맙다는 말과 사죄의 뜻을 전하고 곧장 집으로 돌아왔다. 진이 다 빠진 상태로 파이프 침대에 드러눕듯 쓰러져 그대로 침대 구석에 놓여 있던 VR 고글을 손에 쥐었다.

무슨 일이 있어도 팅커벨과는 얘길 해야겠다고 느껴서였다.

'네버랜드'에 접속하자 이미 익숙해진 광경이 펼쳐졌다. 저택 홀에 있는 소파에서 팅커벨이 편히 쉬고 있다. 가네쿠라 씨의 모습은 보이지 않는다.

다른 아바타가 있다는 사실에 놀랐다. 헌팅캡을 쓴 미소녀와 아이스캔디로 손과 발을 만든 것 같은 생명체가 있다. 그들은 소파에 마주 앉아 뭔가 진지한 목소리로 대화를 주고받고 있었다.

"아, 처음 뵙네요."

미소녀가 나를 눈치챘다. 외모처럼 귀여운 여자아이 목소리다.

"가논이야."

이어서 아이스캔디도 인사했다.

"신지입니다."

남자아이 목소리가 들려서 나는 "아, 안녕하세요."라며 머리를 숙였다.

이 가상공유공간에 모여 있는 베일에 싸인 인간이 또 있었던 모양이다.

"다시 와주었네요, 미즈레 씨."

팅커벨이 일어나 이쪽으로 다가왔다. 이불 아래로 보이는 세로줄로 된 두 눈이 또렷이 보였다.

"나 참."

기가 막혀서 한숨이 나왔다.

"당신들, 맨날 여기서 뭐 하는 거예요?"

"그냥 쉬고 있는 건데요."

"그건 들었고요."

"하지만 의외로 좋아요."

아바타는 무표정인데 풀어진 상대의 입꼬리가 보이는 느낌이 들었다.

팅커벨은 가까운 사람 중에 소년원 경험자가 있다고 말했었다. 자세히 설명하진 않았지만, 팅커벨에게 소중한 사람일지도 모른다. 말에서 사실감이 느껴졌다.

그래서 그렇게 마음에 와 닿은 걸까.

세토구치 씨에게 모든 사실을 털어놓은 것은 벼랑 끝으로 내몰린 사정도 물론 있었지만, 팅커벨의 말에 용기를 얻었기 때문이었다. 잡담처럼 해준 이야기는 나의 경계심을 부숴버렸다.

어른이 설교를 늘어놓지도 않는다. 범죄에 말려드는 것도 아니다——그냥 모이는 장소.

"그렇긴 하네."

나는 고개를 끄덕였다.

"의외로 좋을지도 모르겠네요."

미키의 얼굴을 떠올린다. 블루마에에 있는 가장 친한 친구는 나에게 3만 엔을 달라고 한다. 돈이 없다고 버티면 파파카츠를 제안하겠지.

하지만 나는 그런 대화를 원하지 않는다. 허브도 파파카츠도 나를 행복하게 해주지 않는다.

단지 혼자 있는 게 싫을 뿐이다. 타인과 편히 쉴 수 있다면 그걸로 족했다. 점점 밝아지는 동쪽 하늘을 올려다보면서 "아침이 와버렸네." 하고 서로 어이없어하는 시간이 좋았다. 소년원 출신인 내 불만을 하나라도 들어주는 사람이 있다면 그걸로 충분했다.

"전 기본적으로 온종일 있습니다."

팅커벨이 고개를 끄덕인다.

"가논 군이나 신지 군은 저녁때부터. 가네쿠라 군은 기분파이지만."

오늘은 안 보이네요, 라고 말하려던 그때 누군가가 홀에 들어오는 효과음이 울렸다. 양복을 입은 2등신 고양이. 가네쿠라 씨의 아바타다.

"업로드 완료. 약간 엉성하긴 해도 다 만들었어."

고양이가 생긴 건 귀여운데 목소리는 낮고 가시가 잔뜩 돋쳐 있다.

"그나저나 진짜 나랑 안 맞아. 기존 3D 모델을 사서 정렬하는 것만으로도 무리. 난 'Texture'조차 못 읽는데. 왜 전부 영어고 지랄이야."

팅커벨에게 말하는 모양이다. 짜증을 쏟아내는 듯한 목소리.

지난번 일로 서먹해진 감정을 누르고 내가 묻는다.

"무슨 얘기예요?"

"새 월드를 만들었어."

대답이 돌아왔다. 태도는 거만해도 말은 받아주는 모양

이다.

"월드요?"

"이 홀 같은 공간 말이야. 마음에 안 들어. 왜 VR 공간 안에서 굳이 좁아터진 상자 같은 방에 틀어박혀 있어야 하는 거냐고."

가네쿠라 씨는 소파에 앉아 있던 가논 짱과 신지 군 곁으로 가더니 다른 월드로 가라고 명령한다. 팅커벨은 내게 투덜거렸다.

"이 홀은 제가 준비한 건데 그렇게 마음에 안 드나요?"

우리는 가네쿠라 씨에게 떠밀려 옵션 화면을 열고 다른 세계로 날아가기로 했다. 순간 몸이 떠올랐다. 다른 월드에 도착했다는 것을 알려주는 효과음이 울린다.

시야에는 파란 하늘이 드높게 펼쳐져 있다. VR에서는 계속 실내에 있었던 나는 그 높이에 압도되었다. 흰색 타일로 된 바닥이 있을 뿐 벽은 없다. 가네쿠라 씨가 말한 약간 엉성하다는 표현보다 훨씬 휑한, 하늘에 바닥이 떠 있는 게 전부인 공간.

입구에서 봤을 때 오른편에만 유일하게 거대한 벽이 있다. 가까이 다가가서 보니 그것은 한 면을 가득 채운 사진이라는 것을 알게 됐다. 사진 속 풍경은 만들어낸 하늘과 동화되어 다소 위화감이 있긴 했지만, 공간에 자연스럽게 스며들었다.

나는 그 사진 속 풍경을 본 적 있다.

"태백산……."

"인터넷에 돌아다니는 영상을 붙여놓은 것뿐이야. 완성도가 낮은 건 트집 잡지 마. 컴퓨터는 젬병이라서."

가네쿠라 씨가 변명하듯 말했다.

나는 벽 앞에 섰다. 시야 한가득 펼쳐진 태백산 정상에서 봤던 풍경. 기억하고 있다. 남동쪽 풍경. 봉긋하게 솟은 태백산에서는 센다이 평야를 내려다볼 수 있다. 주택지를 가로지르는 도호쿠[15] 신칸센과 저 멀리 펼쳐진 푸르른 태평양. 쓰나미가 오기 전에 찍은 사진인가 보다. 건물이 늘어선 연안부를 보고 이해했다. 엄마가 살아계셨던 시절. 아버지 손에 이끌려 정상에 도착한 후, 노력하면 반드시 이루어진다고 순수하게 믿었던 일곱 살 무렵.

가상공간이라는 걸 알면서도 시야 가득 펼쳐진 사진을 보고 있으니 직접 그 장소에 서 있는 기분이 든다. 손을 뻗어 봐도 바람 한 점 느낄 수 없지만, 어째서인지 공기의 흐름이 느껴진다.

---

15   일본 혼슈의 동쪽을 남북으로 잇는 동일본 고속철도의 신칸센 노선.

"가본 적 있어?"

옆에 선 가네쿠라 씨가 묻는다.

"예전에 딱 한 번. 하지만 최근엔 없어. 멀기도 멀고 돈도 별로 없고."

잠깐 멈칫한 후에 말한다.

"게다가 보호관찰기간 중인 몸이라……"

준수사항 중 하나다. 현 밖으로 나갈 경우에는 보호사의 허락을 꼭 받아야 한다. 난 현재 스무 살이 될 때까지 자유롭게 센다이에 가는 것조차 불가능한 몸. 그래서 자연스럽게 피했었다. 엄마와 아버지가 돌아가신 땅을 찾아갈 생각조차 못 했었다.

눈앞에 펼쳐진 광경에 몸속 깊은 곳에서 충동이 북받쳐 오른다.

참지 못하고 소리를 내고 만다.

일곱 살 무렵, 아버지와 했던 것처럼 센다이 평야의 풍경을 향해 외친다.

충동에 이끌려 목구멍 안에서부터 여러 차례 반복했다. 목구멍 안에서 떨리는 것 같기도 하고 악을 쓰는 것 같기도 한 그런 천진한 목소리.

유유자적하게 산책하고 있던 가논 짱과 신지 군이 깜짝

놀라 돌아본다.

"VR 공간이니까 마음껏 외쳐도 괜찮지만."

팅커벨이 어이가 없다는 듯 쓴웃음을 흘렸다.

"미즈레 씨의 현실 세계는 괜찮나요?"

현실 세계의 나는 다다미 8조[16]의 원룸 침대 위에서 커다란 고글을 끼고 기묘한 소리를 지르고 있다. 만약 누군가가 본다면 섬찟할 게 틀림없다.

하지만 상관없다. 이 후련한 느낌에 젖어 있고 싶다.

아버지, 엄마. 죄송해요.

저는 세상이 말하는 착한 아이는 되지 못했어요.

고등학교도 퇴학당하고 소년원에도 들어가고 처음 일하게 된 곳에서도 오래 가지 못했어요. 당신들이 자랑스럽게 여길 딸로는 살지 못했을지도 모릅니다.

하지만 지금 저는 오랜만에 큰 소리로 외치고 있어요.

두 분이 계셔서 행복으로 가득했던 일곱 살 때처럼.

---

16 약 4평.

2

【히구레 히로토 군의 부모님께】

추운 겨울 안녕하신지요.

제 편지 같은 건 꼴 보기도 싫으신 게 당연하다고 생각하지만, 만약 조금이라도 살펴봐 주신다면 이보다 더 기쁜 일은 없을 겁니다. 지금 제가 무엇을 느끼고 생각하는지를 써보려고 합니다.

먼저 일전의 사건에 대해서는 진심으로 사과드립니다.

히구레 히로토 군의 1주기가 있다고 친구에게 전해 들었을 때 도저히 가만히 있을 수가 없어서 제 처지를 망각한 채 찾아가고 말았습니다. 너무나 경솔한 판단이었습니다.

그때 어머님께서 말씀하신 '살인자'라는 단어가 가슴에 꽂혔습니다.

문득 정신이 들었습니다. 저에게 내려진 처분이 가벼웠던 이유도 있었기에 여태껏 저는 죄의 무게를 이해하지 못하고 있었습니다. 정말이지 어리석었다고 생각합니다. 말씀하신 대롭니다. 저는 히로토 군을 죽이고 말았습니다.

무지한 저는 먼저 변호사 선생님께 "사람을 죽인 인간은 피해자 가족을 어떻게 대하면 됩니까?"라고 상담했습니다. 하지만 제 사건은 법률상으로 '살인'으로 취급하지 않고 민사상에서도 위자료는 발생하지 않을 거라는 설명을 들었습니다. 그렇다면 피해자 쪽에 어떻게 보상하면 좋을지를 선생님과 고민한 결과, 지금까지 해 온 것처럼 편지를 쓰기로 했습니다.

앞으로는 변호사 선생님께 편지를 맡기겠습니다. 만약 제가 쓴 글 같은 건 읽고 싶지 않으시다면 지금까지 그러셨듯이 찢어버리셔도 됩니다. 저는 살인범이며 두 분의 보물인 히로토 군을 빼앗고 말았습니다. 죄송합니다. 사과드려도 용서받지 못할 거라는 건 알고 있습니다만, 몇 번이라도 사죄할 수 있게 해주십시오.

끝으로, 만약 괜찮으시다면 히로토 군이 안치된 묘지가 어딘지 알려주시면 감사하겠습니다. 부디 히로토 군 앞에서 직접 사죄할 기회를 주십시오.

간곡히 부탁드립니다.

2022년 1월 14일

기하라 신지

• • •

"뭐? 그럼 신지 군이랑 가논 짱도 최근에 온 거네? 와, 난 또 나만 신입인 줄 알았잖아."

버섯 머리를 흔들면서 미즈레 씨가 말한다.

가상공유공간 안에 있는 월드 중 하나인 '네버랜드'에서의 대화였다. 각자의 아바타를 쓰고 온라인상에서 소통할수 있는 게임. 내 VR 고글에 비친 것은 화려한 저택의 홀과 그곳 소파에 앉아 있는 버섯 생명체와 애니메이션 계열의 미소녀. 현실 세계에서는 겪을 수 없는 상당히 기묘한 광경이다.

이렇게 말하는 내 아바타도 거대한 아이스캔디다. VR 공간 안에서 거울을 보면 스카이블루 색의 움직이는 벽 같은 이상하기 짝이 없는 생물이 비친다.

"지난달에 온 내가 세 번째."

헌팅캡을 쓴 미소녀 아바타를 사용하는 가논 짱이 말했다.

"팅커벨 씨랑 가네쿠라 씨는 그때부터 있었던 것 같은데. 그 두 사람이 고참 아닐까?"

"저는 네 번째."

나도 손을 흔들며 대답했다. 표정을 세심하게 움직일 수 없는 이 VR 게임에서는 나도 모르게 보디랭귀지가 커진다.

"가논 짱보다 일주일 뒤에 왔습니다."

"흠, 참고로 너희는 어쩌다 오게 된 거야?"

스스럼없이 훅 들어오는 미즈레 씨.

"뭐, 이래저래."

가논 짱은 쓴웃음을 지으며 어물쩍 넘겼고,

"자세히 말하긴 좀."

나 역시 얼버무렸다.

아마도 다들 남에게 말 못 할 사연을 갖고 여기에 왔을 거라고 대강 짐작은 한다. 그리고 익명을 사용하는 상대에게 그리 쉽게 털어놓을 문제도 아니다. 실제로 한 달 가까이 알고 지낸 가논 짱의 사정을 나는 잘 모른다.

미즈레 씨는 시원스레 사연을 공개했다.

"난 위법일 게 뻔한 허브를 사려다가 우연히 여기로 왔거든."

"우와."

내가 놀란 소리를 냈고,

"말해버렸네."

가논 짱이 핀잔을 주었다.

위법 허브가 어쨌다기보다 그것을 술술 말해버리는 태도에 놀랐다.

"뭐, 실제로는 안 샀으니까. 아니, 못 산 거지."

미즈레 씨는 남 일처럼 웃는다.

"그나저나 두 사람은 몇 살이야?"

"열일곱."

내가 대답하고, 가논 짱이 이어서 말한다.

"나도 다다음 달이면 열일곱."

"엥? 나보다 한 살 어리네. 둘 다 어른스러워서 연상인 줄 알았지."

분위기를 화기애애하게 만드는 미즈레 씨의 리액션에 자연스럽게 미소가 지어진다.

미즈레 씨가 '네버랜드'에 오고 나서 단번에 공간의 분위기가 밝아졌다. 이쪽이 화제가 떨어져 난처할 때는 최근에 있었던 일을 곧잘 이야기해 준다.

이미 직장생활을 하는 미즈레 씨는 최근에 의류 가게 점원으로 이직한 모양이다. 손님 응대가 여전히 어렵지만, 전에 일했던 이자카야보다는 훨씬 적성에 맞는다고 유쾌하게 떠든다. 승진하려면 색채 검정 자격증을 취득해야 한다며 지금 3급 합격을 목표로 공부하는 중이란다.

현재 팅커벨 씨와 가네쿠라 씨는 다른 공간에서 새 월드를 설계 중. 지난번에 만든 '태백산 정상'은 꼬치꼬치 캐물어 보니 사진을 무단으로 가져다가 사용한 게 드러나 모두가 질타했고, 결국 월드 자체를 삭제하기로 했다.

"어째 나만 떠들어서 미안."

도중에 미즈레 씨가 멋쩍게 웃는다.

"아직 잘 몰라서 그러는데 두 사람은 여기서 뭘 해? 계속 이렇게 수다만 떨어?"

"그렇지도 않아. 서로 작업하느라 정신없을 때도 많은데."

가논 짱이 대답한다.

"난 그림 그려. 그냥 현실에서 혼자 그려도 상관없지만 계속 혼자 있으면 외롭기도 하고 익숙해지면 VR에서 그리는 게 재밌거든."

홀 구석에는 가논 짱 전용 캔버스가 놓여 있다. 가논 짱의 요청으로 가네쿠라 씨가 고생해서 설치해 주었다고 한다. 유명 소년만화의 팬아트. 완성되면 팬 커뮤니티 월드에 가져가서 공개한단다.

미즈레 씨는 한동안 감탄한 후 질문을 던졌다.

"신지 군은?"

순간 말문이 막혀서 가논 짱을 쳐다보고 만다. 하지만 이건 나에 관한 문제였다. 다른 멤버도 아는 일이다.

"편지 초고를 쓰고 있습니다."

솔직하게 털어놓기로 했다. 미즈레 씨가 나쁜 사람인 것 같진 않다.

"편지?"

"다른 분들께 종종 상담하면서요."

설명하는 것보다 보여주는 게 빠를 것 같아서 문자 입력용 윈도우를 실행한다. 이 VR 게임에는 컴퓨터에 접속하는 기능도 있다. 팅커벨 씨도 곧잘 똑같은 기능을 사용해서 뭔가를 집필하고 있었다.

마치 빔프로젝터로 투영하듯 편지 내용이 떴다. 올해 1월에 보낸 편지다. 이걸 읽으면 사정을 알 수 있을 것이다.

"제가 상처 준 사람에게 보낸 편지예요."

미즈레 씨가 숨을 삼키는 소리가 들렸다.

．．．

후회해도 씻을 수 없는 과거가 있다.

——밤놀이를 반복하던 고등학교 1학년생 기하라 신지는 친구 히구레 히로토와 대형 바이크를 훔쳐 무면허 상태로 함께 바이크를 탔다. 10킬로미터 정도 주행한 후 넘어졌다. 그때 핸들을 잡고 있던 히구레 히로토는 마주 오던 차에 치여 사망.

그것이 내가 저지른 잘못의 **표면적인 줄거리.**

가벼운 처분을 받고 끝났다. 부모님이 날 위해 변호사를 고용해 주신 덕분이다. 소년감별소에 들어가게 됐지만, 소년심판 결과는 불처분이었다.

하지만 이것은 표면적인 이야기——내가 저지른 진짜 죄는 훨씬 무겁다.

그래서 히구레 히로토의 부모님께 용서를 비는 편지를 계속 쓰고 있다.

．．．

"이번 주에 보낼 편지를 가져왔습니다."

눈앞에 앉은 스노하라 선생님은 응, 하고 고개를 끄덕이더니 즉시 확인해 주었다. 초고는 이미 메일로 보내서 OK를 받은 상태다. 그것을 편지지에 옮겨서 매번 선생님의 사무실에서 오탈자를 검사받는다.

스노하라 선생님은 변호사다. 깡마르고 안경을 쓴 삼십 대 중반의 남성. 너무 바빠서 잠도 제대로 못 자는지 눈 밑에 진한 다크서클이 자리 잡고 있다. 만날 때마다 걱정되지만 언제나 싱글싱글 웃는 미소는 끝까지 유지한다.

스노하라 선생님은 처음 신세 졌을 때부터 지금까지 한결같이 친절하게 대해주신다. 소년심판에서 불처분 결정이 내려진 것도 스노하라 선생님 덕분이라고 부모님께서 알려 주셨다. 그 일 이후 일주일에 한 번은 스노하라 선생님의 사무실에 방문해서 히로토의 일을 상담한다.

스노하라 선생님은 편지를 다 읽으시더니, 힘껏 고개를 끄덕였다.

"응, 잘 썼어."

"매주 빠지지 않고 편지를 쓰다니 장하네. 보통 이렇게까진 못하거든. 중간에 그만두는 아이들이 훨씬 많을걸."

"장하긴 뭐가 장해요. 제가 잘못한 거니까요."

편지는 소년감별소에서 나온 후 계속 쓰고 있다. 처음에는 히로토의 집으로 직접 용서를 구하러 갔었지만, 호되게 쫓겨나는 바람에 편지로 죄송한 마음을 전하게 되었다. 히로토의 1주기 때 그동안 보낸 편지가 도착 즉시 갈기갈기 찢겼다는 걸 알게 된 후로는 스노하라 선생님께 전달한다.

"솔직히."

나는 고개를 숙였다.

"사죄 같은 건 자기만족이지 않을까? 하고 생각했던 적도 있습니다. 이런 건 히로토 부모님께는 민폐일 뿐일지도 모른다고."

편지를 쓰는 손이 멈추는 밤도 당연히 있다. 히로토 부모님의 소원은 단 한 가지. '히로토를 살려내는 것' 말고는 없을 테니까.

스노하라 선생님은 그렇겠지, 라고 말했다.

"그 생각도 일리 있어. 가해자가 보낸 편지 같은 건 꼴도 보기 싫어하는 사람이 많아. 사건이 떠올라 가슴 아플 뿐이니까. 네가 편지를 쓰는 건 어떤 의미에서는 잔혹한 행위지."

"네."

"하지만 '편지 같은 건 어차피 자기만족이니까 쓰지 않겠다'고 네가 주장하는 것도 잘못된 게 아닐까?"

응석 부리려던 마음을 간파당해 입술을 깨문다.

스노하라 선생님의 말씀이 옳을지도 모른다.

어떤 미사여구로 꾸민다고 해도 내가 히구레 히로토 부모님께 깊은 상처를 준 사실은 변하지 않는다. 내가 할 수 있는 일은 계속 용서를 구하는 것뿐이다. 상대가 이제 됐다고 말할 때까지 내 마음대로 그만둘 수는 없다.

"괜찮아. 너무 심각하게 생각할 필요 없어."

스노하라 선생님은 빙그레 미소를 짓는다.

"부모 입장에선 간단히 '용서'되지 않을 거라 생각해. 하지만 언젠가 마음을 받아주실 날이 꼭 올 거야."

격려하듯 어깨를 두드렸고,

"감사합니다."

나는 깊이 고개를 숙였다.

편지에 대한 이야기를 일단락 지은 스노하라 선생님이 응접실에서 전병을 먹으며 근황을 물었다. 나는 그대로 보고했다.

"결국 방송 통신 고등학교로 전학 가기로 했어요."

"그렇구나."

스노하라 선생님은 다소 애처롭다는 듯 끄덕였다.

"역시 껄끄럽더라고요. 반 아이들하고도 서먹서먹한 느

낌이 들어서. 그럼 차라리 학교를 옮기는 게 서로 편할 것
같아서요."

"긍정적으로 생각하고 내린 결단이라면 상관없지만. 그
래도 방송 통신 학교면 외롭지 않겠어? 기본적으로 계속
집에서 공부하는 거지?"

"그게 의외로 그렇지도 않더라고요."

의아해하는 스노하라 선생님께 슬쩍 밝혔다.

"친구가 생겼어요. 온라인상에서. 요즘에는 공부를 끝내
고 나면 거기에 죽치고 있어요."

"죽치고 있다고?"

"가상공유공간이란 곳이에요. SNS보다 타인과의 거리감
이 덜 느껴져서 별로 외롭진 않아요."

솔직한 본심이었다. 처음에는 거부감이 들었지만 이제
'네버랜드'는 자택 거실보다 편한 공간이 되었다. 화면 너
머로도 상대의 숨결까지 알 수 있고, 실시간으로 상대의
움직임을 보고 있으면 영상통화보다 '생동감'이 느껴진다.
대부분 '네버랜드'에 틀어박혀 있지만, 가끔 가논 짱과 다
른 월드를 구경하러 가는 것도 재밌다. 현실 세계에서는
경험할 수 없는 공중정원이나 고대 유적을 모험한다.

"아마."

정신을 차려 보니 자연스럽게 말하고 있다.

"히로토한테도 알려줬다면 푹 빠지지 않았을까 생각해요."

스노하라 선생님이 다정한 음성으로 읊조렸다.

"그래."

어떻게 반응하면 좋을지 모를 발언이었다고 반성한다. 하지만 어쩔 수 없다. 녀석이 떠난 지 1년 8개월이 지났지만, 내 절친은 그 녀석뿐이다.

나와 히로토는 3년 이상의 세월을 함께 보냈다.

원래 교실 반대쪽에 있는 인간이었음에도 불구하고.

• • •

공립중학교 1학년 1학기 교실은 마치 전쟁터 같다. 일단 각 초등학교 동문끼리 그룹을 형성해 타 그룹을 관찰한다. 멋진 놈, 인기 많을 것 같은 놈, 입담이 좋은 놈, 완력이 센 놈. 그렇게 서로를 파악하는 기간이 끝난 후에는 집단을 떠나거나 배신하는 소란의 시기가 찾아오고, 6월에는 피라미드형의 카스트가 형성되어 종전을 맞이한다.

그런 실랑이에 가담하는 게 바보처럼 느껴져서 일찌감

치 이탈, 다른 말로 패배한 나는 교실 구석에서 단편소설을 쓰고 있었다. 중학교 도서관에서 발견한 호시 신이치[17]의 쇼트-쇼트에 빠져 그의 작품은 모조리 독파했고, 그 결과 나도 글을 써보고 싶은 생각이 들었다. 교실 안의 전쟁을 곁눈질하면서 수첩에 문장을 써 내려갔다.

"너, 뭐 쓰냐?"

히구레 히로토가 수첩을 집어 든 것은 중1의 7월.

으악, 망했다! 라고 생각했다.

히구레 히로토로 말할 것 같으면 4~5월의 피 터지는 교실 전쟁에서 승리하고 정점에 선 인물이다. 아니, 당사자는 피 터지게 싸운 자각조차 없을 것이다. 주변 아이들이 히로토를 멋대로 추앙하고, 멋대로 추켜세웠다. 히로토 본인은 그저 반에서 잘나가는 척 행동했을 뿐인데 정점에 섰다.

교칙에 걸릴 듯 말 듯 한 선까지 기른 머리카락을 5 대 5로 가르마 타서 이목구비가 반듯한 얼굴을 훤히 드러내고 다녔다. 할아버님이 중국인이라는 얘길 들은 기억이 있다. 같은 아시아지만 일본인이 아닌 다른 피가 섞여서 그런지

---

17 (星 新一, 1926~1997). 일본의 대표 SF 작가로, 1957년 SF 동인지 《우주진》창간에 참여해 200자 원고지 20매로 구성된 초단편 소설(쇼트-쇼트)을 개척함.

다른 아이들과 분위기가 다르다. 중국어도 '니하오'말고는 한마디도 못 하면서 가끔 중국어스러운 발음을 즉흥으로 만들어내 반 아이들을 열광시켰다.

점심시간 때 그런 인기남의 눈에 내가 포착되었다.

화장실에서 막 돌아온 모양이다. 히로토는 양옆에 있던 반 아이들을 먼저 보내고 멋대로 내 수첩을 읽기 시작했다.

식은땀이 배어 나오기 시작한다. 돌려달라는 말도 못 했다. 히로토의 동작이 너무나도 자연스러워서 악의 같은 것이 느껴지지 않아 화내지 못했다.

어색한 침묵이 이어지더니 이윽고 히로토가 수첩을 덮었다.

"이거 빌려 가도 돼?"

히로토가 입을 열었다.

"방과 후에 부탁할 게 있어."

그때부터 전개가 빨라졌다.

방과 후, 학교 근처에 있는 제방으로 이동하면서 히로토는 속사포를 쏘듯 말했다.

"나, 개그맨[18]이 되고 싶어. 개그맨. 요즘 들어 개그맨이

---

18 일본에서는 두 사람이 팀을 이뤄 만담 형식으로 개그를 선보이는 형태가 주를 이루는데, 이야기를 진행하면서 보케가 엉뚱한 말을 할 때 핀잔을 주는 역할이 '쏫코미', 쏫코미가 이야기를 풀어나가는 사이에 엉뚱한 말로 좌중에 웃음을 주는 역할이 '보케'.

제일 잘 멋있어 보여. 클래식 같은 거 들어? 난 아직도 뭐가 감동적인지 잘 모르겠어. 그냥 팝 같은 게 훨씬 좋아. 그런 점에서 개그맨이 좋아. 웃음을 주잖아. 고상한 건 그걸 이해하는 사람들한테만 좋은 거야. 그렇지만 그걸 이해 못 하는 사람들 입장에서는 소외감이 들지 않겠어? 난 있지, 누군가를 외롭게 만들기보다 저속하단 소릴 들어도 좋으니 웃음을 주고 싶어.”

이야기를 다 들어봐도 ‘히구레 히로토는 개그맨이 꿈이다’라는 것 이상의 정보는 얻을 수 없어서 이 녀석이 정말 인기남인가? 하는 의심이 들었다.

그러한 속내가 들켰는지 히로토가 손을 흔들며 말한다.

“미안, 너무 흥분했네. 기하라 신지. 너, 내 파트너가 돼줘.”

“뭐?”

“대본 쓸 수 있지? 네 수첩, 수업 중에 다 읽었어.”

히로토는 가슴 포켓에서 내 수첩을 꺼냈다.

“‘성능이 후진 통역 앱을 사용해 외국에서 은행을 터는 이야기’는 콩트로 하면 재미있을 거야. ‘셀프 계산대에서 바가지 쓰는 이야기’는 설정을 다듬으면 만담으로 먹힐 것 같아. 넌 만담이랑 콩트 중 뭐가 좋아?”

어이가 없어서 아무 말도 할 수 없었다. 옆에 있는 녀석이 제정신인지 의심스러웠다.

히로토는 이미 수첩을 펼쳐가며 1인 2역으로 만담을 시작했다. 실제로 보여주려는 것 같은데 도로변에서 자작 소설이 낭독되는 수치심은 도저히 못 견디겠다.

"그만해."

나는 강제로 어깨를 잡으며 제지했다.

"왜 나야. 성격 좋고 말발 센 놈이랑 해."

"밸런스가 중요하지, 밸런스. 오도리[19]나 하라이치[20]처럼 음양의 조합이 제일 재밌어. 나처럼 밝은 놈한테는 너처럼 음침한 놈이 적격이야."

'음침한 녀석'이라고 대놓고 디스하면서 악의가 없는 건 또 처음이다.

히로토는 내 앞으로 돌아와서 두 손을 합장했다.

"제발, 부탁 좀 하자. 응? 하다못해 다음 문화제까지만이

---

[19] 와카바야시 마사야스(쓰코미)와 가스가 도시아키(보케)가 2000년에 콤비를 결성. 2008년 M-1 그랑프리(개그콘테스트) 준우승. 2 대 8 헤어스타일과 분홍색 니트 조끼로 확실한 캐릭터를 구축한 가스가는 우승팀인 '논스타일'보다 많은 인기를 누리며 2009년~2010년 방송 출연을 가장 많이 한 연예인 1위에 오름.

[20] 사이마현 출신 죽마고우 이와이 유키(보케)와 사와베 유(쓰코미)는 2005년에 콤비를 결성하여 2009년 M-1 그랑프리 결승에 진출함.

라도 좋으니까 같이 하자."

거대한 인력에 빨려 들어가는 듯한 기분이었다.

하지만 나는 그 에너지를 거부할 정도의 담력을 가지고 있지 않았다.

처음에는 같이 한번 해볼까? 하는 정도의 기분이었다.

하지만 문화제 때 선보인 공연이 뜻밖에도 대박을 터트리고 만다.

히로토의 입담이 워낙 탁월한 덕분에 체육관에서의 공연은 분위기가 한껏 달아올랐다. 아직 히로토에 대해 잘 모를 상급생조차도 배를 부여잡았다. 체육관이 흔들리는 듯한 감각. 대박이라고 생각했다. 히로토와 콤비를 결성하면 내가 쓴 대본으로 이렇게나 많은 사람에게 웃음을 줄 수 있다. 마약에 가까운 쾌락이 뇌를 흔들었다.

어느샌가 나도 개그에 푹 빠지고 말았다.

우리는 그 후에도 일주일에 한 번, 강둑에 모여 만담 연습을 이어갔다. 내가 대본을 쓰면 히로토가 지적하거나 의견을 내고, 난 그것을 받아들여 수정한다. 완성된 대본을 여러 번 반복해서 연습한다. 내가 입담이 부족해 걸림돌이 되고 있어서 연극부에 들어가 발성 연습에 끼워달라고 했다. 마당발인 히로토는 거의 매일 누군가와 어울리는 것 같았는데, 그 풍부한 교류 덕분에 토크 기술이 발전하는 것 같다.

중3으로 올라갈 무렵, 히로토와 둘이서 만담 공연에 간 적도 있다. 매일 텔레비전에서 보던 도쿄에서 온 인기 개그맨의 단독 공연. 부모님께 부탁해서 공연비를 받아 긴장하며 향했다. 텔레비전이나 인터넷 방송이 아닌 리얼한 개그맨의 모습에 가슴이 두방망이질 쳤던 것이 기억난다. 공연이 끝난 후, 오른쪽에서 눈물을 흘리며 웃고 있던 히로토가 말을 걸었다.

"우리도 저 스포트라이트 밑에 서자."

그 열의에 감화 받은 듯 내 마음도 불타올랐다. 연습하던 대본을 SNS에 올리기로 정했다. 일주일에 한 번 하던 연습을 거의 매일 하기로 하고 둑에 모였다. 가장 먼저 올린 영상은 망했다고 해도 좋을 정도로 조회수가 오르지 않았지만, 계속 올리는 동안 만담 팬들의 눈에 띄어 수백, 수천까지 팔로워 수가 늘어났다.

나는 사소한 걸로 고민했다. '그게 아니야'와 '그게 아니잖아' 중 어느 쪽이 어울리는지를. 표현이 너무 난폭하면 거부감을 느끼는 시청자도 있지 않을까. 골머리를 앓으며 구시렁거리고 있으면 히로토는 매번 똑같은 말을 했다.

"정답 같은 건 없어."

자못 젠체하는 말투로 말한다.

"우리 행동이 선택을 정답으로 만드는 거야."

딱히 근거도 없는 격려였지만, 그 근거 없는 자신감이 히로토다워서 좋았다.

그 무렵에는 대본 초고를 써 놓은 수첩이 열두 권에 육박했다. 대부분은 책상 구석에 쌓여 있지만 히로토가 나를 발견해 준 첫 수첩만큼은 지금도 책상에서 가장 잘 보이는 자리에 진열해 놓았다. 히로토가 떠난 후에도 계속.

• • •

미즈레 씨에게 편지에 대한 사연을 말한 이튿날, 어째선지 미즈레 씨가 의욕을 보였다.

"나도 편지나 써볼까?"

신세 진 삼촌과 숙모께 편지를 보내고 싶단다.

오늘은 멤버 모두가 출석했다. 이불요괴 아바타 팅커벨 씨. 고양이 신사 아바타 가네쿠라 씨. 헌팅캡 미소녀 아바타 가논 짱. 그리고 거대 버섯 아바타 미즈레 씨.

"애초에 컴퓨터가 없으면 문장을 못 써."

가네쿠라 씨가 핀잔을 주었다.

미즈레 씨가 사용하고 있는 내장형 VR 고글로는 문장 입력이 어렵다. 전혀 불가능한 건 아니지만 상당히 번거롭다.

"그래서 신지 군에게 대신 입력해 달라고 하려고. 내가 읽어줄 테니까 나중에 데이터 보내줘."

"편지 같은 건 직접 손으로 쓰면 되잖아."

"멍청한 내가 그런 짓을 하면 내용이 개차반일 거야. 고등학교 중퇴를 가볍게 생각하지 마. 소년원에서도 써봤는데 차마 눈 뜨고 못 봐주겠더라."

"모든 중졸한테 사과해. 너보다 똑똑하거든."

미즈레 씨와 가네쿠라 씨의 박자감 있는 티키타카에 가논 짱이 큭큭 웃는다.

결국, 오늘 미즈레 씨의 편지 초고를 쓰게 됐다. VR 공간에 거대한 스크린을 투영시켜 내 컴퓨터 화면을 띄웠다. 일단 계절 인사를 입력한 뒤,

"말씀하세요."

재촉하면서 미즈레 씨의 말을 기다렸다.

"……음, 무슨 말을 하면 좋을지 전혀 떠오르지 않아."

"뒈지시든가."

가네쿠라 씨의 아바타가 미즈레 씨에게 몸빵을 날렸다.

아프지 않을 텐데 미즈레 씨는 꺅! 하고 리액션을 취했다.

내가 제안했다.

"일단 편지를 쓰게 된 동기부터 말해야 하지 않을까요?"

"음-'늘 걱정을 끼쳐서 죄송하다' 같은 거?"

미즈레 씨가 대답하자,

"두루뭉술하네."

가네쿠라 씨가 독설을 뱉었고,

"그냥 LINE[21]으로 보내면 안 돼?"

가논 짱이 쓴웃음을 지었다.

한동안 미즈레 씨가 보낼 편지 내용을 두고 악전고투하는 시간이 이어졌다.

결국, 미즈레 씨의 동기가 확실치 않아서 일단 인터뷰를 시도했다. 왜 삼촌과 숙모께 편지를 보내고 싶은지. 구체적으로 어떤 은혜를 입었는지. 그것에 대해 미즈레 씨는 당시에 어떤 생각을 했고, 지금은 무엇을 느끼는지.

인터뷰 중에 가네쿠라 씨가 계속 훼방을 놓았다. 미즈레 씨와 가네쿠라 씨가 자꾸 옥신각신하는 바람에 인터뷰를 중단했다. 고등학교를 중퇴한 미즈레 씨는 가네쿠라 씨가 중졸이라는 걸 알고는 학력으로 기선 제압에 들어갔다.

---

21 커뮤니케이션 메신저 앱.

"둘이 사이가 좋네."

가논 짱이 나에게 귓속말만 할 뿐 말리진 않는다.

"편지 쓸 생각이 있는 거예요?"

결국, 보다 못한 내가 미즈레 씨를 타일러 겨우 대화의 궤도를 돌려놓는다.

고작 A4 반절 정도의 문장을 쓰는 데 결국 2시간 가까이 허비하는 지경에 이르렀다. 고생한 보람은 있어서 미즈레 씨는 완성된 편지를 보고 깊이 고개를 끄덕인다.

"잘 썼네! 신지 군, 고마워!"

원고를 미즈레 씨의 스마트폰으로 전송하자 피로가 확 몰려왔다.

"잘하고 있군요, 신지 군."

등 뒤에 팅커벨 씨가 서 있다. 그는 우리가 편지 때문에 생고생하는 모습을 그저 바라보고만 있을 뿐 대화에 끼어들진 않았다.

"뭐, 괜찮아요."

무심결에 웃었다.

"가끔 이런 것도."

"신지 군의 기술에 탄복했습니다."

"네?"

"상황을 잘 정리했잖아요. 미즈레 씨와 가네쿠라 군이 옥신각신할 때 몇 번이나 '그러니까 이런 건가요?'라며 요약을 잘하던걸요."

얼굴이 뜨거워진다. 내가 유도하지 않으면 편지가 중구난방이 될 것 같아 초조해졌을 뿐이다. 칭찬을 들으면 쑥스러워진다.

"익숙해서 그래요. 옛날에 훨씬 말도 안 되는 걸 요구하던 놈이 있었거든요."

히로토 얘기다. 그는 기본적으로는 내가 쓴 대본을 마음에 들어 했지만, 향상심이 강해서 지적질도 많았다. '이 부분 동작을 좀 더 꾹 참는 느낌으로 바꿀 수 없냐?'라든가 '왠지 쏫코미가 안 어울린다, 티키타카가 매끄럽지 않다'라는 감각적인 요구뿐이었지만. 그런 억지 요구를 듣고 '예를 들면 이렇게?'라고 수정안을 제시하는 건 전적으로 내일이다.

히로토에 비하면 미즈레 씨의 요구는 귀여운 수준이다.

"그러네요.

무심코 볼이 풀어졌다.

"옛날 생각도 나고 좋았어요. 오히려 제가 더 고맙죠. 편지를 계속 써야겠다는 자극을 받았거든요."

"그렇군요."

팅커벨 씨는 온화한 목소리로 수긍했다.

"정말이지 신지 군은 지나치게 성실해요."

어떤 의도로 하는 말일까. 잘 이해되지 않아 고개를 갸웃거린다. 나는 팅커벨 씨의 정체를 모른다. 현실 세계에서의 내 정체를 알고 이곳으로 초대한 베일에 싸인 인물.

그가 무엇 때문에 나를 '네버랜드'로 불렀는지 아직 모른다.

• • •

8월 중순, 스노하라 선생님께 편지를 칭찬받았다.

적당한 온도로 냉방이 유지되고 있는 사무실에서 콜드브루로 방식으로 신경 써서 만들었다는 아이스커피를 대접받았다. 선생님은 마침 사무 직원 한 명이 출산휴가에 들어갔다며 내게 아르바이트를 해보지 않겠냐고 제안하셨다. 스노하라 선생님께는 신세를 지고 있어서 흔쾌히 수락했다. 전화응대나 데이터 입력 등의 간단한 잡무라고 한다. 그 후, 늘 그랬듯이 편지를 제출했을 때 상냥한 표정으로 말해주셨다.

"요즘 들어 문장 실력이 눈에 띄게 좋아졌어. 표현의 폭이 넓어졌구나. 지금까진 형식적인 말이 줄지어 있는 것 같은 딱딱한 문장이었는데 지금은 너의 성실한 마음이 잘 느껴져."

"감사합니다."

머리를 숙이면서 '네버랜드'의 멤버를 떠올렸다. 그들에게도 매주 편지를 읽어달라고 한 후 감상을 듣고 있다. 예의를 벗어난 단어는 없는지, 되레 화를 돋우진 않는지 등등 불안한 부분은 아주 많다. 그들은 본인들 문제처럼 언제나 세심하게 체크해주었다.

"히로토 부모님께서는 편지를 읽어보시나요?"

불안하게 생각하던 것을 물어보았다. 1주기 추모식 때 그동안 보냈던 편지는 도착 즉시 갈기갈기 찢겼다는 걸 알게 됐다. 스노하라 선생님께서 대신 전해주기로 한 후부터는 그런 일이 없는 것 같지만 아직 답장은 받지 못했다.

"글쎄, 잘 모르겠구나."

스노하라 선생님은 난처하다는 듯 미간을 찌푸렸다.

"하지만 분명 읽어보시지 않을까? 부모님을 뵐 때마다 표정이 부드러워진 느낌이 들거든."

"정말요?"

나도 모르게 목소리가 상기되고 만다. 기뻤다. 지금까지 내가 보낸 편지는 자기만족 같은 게 아니었다.

——그렇다면 하다못해 히로토의 묘에 성묘만이라도 할 수 있게 해달라고 부탁해 주면 좋겠는데.

계속해서 요구하고 싶어진 마음을 황급히 눌렀다. 흥분하면 안 된다고 스스로에게 경고한다. 아직 용서받은 건 아니니까.

그렇게 이해하면서도 자신의 진심이 조금이라도 닿았다는 사실에 안도의 한숨이 흘러나왔다.

스노하라 선생님과 아르바이트에 관한 이야기를 마무리 짓고 그날은 귀가했다.

현관에 들어섰을 때 카레 냄새가 비강을 자극한다. 가지, 토마토, 오크라, 주키니호박 등 여름 채소를 듬뿍 사용한 아버지표 카레다. 히로토의 최애 음식이기도 했다. 비 오는 날 우리 집에서 대본 연습을 하고 있을 때 한 번 먹은 적이 있는데, 그날 이후로 여름이 오면 강독에서 연습한 후에 카레를 먹으러 뻔질나게 오게 되었다. 한 그릇 더 달라고 요구할 정도로 마음에 들어 했다. 아버지는 우리의 꿈을 응원해 주셨기 때문에 능청스러운 히로토에게도 싫은 내색하지 않고 카레를 듬뿍 담아주셨다.

"다녀왔습니다."

주방에 서 있던 아버지에게 말하자,

"신지."

아버지는 망설임이 뒤섞인 시선으로 쳐다본다.

"왜요?"

"텔레비전 하드디스크[22]가 슬슬 꽉 찰 것 같아. 어떻게 할래? 블루레이로 옮길까?"

아아, 하며 거실에 놓여 있는 50인치 액정 텔레비전을 바라본다. 히로토와 함께 진심으로 개그맨을 꿈꾸기 시작한 후, 인기 버라이어티 방송은 전부 녹화되도록 설정했다. 텔레비전에 연결해 놓은 기록 매체의 용량이 가득 차면 블루레이로 옮겨 언제든지 볼 수 있도록 선반에 정리해 두었다.

결코 말씀은 하지 않으셨지만, 아버지의 의도가 무엇인지 이해한다.

——아직도 개그 프로그램을 볼 생각이 있니?

자동으로 녹화되어 쌓여가는 프로그램을 단 한 편도 보지 않았다. 작동시키면 '미시청'을 나타내는 빨간 기호가

---

22 일본에서는 TV 프로그램을 녹화하여 하드디스크나 블루레이에 저장해 두
   는 가정이 많음.

위에서 아래까지 꽉 차 있을 것이다. 히로토가 죽었을 때 개그맨이 되겠다는 열정은 촛불이 꺼져버리듯 순식간에 사라지고 말았다.

그리고 아버지는 이것도 묻고 싶으실 것이다.

——이제 개그맨이 될 생각은 없는 거야?

공부도 열심히 하라고 잔소리하시면서도 부모님은 내 꿈을 응원해 주셨다. 처음에는 난색을 드러내셨지만, 히로토가 직접 말씀드리자 순식간에 태도를 바꾸셨다.

"나중에 지울게."

나는 시선을 돌리며 말했다.

"내 파트너는 그 녀석뿐이니까. 이제 와서 다른 녀석이랑은 못 해."

"알겠다. 그게 네가 내린 결단이라면 뭐. 깊이 고민하지 않았겠니."

"응. 죽을 만큼 고민했어."

"하지만 부모로서 물으마. 혼자 활동하는 길도 있잖니?"

생각해 보지 않은 것은 아니다. 혼자 활동하는 개그맨도 얼마든지 존재한다.

"무리."

나는 고개를 가로저었다.

"만약 기적이 일어나서 떴다고 쳐. 내가 텔레비전이나 인터넷 방송에 나오면 히로토 부모님의 기분이 어떻겠어. 엄청 싫지 않을까? 남의 마음을 짓밟으면서까지 개그맨이 되고 싶은 건 아니니까."

말을 끝냈을 때 아버지가 애처롭게 바라보시는 걸 눈치챘다.

퍼뜩 정신이 들었다. 마치 스스로를 타이르는 듯한 대사 같았다.

도망치듯 내 방으로 향했다. 정면 벽에 붙어 있는 포스터가 시야에 들어왔다. 히로토와 같이 보러 갔던 개그맨의 단독 공연 사인 포스터다. 본인을 직접 만나지 못했기 때문에 히로토가 그럴싸하게 유성펜으로 흉내 냈다.

부글부글 끓어오르는 기분에 휩싸여 그 포스터를 떼어 내려고 손을 뻗었다가 망설인다. 포스터에서 시선을 돌리듯 책상 위를 쳐다본다.

애용하는 수첩이 산더미처럼 쌓여 있다.

나는 가방에서 지금 사용하는 수첩을 꺼내 책상 위에 펼쳤다. 예전에는 쇼트-쇼트를 썼고, 히로토와 만난 후로는 만담 대본을 휘갈겨 썼다. 버라이어티 프로그램을 보면서 재밌다고 느낀 쏫코미 대사를 모아 내 만담에 적용할 만한

101

것을 정리했다. 학교에서 문득 콩트 장면이 떠오르면 수업 중에라도 망설이지 않고 메모했다.

하지만 지금 지면을 채우고 있는 것은 전혀 다른 문장이다.

'죄송합니다', '깊이 사과', '제가 잘못했습니다', '이제 돌아올 수 없는데', '히로토의 파트너인 제가 말렸어야 했습니다', '마음이 약했습니다', '죄와 마주하고', '어리석었습니다', '히로토를 위해 할 수 있는 것'.

히로토 부모님께 사죄의 편지를 쓰기 위해서 생각해 낸 단어나 표현.

내 수첩은 속죄의 단어로 모든 페이지를 채우고 있다.

• • •

히로토는 부모님에 대한 불만을 자주 토로했다.

"아직도 날 이해 못 하셔. 문화제에서 얼마나 반응이 뜨거웠는지 아무리 말해도 '개그맨 따위'라는 말만 해."

히로토의 부모님은 히로토가 취직해서 착실하게 일하길 바라는 모양이었다. 개그맨은 장래가 보장되어 있지 않다는 게 그 이유다. 걱정하시는 건 이해가 되지만 '네, 그렇죠'라며 수긍할 수도 없는 노릇이다. 우리 부모님처럼 응원해 주시는 케이스가 드문 경우일지도 모른다.

"고등학교에 들어가면 도전하자. 하이스쿨 만담 콘테스트. 그리고 틱톡은 재학 중에 팔로워 10만 명 이상. 거기까지 가면 잔소리는 안 하시겠지."

중3 여름부터 우리는 한층 더 개그에 열중했다. 같이 갔던 단독 공연이 마음에 불을 붙였다. 밤늦게까지 연습이나 대본 쓰는 일에 몰두했다.

히로토의 입에서 부모님에 대한 불평이 늘어난 것도 그 무렵이다. 히로토가 개그에 쏟는 정열이 부모 자식 관계에 불화를 가져온 것은 불 보듯 뻔한 일이었다. 히로토가 직접 말하진 않았지만, 밤마다 히로토와 어울리는 나도 싫어하시는 모양이다.

히로토는 집에 자주 들어가지 않게 되었다.

그 후, 가을에서 겨울로 넘어가는 사이에 히로토의 교우 관계에 변화가 생겼다.

"집에 있으면 부모님이 잔소리해."

라며 지인들의 집에 종종 얹혀 지낸 모양이었다. 학교가 아닌 곳에서 만난 동료라고 한다. 약속 장소인 둑에는 매번 오긴 했지만, 옷에 담배 냄새가 배어 있었다. 히로토는

'목이 상하니까 안 피운다'고 했으니 동료가 피우는 모양이다. 이따금 바이크를 얻어 타고 오는 걸 보았다. 현란한 색의 티셔츠 위에 가죽 재킷을 입고 찰그락찰그락 소리가 나는 실버 액세서리를 휘감은 남자. 그런 인간이 히로토의 주변에 나타나기 시작했다.

"히로토, 괜찮아?"

둑에 동료의 바이크를 타고 온 히로토에게 충고한 적도 있다.

"위험한 놈들이랑 어울리는 거 아니야? 쟤들은 뭐야? 전달책이야? 인출책이야?"

"특수사기 전제냐?"

히로토는 천연덕스럽게 웃으면서 새하얀 이를 보였다.

"생긴 건 저래도 좋은 사람들이야. 우리 만담 영상도 곧잘 봐주고 집에서 충전도 하게 해줘. 너도 한번 와."

"같이 찍은 사진은 인터넷에 올리지 마."

"반사회조직이 아니라니까 그러네."

이야기가 얼추 끝나자마자 히로토가 재촉했다.

"추우니까 얼른 대본이나 맞춰보자."

평소와 다름없는 시원시원한 태도에 더는 추궁할 수 없어서 입을 다물고 만다.

"너까지 그런 얼굴 하지 마."

히로토는 어깨를 움츠렸다. 모처럼 산 주스의 탄산이 빠져 있을 때처럼 착잡한 표정을 짓고 있다.

"너까지라니?"

"어제 무단으로 외박해서 부모님께 된통 깨졌어. 진짜 죽을 맛이다."

애초에 나는 히로토가 무단으로 외박했다는 것조차 몰랐다. 아무리 그래도 그건 좀 아니라고 생각하고 있을 때 히로토는 쓴웃음을 짓는다.

"그러니까 그런 얼굴 하지 말라고. 괜찮아. 개그맨이니까. 살짝 삐딱선을 타는 정도가 딱 좋아. 다음에 소개해 줄게. 아까 바이크를 태워준 사람이 하시구치 선배야. 하지만 제일 존경하는 건 역시 레지스탕스 쓰키시마 씨."

얼떨결에 쓴코미를 넣고 말았다.

"누군데, 레지스탕스 쓰키시마가."

그러자 히로토는 그제야 입가가 풀어지며,

"알았어. 지금부터 레지스탕스 쓰키시마 씨를 흉내 낼게."

템포를 살려 받아치더니 그대로 즉흥 만담을 시작해 버렸다. 히로토가 보케를 시작하면 나는 별수 없이 쓴코미로 받아칠 수밖에 없다.

이야기가 엉뚱한 방향으로 흐르고 있다는 건 인식했지만, 그대로 흐름에 맡기는 수밖에 없었다.

결국, 나는 '히구레 히로토가 하는 일인데 괜찮겠지'라고 안심한 것이다. 근거 따윈 없지만, 그는 본인의 선택이 옳다고 여기게 만드는 매력이 있었으니까.

• • •

몇 번이나 만약을 몽상한다.

만약 히로토 부모님께 용서받는 날이 온다면 한 번 더 개그맨을 꿈꿀 수 있는 날이 올지도 모른다. 히로토와 함께 완성한 대본을 한층 더 다듬어서 일본 국민 모두에게 웃음을 주고 싶다. 천국에 있는 히로토에게 닿을 정도로.

그래서 성심성의껏 사죄의 편지를 써 내려간다.

'네버랜드' 사람들을 만난 것은 행운이었다. 다른 곳에서는 이런 상담을 할 수 없다. 분명 그들에게도 후회스러운 과거가 있겠지. 그러니 내 고민을 진지하게 들어주는 것이다.

문자의 양은 자연스럽게 많아졌다. 편지지를 몇 장이나

할애해서 쓴 편지를 스노하라 선생님께 제출하자 선생님은 눈을 동그랗게 뜬 후에 칭찬해 주셨다.

"넌 정말 성실하구나."

히로토와의 기억이 떠오를 때마다 수첩에 적었다. 나와 히로토가 얼마나 깊은 교류를 나누었는지를. 그가 생전에 얼마나 개그를 진심으로 대했고, 주변 사람들에게 웃음을 주었는지를. 그리고 그것을 빼앗아버린 내가 얼마나 큰 죄를 지었는지를.

나는 몇십 시간, 몇백 시간을 써도 좋으니 그저 히로토 부모님께서 알아주시길 바랐다.

• • •

8월 하순, 나는 문구류를 사러 근거 쇼핑몰에 갔다.

많은 사람이 뒤섞인 가게 안을 헤쳐 나가면서 내가 완전히 여름에 뒤처졌다는 것을 깨달았다. 팔짱을 끼고 크레인 게임을 즐기는 커플, 푸드코트에서 잠시 숨을 돌리는 가족. 오가는 사람들의 90퍼센트 이상은 반소매로, 다들 햇볕에 그을려 있다. 그것을 보고 올여름에는 어디에도 가지 않았다는 사실을 알아차렸다.

"직장에서 엄청 칭찬받았어."

어젯밤 미즈레 씨가 사소한 일로 VR 공간에서 빙글빙글 돌면서 기뻐한 걸 떠올렸다. 그러고 보니 그녀가 온 지 벌써 한 달이 지났다. 시간이 참 빨리 흐른다. 이직한 지 얼마 되지 않아 이미 주변 사람들에게 신뢰를 받고 있다.

난 편지를 계속 썼을 뿐이다. 괴로운 기억을 떠올리고 싶지 않아서 버라이어티 프로그램은 전혀 보지 않는다. 이젠 대본도 쓰지 않는다.

문구 코너에서 질박한 편지지와 볼펜을 구매한다. 그밖에 필요한 물건이 뭐가 있을까 하고 매장을 이리저리 돌아다녔지만, 지금 내게 다른 도구가 필요할 리 없다.

아, 하고 소리를 낸 건 어느 쪽이 먼저일까.

매장을 나왔을 때 히로토 어머니와 마주쳤다.

히로토의 1주기 추모식 이후 처음 뵙는 거였다. 핏기가 없는 창백한 피부가 눈에 들어온다. 나를 계속 원망하는 사람. 내가 계속 사과하지 않으면 안 되는 상대.

그분도 곧바로 알아차린 모양인지 숨을 삼키셨다. 그리고 입가가 떨린다. 하지만 끝내 말은 꺼내지 못하셨고, 그 사실을 부끄러워하듯 얼굴을 숙이고 즉시 발길을 돌리셨다. 쇼핑몰에 펌프스 소리를 울리면서 빠른 걸음으로 나와 반대 방향으로 가버리신다.

돌발상황이라 어떻게 대처해야 좋을지 모르겠다. 하지만 이대로 그분을 보내서는 안 된다고 차가운 이성이 외친다.

"아, 저기."

곧바로 달려가 그분 뒤에서 말을 걸었다.

히로토 어머니는 걸음을 멈추고 가방을 옆구리에 끼워 꾹 누르면서 내게 시선을 향했다. 괜히 말을 걸었다고 순식간에 후회할 정도로 혐오감을 숨기지 않는 검은 눈동자. 하지만 이제 와서 물러서진 않겠다.

땀범벅이 된 손을 꽉 쥐고 숨을 살짝 들이마신다.

"편지는 읽어보시나요?"

허를 찔린 듯 상대의 표정이 미묘하게 움직인다.

개의치 않고 말을 이었다. 심장이 쿵쾅쿵쾅 고동쳤다. 아무리 애를 써도 멋대로 말이 빨라져서 도중에 버벅댈 것 같다. 히로토와 발성 연습을 하지 않았더라면 분명 내 목소리는 도중에 쉬어버렸겠지.

"서툰 문장에다가 자기만족일지도 모릅니다. 하지만 제 솔직한 마음입니다. 실례가 되지 않는다면 앞으로도 계속 보내도——."

"안 읽어."

얼음처럼 차가운 목소리.

신음을 참는다. 눈앞에 있는 상대는 몹시 추한 것이라도 보듯 혐오감으로 가득 찬 눈빛으로 나를 쳐다보았다. 한시라도 빨리 꺼져주길 바라는 듯한 표정.

"있지, 매주 변호사 선생님 좀 그만 보낼래? 네가 말했다시피 자기만족이야. 편지도 항상 눈앞에서 찢어버리는데."

"······찢어버린다고요?"

그런 이야기는 스노하라 선생님께 못 들었다.

발밑이 사라져가는 듯한 이상한 기분이 든다. 쇼핑몰의 소요가 멀어지고 히로토 어머니의 말씀만이 귓전에서 리플레이된다.

"거봐. 마치 내가 나쁜 사람인 것처럼 보잖니."

히로토 어머니는 입으로만 웃음을 흘렸다. 그럴 줄 알았다고 말하는 듯한 의기양양하면서도 쓸쓸한 미소.

"그 변호사 선생도 똑같아. 어째서 너희가 상처받았다는 얼굴을 할 수 있는 거지? 그것도 일종의 폭력이야. 피해자와 가해자의 화해라는 말도 안 되는 스토리를 멋대로 강요해. 왜 따라줘야 하는 거지? 히로토를 뺏긴 건 우린데."

한 마디 한 마디가 가슴속 깊은 곳까지 쑤셔 박힌다. '상처받은 얼굴'이라는 말을 들으면 변명의 여지가 없다. 나이프로 온몸을 관통당한 것 같은 고통이다. 그걸 견딜 수 있는 강인함은 내재 되어 있지 않다.

히로토 어머니는 그런 나를 보시더니 한층 더 멸시하는 눈빛으로 바뀌었다.

"살인자."

작년 12월, 히로토의 1주기 추모식 때 들었던 말. 그때와 똑같은 표정, 그때와 똑같은 음성.

아무것도 달라진 게 없었다.

'용서해 주실 것'이라고 생각하다니 착각도 유분수지. 편지지가 든 비닐봉지를 떨어뜨렸다. 나는 그것을 줍지도 못한 채 멀어져가는 그분을 황망히 바라만 보았다.

"신지 군, 갑자기 무슨 일이니? 뭐? ……만났다고? ……응. ……그랬구나, 그렇지. ……응. ……맞아. 미안해, 너한테 사실대로 말 못 한 건 사과할게. 네가 편지를 계속 쓰지 못할 거라고 생각했거든. 하지만 헛수고는 아닐 거야. 히로토 어머니도 매주 마음이 담긴 편지를 찢으면서 느끼는 바가 아무것도 없을 리 없어. 지금 편지 쓰는 걸 관두면 그쪽에서도 '겨우 그 정도의 각오였다'라고 낙담할 거야. 지금까지 해 온 것처럼 성실히 쓴다면 언젠가 읽어주실 테고, 용서해 주실 날도 반드시 올 거야. 난 말이야, 히로토 어머니만 생각해서 이런 말을 하는 게 아니야. 이건 신지 군의 인생에서도 넘지 않으면 안 되는——."

스노하라 선생님의 목소리가 끊겼다.

통화 종료 버튼을 누르고 스마트폰을 내려놓았다. 그대로 침대 위에 누워 에어컨 전원을 켰다. 땡볕 더위 속에 서둘러 집으로 온 탓에 온몸이 타들어 가듯 뜨겁다. 자신의 땀 냄새가 싫어진다. 생리현상과는 반대로 마음은 차갑게 식었다.

책상 위에 놓여 있는 VR 고글에 손을 뻗었다. 컴퓨터를 켜고 가상공유공간으로 날아간다. 이대로 혼자 가만히 있는 건 위험하다고 이성이 판단했다. 거대한 감정의 소용돌이에 삼켜질 것 같다.

"팅커벨 씨……."

평일 낮이지만 팅커벨이라면 그 공간에 있을 것이다.

생각해 보면 팅커벨에게 처음 초대받은 것도 유사한 타이밍이었다. 혼자서 감정을 처리할 수 없게 됐을 때 그 공간에 초대받은 것이다.

• • •

히로토가 떠나고 1년 반이 지났을 무렵, 나는 갱신이 멈춰 있던 히로토와의 공동 계정 SNS를 삭제하려고 했다. 전성기 때는 이틀에 한 번꼴로 만담이나 콩트를 올렸고, 구독자 수는 3만 명을 넘었었다. 히로토가 떠난 후에는 당연히 한번도 새 동영상을 올리지 않은 채 방치했다. 적긴 해도 최신 동영상을 기다려주는 사람도 있어서 '이미 해산했나요?', '업로드 기다리고 있습니다'와 같은 댓글이 몇 개나 달려 있다. 도저히 견딜 수 없게 된 나는 계정을 삭제하기로 했다.

계정을 삭제하려고 하자 화면에 끈질기게 '정말 삭제하시겠습니까?'라는 문구가 표시된다. 개지랄하지 마! 라고 욕을 퍼붓고 싶어졌다. 몇 주나 고민하고 내린 결단이었다. 고민하는 동안 아무것도 손에 잡히지 않았다. 고등학교는 휴학했고, 부모님은 "방송 통신 학교로 전학 가면 어떨까?"라고 제안도 하셨지만 영혼 없는 대답만이 나올 뿐이었다.

마지막의 '네' 버튼에 손가락을 뻗었을 때 계정에 다이렉트 메시지가 와 있는 걸 알아챘다.

계정을 삭제해버리면 메시지는 당연히 읽지 못한다. 조금 궁금했다.

#파트너를 잃고 상심이 큰 당신에게#

문장 첫 마디에 그렇게 쓰여 있었다.

#당신과 꼭 대화를 나눠보고 싶습니다. '네버랜드'로 초대합니다.#

그러한 문장이 이어져 있고, 아래에는 '네버랜드'로 가는 방법이 쓰여 있었다. 수상한 메시지라고 생각했고, 사기일지도 모른다고 의심했다. 이런 종류의 메시지는 과거에 몇 번 받은 적 있다. 하지만 '파트너를 잃고'라는 문구가 마음에 걸렸다. 이 사람은 나나 혹은 히로토를 알고 있다.

나는 지시받은 대로 게임 소프트를 사서 컴퓨터로 접속했다. 당시에는 VR 기기를 가지고 있지 않았지만, 없어도 기동 자체는 가능하다. 어차피 상대는 나를 알고 있으니 닉네임은 본명을 그대로 사용했다.

처음 겪는 가상공유공간에 당혹스러워하면서 '네버랜드'로 날아갔다.

• • •

내가 접속하자 팅커벨 씨는 처음 만났을 때와 마찬가지로 홀에 있었다. VR 고글을 쓴 채 잠든 모양이다. 소파에서 움직이지 않는 아바타 옆에 '낮잠 중'이라는 문자가 떠있다. 평일 낮이지만 그는 이 공간에 있다. 학생이나 회사원은 아니겠지.

그런 의문을 품고 있을 때, 팅커벨 씨가 움직였다. 이불로 몸을 덮어쓴 아바타가 느릿느릿 일어나 이쪽으로 시선을 향하며 부른다.

"신지 군."

내가 먼저 묻고 싶었다.

"당신은 나를 어디까지 알고 있죠?"

팅커벨 씨가 대답하기까지 시간이 걸렸다.

"말하고 싶지 않습니다."

"왜요?"

"신지 군을 위해서 그러는 겁니다. 나쁜 말은 하지 않겠습니다."

역시 정체를 밝힐 생각은 없는 모양이었다.

두 달 동안 많은 시간을 이곳에서 보냈지만, 팅커벨 씨는 개인 정보에 관한 것은 일절 언급하지 않았다. 아마도 이미 아는 사이인 듯한 가네쿠라 씨와의 관계도 말해주지 않는다. '그저 VR 공간에 모이는 것뿐'——이 '네버랜드'가 존재하는 이유조차 명확하지 않다.

하지만 지금 나는 그가 하는 말을 듣고 싶었다. 이해관계에 얽혀있지 않은 그라면 객관적으로 답해 줄 것이다.

"상담할 게 있어요."

그렇게 운을 뗀 나는 오늘 있었던 일을 전달했다. 내가 쓴 편지는 갈기갈기 찢겨 버려졌던 것, 히로토 어머니는 편지 그 자체를 혐오하고 있다는 것, 그럼에도 스노하라 선생님은 계속 써야 한다고 타이르신 것.

털어놓는 동안 온몸에서 식은땀이 뿜어져 나왔다.

"가르쳐주세요. 저는 앞으로도 사죄하는 편지를 계속 써야 할까요?"

이젠 뭐가 뭔지 모르겠다. 히로토 어머님의 말씀처럼 자기만족일까. 그분은 내 사과 따윈 바라지도 않으신다. 하지만 내가 상처 준 사람을 방치하라고? 그렇게는 못 한다. 스노하라 선생님의 말씀처럼 나는 계속 편지를 써야 하는 걸까. 몇 년이든 몇십 년이든 읽는다는 보장도 없는 편지에 계속 시간을 쏟는 것이 성의일까.

팅커벨 씨는 침묵을 지키고 있었다.

꾸지람을 들을까 봐 마음의 준비를 한다. 나 같은 처지

의 인간은 편지를 그만 써야겠다고 생각한 시점에서 불성
실한 걸까.

입술을 깨물며 견디고 있으니 이윽고 작은 한숨이 들렸다.

"계속 의구심이 들었는데요."

"네."

"신지 군은 정말 반성하고 있습니까?"

예상 밖의 말에 순간 숨이 멎었다.

얼굴이 화끈 달아오른다.

"물론이죠. 무슨 말씀을 하시는 거예요? 밤마다 후회하
는데."

"정말인가요? 정말 진심으로 본인이 잘못했다고 생각하
나요?"

"아니라고 말하고 싶으세요?"

"지나치게 성실하다고 느껴서요."

이해가 되지 않았다. 도대체 나의 어떤 점이 마음에 들
지 않는 걸까. 내가 얼마나 많은 시간을 편지에 쏟아부었
는지 알고 있을 텐데.

팅커벨 씨 아바타의 11자 눈이 물끄러미 나를 응시한다.

"당신은 정말 나쁜 짓을 했습니까?"

한층 더 압박감이 느껴지는 목소리로 묻는다.

물론이라고 고개를 끄덕이는 것은 간단하다. 하지만 그 가상공유공간에서도 전해지는 그의 강한 의심이 내 입을 틀어막았다. 그는 나와 히로토 사이에 무슨 일이 있었는지를 알고 있는 것이다. 분명 처음부터 내 설명 따윈 들을 필요도 없었겠지.

생각하는 것조차 관뒀던 질문을 새삼스럽게 들이댔다.

"저한테 정답을 요구하셔도 대답할 수 없어요. 뭐가 옳은지 모르겠어요."

그는 한숨을 섞어 입을 열었다.

"다만."

"당신이 진정으로 마주해야 할 사람은 누구일까요?"

내가 마주 봐야 하는 사람.

시선을 아래로 향했다. 물어볼 필요도 없이 한 명밖에 없었다.

• • •

'당신은 정말 나쁜 짓을 했습니까?'라는 질문의 답은 명확하다.

나쁜 짓을 했다. 당연하다. 아무리 뉘우쳐도 후회막심이다. 그날 밤의 선택을 몇만 번은 족히 후회했다. 누가 타이른다 해도 단언할 수 있다.

——히로토를 말리지 못했다.

그 녀석에게 대놓고 나무랄 수 있는 건 파트너인 나뿐이었는데.

쥐어패서라도 설득했어야 했다. 그를 지킬 수 있는 건 나뿐이었다. 내가 하는 말이라면 필시 히로토도 들어줬을 것이다.

히구레 히로토를 죽음으로 내몬 것은 틀림없이 나였다.

고1 10월, SNS에 올린 동영상이 우연히 떡상했다. 히로토와 내가 교대로 '고등학교, 꼭 있다'를 연기한 게 전부다. 우리로서는 이렇게 단순하고 싼 티 나는 것보다 설정을 제대로 잡은 쇼트 콩트로 떡상하길 원했지만, 아무튼 동영상은 5백만 뷰를 찍었고, 구독자 수는 단숨에 천 명 이상 늘었다. 조회수가 팍팍 늘어가는 모습을 지켜보면서 그날 밤은 동이 틀 무렵까지 잠을 잘 수 없었다.

조회수 상승 폭이 잠잠해진 날의 저녁 무렵, 늘 만나는 둑에서 히로토를 기다리고 있었는데 그는 대형 바이크를 타고 왔다. '첫 떡상 자축'이라며 의기양양하게 말했다.

"하지만 우리 목표는 이런 레벨이 아니잖아. 비행기 타면 안 된다?"

"넌 바이크나 타지 마. 면허도 없는데 어떻게 된 거야?"

"선배한테 빌렸지. 타는 법도 배웠으니까 문제없음."

무면허 운전인 모양이었다. 그 사실에 어이가 없었지만, 노을빛에 눈부시게 반짝이는 대형 바이크 차체에 마음이 끌렸다. 당당히 걸터앉아 있는 히로토를 보고 꽤 멋있다고 생각했다.

"좀 달릴까?"

히로토는 내게 스페어 헬멧을 던져주었다.

"뒷자리엔 여친을 제일 먼저 태우기로 정했지만, 신지 너니까 참는다."

나는 순간 헬멧의 무게에 당황했지만, 얼떨결에 고개를 끄덕였다.

히로토가 번번이 입에 담던 '틀에서 벗어난 행동을 한다'라는 말도 일리가 있다는 생각이 들었다. 모범생으로만 살아서는 개그를 만들어 낼 수 없다. 눈앞에 있는 히로토가 그 증거였다.

실제로 히로토는 운전을 잘했다. 탠덤[23] 주법은 처음이라는데 나는 공포조차 느끼지 못했다. 히로토는 규정 속

---

[23] 바이크 뒷좌석에 사람을 태우고 타는 것.

도 이상으로는 달리지 않았고, 초심자(라기보다 무면허)인 건 자각하고 있었다. 둘만 천천히 도로를 달렸다. 우연히 자전거를 타고 가는 반 아이들을 추월해 무심코 웃음이 터졌다.

"우린 저 녀석들이 도저히 추월할 수 없는 속도로 달릴 거야!"

히로토가 외쳤다.

"자전거를 상대로 치사하긴."

나는 핀잔을 주면서도 내심 동의했다.

우리의 과실은 인정하지만 운도 나빴다.

느릿느릿 달리는 왜건을 추월하려고 옆 차선으로 가려던 그때, 별안간 왜건이 깜빡이도 켜지 않고 차선을 변경한 것이다. 왜건의 몸빵을 측면에서 제대로 맞은 우리는 균형을 잃고 그대로 중앙분리대를 타고 올라 공중으로 튕겨 날아갔다.

나중에 알았다. 히구레 히로토는 반대 차선에서 온 트럭에 치였다고 한다. 헬멧 따윈 전혀 의미 없이 즉사했다고 한다.

나는 의식을 잃어 병원으로 후송되었지만, 곧바로 의식을 되찾아 경찰 조사를 받았다.

조사가 진행되는 중에 히로토가 사망한 사실을 알았다. 그리고 바이크는 도난 신고된 것이라는 설명을 들었다. 히로토의 선배는 "히로토한테 빌려준 적 없다. 녀석이 멋대로 훔친 거다."라고 증언했다고 한다. 책임을 회피하기 위한 거짓말이겠지만 그걸 부정할 수 있는 사람은 없었다. 그리고 도난 사건과 내가 무관하다는 것을 증명해 줄 사람도 없었다.

나는 소년감별소로 송치되었다. 바이크 절도, 무면허 운전, 연이은 야간 외출. 비행 소년이라고 의심받을 만한 이유는 얼마든 있었다.

감별소를 나와 히로토 부모님께 사죄하러 갔을 때 '살인자'라는 심한 욕을 들었다.

나는 온갖 원망과 한탄이 뒤섞인 소리를 들으면서 그 말이 옳다고 인정했다.

히로토의 인생에 내가 나타나지 않았더라면 그가 이렇게까지 개그에 몰두할 일도 없었다. 나와 찍은 동영상이 뜨지 않았더라면 무면허 운전도 하지 않았을 것이다.

나만 없었더라면——히로토는 지금도 살아있었다.

그날부터 나는 나를 '살인자'라고 생각하고 사죄의 편지를 쓰기 시작했다.

• • •

팅커벨 씨는 히로토가 매장된 묘원을 알려주었다. 어떻게 아는지 물어도 대답해 주지 않겠지. 그저 감사한 마음으로 가상공유공간을 뒤로한다.

곧바로 자전거를 타고 히로토가 잠들어 있는 묘원을 향해 달렸다.

히로토 부모님이 가르쳐주실 거라는 기대는 버렸다. 분명히 평생 가르쳐주지 않으실 테지.

스노하라 선생님께는 더는 편지를 쓰지 않겠다는 뜻을 전달하고 아르바이트도 그만두었다. 꾸지람을 들었다. "네가 말한 반성이란 게 겨우 이런 거였어?"라고. 의지는 흔들리지 않았다. 결정한 일이다. 찢길 편지를 계속 쓰는 것에 어떤 가치가 있는지 발견할 수 없었다. 그것이야말로 자기만족 아닐까.

——무엇이 정답인지는 알 수 없다.

최악이라고 욕하는 사람도 있겠지. 그래도 결단을 내리는 수밖에 없었다.

자그마한 히구레 가(家)의 묘석은 다른 묘석에 묻힐 것 같은 위치에 있었다.

　조명 바로 옆에 있어서 하마터면 지나칠 뻔했다. 아직 노을이 드리워져 있어서 조명은 켜져 있지 않았다. 어둑어둑한 묘원에 자리한 묘석 측면에는 작게 '히구레 히로토'라고 새겨져 있고, 교체한 지 얼마 되지 않은 것 같은 국화가 헌화 되어 있었다.

　"계속 생각하지 않으려고 했어. 왜냐면 너무 허무하잖아. 너처럼 대단한 놈이 자업자득으로 죽어버리다니. 그런 걸 인정할 바엔 차라리 '다 내 탓이다'라고 전부 뒤집어쓰는 게 나았거든."

　그 묘석 앞에서 무심코 미소를 지었다.

　팅커벨 씨가 깨우쳐주신 덕분에 나는 사건에 대한 생각을 바꾸었다. 답안지를 열어보니 수긍할 수밖에 없는 결론이 나왔다.

　"하지만 역시 가장 잘못한 건 너야, 히로토."

　무면허로 운전하다가 교통사고로 사망한 멍청한 절친.

　내 잘못이 없다고는 말 못 한다. 결국 녀석의 바이크에 탔다. 말렸어야 했다. 하지만 녀석이 타라고 하지 않았다면 비극은 일어나지 않았다는 것도 사실이다.

　"그러니까 이제 편지는 그만 쓸래. 너희 어머니 마음만 더 아프게 할 뿐이라는 걸 알았는데 어떻게 더 쓰겠냐."

히로토의 무면허 운전을 나무라지 않았던 잘못은 무겁게 받아들이고 있다. 편지에 써 내려간 유가족을 향한 사죄에 거짓은 없었다. 그러니 몇 개월이나 쓸 수 있었다.

하지만 이제 그만두련다.

나에겐 그밖에 꼭 해야만 하는 사명이 있다.

"앞으론 솔로용 대본을 쓸 거야."

수첩에는 더 이상 사죄의 단어 따윈 적지 않는다. 히로토와 쌓아 올린 모든 것을 헛되게 만들고 싶지 않다. 교실 구석에 있던 나를 억지로 문화제 무대 위로 끌어올려 타오르는 듯한 열정 속에서 지냈던 날들을 없었던 일로 할 수 없다.

혼자서라도 개그맨이 될 것이다. 둘이 함께 꾸던 꿈을 나 혼자 현실로 만들 것이다.

"너도 찬성하는 거지? 인정해 줄 거지?"

이 결단은 히로토의 가족을 괴롭게 할지도 모른다.

하지만 그게 뭐 어쨌다고. 내가 진정으로 마주해야 하는 상대는 히로토의 가족이 아니다. 유일무이한 파트너, 히구레 히로토다.

녀석이라면 이렇게 말할 게 분명하다. '당연하지, 인마.

125

얼른 대본이나 써.' 아니면 농담조로 '아니, 허락 못 해.'라고 장난을 칠지도 모른다. 그렇다면 나는 '시끄러.'라며 쏫코미를 넣겠지. '애당초 네가 원흉이거든.'이라는 선 넘는 대사도 덧붙인다. 나머지는 분명히 적절한 티키타카로 이어갈 수 있으리라.

'하지만 나, 한 가지 후회하는 게 있어.'

'한 개뿐이냐? 산더미처럼 있어야 정상이지.'

'죽기 전 했던 말이…… 뜨악?! 이었어.'

'뭐, 모양이 좀 빠지긴 했지. 하지만 원래 사람이 다 그렇잖아.'

'죽기 전엔 적어도 멋진 말을 남기고 싶어. 나랑 같이해보자. 나, 다시 죽을게.'

'그래, 내 역할은 뭔데?'

'나랑 충돌하는 자동차.'

'절대 싫어!

히로토의 묘석 앞에서 녀석과의 만담을 상상하다가 주변이 어두워지는 걸 깨달았다. 생각했던 것보다 시간이 많이 흘렀다. 해도 저물기 시작했다.

묘원에 조명이 켜진다.

올려다본 순간 눈물이 흘러넘쳐 멈추질 않았다.

그의 묘석 옆에 있는 조명은 거의 바로 아래쪽을 비추고 있다. 반질반질한 묘석이 반사되어 빛난다. 그 빛은 나에게도 다정히 내리쬐고 있다.

내 결단이 반드시 옳다고는 말할 수 없다. 하지만 옳은 결과로 만들어 보여주려고 한다.

근거 따윈 없지만, 히로토라면 그렇게 장담하고는 직접 보여주겠지.

히로토와 나는 나란히 서서 빛을 받고 있다.

여름날의 묘원. 마치 무대 중앙에서 스포트라이트를 받는 것처럼.

3

가논 쨩은 '네버랜드'에서 가장 친해진 아이다.

기어이 '쨩'을 붙여서 불러버린다. 신지 군도 가논에게는 '쨩'을 붙인다. 다른 네 명의 요괴 같은 아바타랑 다르게 미소녀 아바타인 가논만큼은 어쩐지 아가씨처럼 대해주고 싶어진다. 헌팅캡 아래로 예쁜 금발이 내려와 있고, 프릴이 달린 블라우스가 허리 언저리에서 코르셋으로 꽉 조여 고정되어 있어서 봉긋한 가슴이 강조된다. 본인도 공주 대접을 받는 게 좋은지 가끔 익살을 떤다.

"가논 쨩이야~."

가논 쨩이 직접 디자인했단다. 디자인을 바탕으로 3D모델을 유료로 만들어주는 사람이 있는 모양이다. 가논 짱은 2주 동안 아바타를 디자인한 다음 모아둔 용돈을 다 털어 미소녀가 됐다.

"현실 세계에서의 나는 평범하고 수수한 여자애야. 미즈레 씨가 실제로 보면 환멸을 느낄지도 몰라."

수줍어하며 말해준 적도 있다.

"뭐야, 아바타가 버섯인 나한테 그런 말을 하는 거야?"

내가 개그로 받아치자 가논 짱은 아하하 웃는다.

나는 직장에서의 불만이나 새로 시작한 앱에 관한 것 등 개인적인 이야기를 하는 편인데, 가논 짱은 좋아하는 만화나 애니메이션에 관한 이야기는 많이 해도 신상에 관한 건 언급하지 않았다. 서로의 본명조차 모르기 때문에 나도 딱히 불만은 못 느낀다. 가논 짱은 가장 좋아하는 커플링에 대해 이야기할 때 특히 생기가 넘쳤다.

"2차원 세계에서만 살고 싶어."

가논 짱은 곧잘 목소리를 높여 주장했다.

"관엽식물로 환생해서 최애 커플의 동거 생활을 지켜보는 게 소원이야."

다시 말해 어디에나 있는 평범한 오타쿠 소녀였다.

내가 가논 짱을 떠올린 것은 아리사가 눈앞에서 꼼짝도

하지 않고 스마트폰으로 애니메이션을 보고 있었기 때문이다.

──블루마에.

학교 여름방학이 시작되어 사람이 많아졌다. 밤 10시가 지나도 북적북적. 구석탱이 화단에 앉아 있는 나와 아리사 앞에는 여중생 세 명이 모여 동영상을 찍느라 여념이 없다. 틱톡에서 '#블루마에 일대'로 검색하자 바로 나왔다. 애니메이션 「방가방가 햄토리」의 오프닝 곡에 맞추어 빙글빙글 돌기만 할 뿐이다. 옆에서는 소년들이 모여 술판을 벌이는 중. 다들 본인의 스마트폰만 보고 있어서 모임이라고 부를 수 없을지도 모른다. 블루마에를 관리하는 린쿠 씨 일행 '창선회'의 모습도 보인다. 다섯 명 정도 되는 남자들이 회사원을 둘러싸고 격렬히 항의하고 있었다. 블루마에에 온 여고생에게 끈덕지게 파파카츠를 제안한 모양이다. 2차까지 요구했으니 자업자득이다. 주변의 몇몇 청소년들이 벌벌 떠는 아저씨를 촬영한다. 스마트폰을 들고 히죽거리며 속삭인다.

평소와 거의 다를 바 없는 블루마에 일대의 풍경이었다.

나는 여전히 이곳에 온다. 이자카야 점원에서 의류 가게 점원으로 이직하고 오버도즈도 끊었지만, 일주일에 두 번 이상은 이곳을 찾는다. 거의 매일 오던 때보다는 빈도가 현격히 줄긴 했으나, 나도 모르게 발길이 향하고 만다.

가출 여고생 아리사와 함께 긴 밤을 지새우는 중이다.

"애니메이션은 밤샘의 필수품이야."

스마트폰을 응시하는 아리사가 읊조린다. 빨대로 에너지음료를 마신다.

"싸고, 친구도 필요 없고, 학력도 필요 없고, 아무 생각 없이 볼 수 있고."

"응. 내가 아는 사람 중에도 애니메이션을 좋아하는 애가 있어."

가논 짱을 떠올리면서 아리사의 스마트폰을 같이 바라본다. 이세계(異世界)에 전생한 여대생이 역하렘을 구축해 나가는 이야기인 것 같다.

아리사는 **신을 기다리는** 중. 결국, 사귀던 남자의 집에서 쫓겨난 아리사는 일단 본가로 돌아갔지만, 다시 가출을 반복하고 있는 듯하다. 지금은 공짜로 집에서 재워줄 남자——다시 말해 '신'을 기다리고 있다. 아리사가 여러 SNS에 올린 셀카와 '신(神) 모집'이라는 게시물에 머지않아 몇몇 남자가 메시지를 보낼 것이다.

"슬슬 가야겠네."

밤 23시가 되었을 때 난 자리에서 일어났다.

"내일 출근해야 하니까 일찍 자야 해."

"……벌써 가게?"

아리사가 서운함이 가득한 눈동자로 나를 바라본다. 마치 버림받은 고양이 같다.

"괜찮으면 우리 집으로 갈래? 이직할 때 사원기숙사에서 나왔거든."

"폐를 끼치는 거니까 그건 싫어."

거절하듯 고개를 옆으로 흔드는 아리사. 모르는 남자의 집에서 지내는 건 괜찮지만, 친구에게는 신세 지지 않는다. 소중한 사람에게 부담이 되기 싫다.

동정받기 싫다――그 심정이 전해져 마음이 괴로워졌다. 강한 척하는 것이다. 나도 예전에 그랬다.

"진짜 힘들면 경찰이나 아동상담소에 상담해. 알겠지?"

조심스럽게 말하자

"무리. 그 사람들 안 믿어."

당연한 거 아냐? 라고 냉소를 띄면서 대답이 돌아왔다. 과거에 무슨 일이 있었던 것 같지만 구체적으로는 알려주지 않는다.

아리사는 나 들으라는 듯 아아, 하고 한숨을 내쉰다.

"요즘엔 블루마에도 시시해. 미키는 '성수기'라면서 파파카츠만 하고, 하노는 전혀 오지도 않고."

"미안, 이직해서 바빠서 그래."

"게다가 요즘 블루마에 일대 분위기가 뒤숭숭해."

아리사는 스마트폰을 가방에 집어넣는다.

"린쿠 씨 일행이 배신자가 있다면서 신경이 날카로워져 있거든."

배신자――?

나는 회사원을 쫓아내고 있는 린쿠 씨 일당인 '창선회'를 쳐다봤다. 구성원은 10대 후반에서 20대 중반. 블루마에를 관리하는 사람들. 배고픈 가출 청소년에게 밥을 사주거나, 오버도즈를 반복하는 아이에게 '안전하고 중독성이 약하다'는 허브를 팔기도 한다.

'블루마에의 왕' 대접을 받는 그들에게도 이런저런 사정이 있는 것 같다.

● ● ●

가논 짱이 '오프라인 모임을 하고 싶다'는 말을 꺼낸 것은 9월에 막 접어든 어느 날이었다.

오프라인 모임——온라인에서가 아닌 직접 얼굴을 마주하는 모임.

가상공유공간 안에 있는 우리의 사랑방 '네버랜드'에서 나눈 대화였다. 웬일로 다섯 멤버 모두 홀에 모였을 때 별안간 기세 좋게 손을 든 가논 짱이 말했다. 각자의 아바타에 '?' 스탬프가 공중에 뜬다.

"VR에서 만나는데 굳이?"

고양이 신사 아바타인 가네쿠라 씨가 나른한 듯 말했다.

"귀찮아. 정작 만나서 뭐 하게? 보드게임? 좋아. 지금부터 인랑[24]이라도 할래? 여행은? 그것도 괜찮네. 외국인이 모이는 월드에 어학연수라도 가지 뭐."

해보고 알게 된 사실인데 이 VR 게임은 마음만 먹으면 의외로 뭐든 할 수 있다. 이벤트도 빈번히 열리는데, 보드게임, 노래방, 산책, 회식, 콘서트, 영화감상회 등 많은 사람이 기획한다. 일을 마친 후에 가볍게 참가할 수 있어서 여기 틀어박혀 지내는 사람의 심정을 십분 이해한다.

"저도 반대입니다."

이불요괴 아바타인 팅커벨이 입을 연다.

---

24 일본식 마피아 게임.

"그런 걸 하지 않아도 되도록 만든 게 '네버랜드'인데. 이곳 관리자로서 서운하군요."

둘은 전혀 흥미가 없어 보였다.

완강히 반대하는 의견에 가논 짱은 실망한 듯

"그런가요……."

힘없이 말한다.

"그런데 갑자기 왜죠?"

역시 좀 가엾다고 생각했는지 팅커벨이 이유를 묻는다.

"저, 곧 있으면 생일이거든요."

가논 짱의 아바타가 귀엽게 팔을 흔든다.

"그래서 VR 공간에 모이는 것도 좋지만, 가끔은 특별한 걸 해보고 싶어서요. 안 되나요?"

생일이라. 나는 팔짱을 끼고 스스로를 되돌아보았다.

작년 생일은 떠올리기만 해도 토하고 싶어진다. 블루마에서 술을 마시고 잔뜩 취한 상태로 전문학교 남학생에게 이끌려 호텔로 갔다. 뒷일은 기억나지 않는다. 이튿날 그 남자는 금세 자취를 감추었고, 너무 불쾌해서 감기약을 닥치는 대로 먹었더니 아니나 다를까 속이 메슥거려 블루마에 화장실에서 전부 게워냈다.

"생일에는 행복한 게 좋지."

진심에서 우러나오는 말을 전했다.

"이해해 주는 거야?"

가논 짱이 기뻐하며 내 쪽으로 얼굴을 돌렸다.

옆에서 아이스캔디 아바타인 신지 군도 손을 든다.

"저도 찬성이에요."

"애당초 여러분이 어디 사시는지 모르기 때문에 모일 수 있을지 없을지는 모르겠지만. 만약 모일 수 있다면 만나고 싶어요."

이것으로 찬성하는 사람은 세 명. 오프라인 모임이라고 말할 수 있는 최소한의 인원을 채웠다.

"뭐, 하고 싶으면 하든지?"

가네쿠라 씨는 이해할 수 없다는 듯 말했다.

"저는 못 가지만 좋은 시간 보내세요."

팅커벨 씨는 쓴웃음 지으며 수긍한다.

이리하여 결정된 '네버랜드' 첫 오프라인 모임.

나, 가논 짱, 신지 군. 이렇게 세 명은 연락처 교환부터 시작했다.

• • •

내가 오프라인 모임에 찬성한 이유는 크게 두 가지다.

첫째는 단순히 외로워서였다.

소년원에서 나온 후 인간관계를 맺는 게 순조롭지 않았다. 센다이가 고향인 나는 소꿉친구가 없다. 한때 다녔던 고등학교에서는 친구도 있었지만, 비행을 반복하던 시기에 손절당했다. 그래서 블루마에 모이는 아이들 말고는 아는 사람이 없다. 내가 여태껏 블루마에를 떠나지 못하는 것도 달리 아는 사람이 없기 때문이다.

하지만 지금은 친구인 미키와 냉전 중. 린쿠 씨에게 샀다는 허브를 집요하게 권하길래 한사코 거절했더니 말싸움으로 번졌다.

"요즘 들어 이상하게 착한 척한다, 너."

미키는 조소하듯 말했다.

"뭐야, 옷 가게에서 일하게 됐다고 우월감에 젖은 거야? 최저임금이나 받는 하층민 주제에 뭐라도 된 것 같아? 달라진 건 쥐뿔도 없어."

나는 얼굴이 확 달아올라 곧바로 맞받아쳤다.

하고 싶은 말을 꾹꾹 참으면서 속마음을 감추는 건 이제 질렸다.

"닥쳐. 돈에 눈이 멀어서 성 착취나 당하는 파파카츠년 주제에. 아저씨들에게 받은 쉰내 나는 돈을 콘카페의 벌레처럼 생긴 점원한테 갖다 바치러 얼른 가시지."

뺨을 맞았다. 나한테 손을 댄 미키는 해석이 불가능한 괴성을 지르고 가버렸다. 옆에서 보고 있던 아리사는 웃음을 참느라 얼굴이 시뻘게졌다.

이리하여 블루마에도 있을 곳이 없어진 나는 외로움에 시달리는 중이다.

둘째는 '네버랜드'라는 존재에 흥미가 있기 때문이다.

마음 편히 쉴 수 있어서 나도 모르게 그 가상공유공간에 틀어박히고 마는데, 결국 어떤 의도로 모인 사람들이며 무엇을 위한 모임인지 아직 아는 바가 없다. 내가 초대받은 이유도 초대 방식도 베일에 싸인 게 많아서 일말의 불신감은 여전히 남아 있다.

팅커벨이나 가네쿠라 씨가 오지 않는 것은 아쉽지만, 다른 멤버와 직접 만나면 그 의문이 어느 정도 해소될지도 모른다.

신지 군과 가논 짱과 LINE으로 연락을 주고받으면서 나는 "아아."하고 신음했다.

예감은 적중했다.

신지 군의 주소는 나고야 시 기타 구, 가논 짱의 주소는 나고야 시 미도리 구.

멤버 세 명은 모두 나고야에 거주하고 있었다.

• • •

9월 4일이 가논 짱의 생일이라고 한다.

집합은 19시. 가논 짱의 요청대로 밤에 만나기로 했다. 다행히 우리에게도 좋은 조건이다. 저녁에 일을 마친 나와 학교 과제를 끝낸 신지 군은 가논 짱이 지정한 사쿠라도오리선의 처음 듣는 역에서 합류하기로 했다.

가논 짱의 생일 선물로 배스솔트 입욕제를 준비했다. 갈색 블라우스와 검은색 스키니진 조합의 오피스룩 차림으로 역 개찰구로 향한다. 긴장된다. 목이 마른 것은 지독한 늦더위 때문만은 아니다. 전차에서 내린 나는 자판기에서 차를 사고 그대로 화장실에 가서 메이크업을 다시 확인하고 개찰을 통과했다.

"혹시 미즈레 씨 맞나요?"

곧이어 기품이 느껴지는 남고생이 말을 걸었다. 성실함이 느껴지는 첫인상. 머리카락은 귀가 보이게끔 이발 되어 있고, 이목구비는 선이 그어진 듯 뚜렷하다. 빳빳하게 다려진 흰색 셔츠와 검은색 바지. 심플한 스타일이지만 옷걸이 자체가 좋으면 50퍼센트 가산점이 붙어 세련돼 보인다.

"신지 군?"

말을 건네자 남학생은 고개를 끄덕인다.

"본명 그대로예요. 기하라 신지입니다. 잘 부탁드려요."

"아아, 안녕. 미즈이 하노야. 하지만 이제 와서 뭘. 미즈 레라고 불러."

"그럴게요. 사실 조금 안심했어요."

"뭐가?"

"좀 더 무서운 사람일거라고 생각했거든요. 사연을 들어서 그런지."

나는 쓴웃음을 지었다. 신지 군에게는 내가 소년원에 있었다는 것도, 오버도즈를 했었다는 것도 다 밝혔다. 비행 소녀 이미지가 강한 건 당연하다.

현재 내 모습은 이직하면서 다시 염색한 검은색 머리카락에 복장도 얌전하다. 옷 가게의 구매층이 20~30대라서 날라리처럼 보이지 않는 편이 좋다.

함께 역에서 나와 지정된 장소로 걷기 시작한다.

"신지 군도 의외였어. 딱 봐도 미남인데?"

"음, 그런가요? 예전에는 훨씬 수수했어요. 머리카락은 부스스하고, 촌스러운 안경을 썼고, 표정도 어두웠어요."

"호오, 뭐야? 고등학교에 와서 이미지 체인지?"

"친구가 그러더라고요. '퇴폐미가 언뜻 보이는 미남 캐릭터가 가장 인기가 많지. 하지만 넌 지금 그냥 퇴폐야, 퇴폐'라고."

"보는 눈이 있는 친구네. 무슨 말인지 알 것 같아."

"성격은 여전히 어둡지만요."

하차한 역은 남쪽이 시내고, 북쪽에는 주택지가 펼쳐져 있다. 나고야 시 끝에 있어서 그리 번화한 곳은 아니다. 주택지를 빠져나가니 곧바로 논밭과 숲이 보인다. 방울벌레 소리가 시끄럽게 울려 퍼지고 있었다. 아직 해가 지지 않아서 맹렬한 늦더위가 남아 있는 아스팔트 도로를 신지 군과 걸어간다.

이럭저럭 서로의 첫인상을 이야기한 후, 내가 다른 화제를 꺼냈다.

"셋 다 나고야에 살고 있었네."

"그러게요."

신지 군은 고개를 끄덕였다.

신지 군도 '네버랜드'에 대해 자세히 알고 싶었나 보다. SNS에 별안간 메시지가 왔다면서 그 이상 '네버랜드'의 정보도, 팅커벨의 정체도 모른단다.

"가네쿠라 씨나 팅커벨 씨도 아마 나고야에 살겠죠?"

"응, 그건 틀림없을 거야."

"'네버랜드'가 존재하는 이유가 궁금하네요. 왜 우리가 초대받았을까요?"

이번에는 분명 그걸 확인하는 모임도 될 것이다. 그건 VR 공간에서도 할 수 있는 상담이지만 왠지 모르게 망설여졌다. 그 공간은 팅커벨이 초대해 준 장소다. 그런 자리에서 팅커벨을 의심하는 이야기는 하고 싶지 않다. 나는 덧붙였다.

"하기야. 팅커벨에겐 신세를 많이 지고 있지."

신지 군도 옆에서 가볍게 고개를 끄덕인다. 그도 비슷한 경험이 있는 것 같다.

팅커벨을 헐뜯고 싶은 게 아니다. 마음을 부드럽게 어루만져주는 듯한 온기가 깃든 목소리. 우리를 질책하는 게 아니라 처지를 헤아려주는 듯한 말. 팅커벨을 만나지 않았더라면 나는 지금쯤 오버도즈로 길바닥에 쓰러져 죽었을 것이다.

그래서 더 알고 싶었다. '네버랜드'가 존재하는 이유를.

"그런 의미에서."

신지 군이 말을 이으며 고개를 끄덕였다.

"솔직히 이번 오프라인 모임도 신경 쓰여요. 어째서 집합 장소가 역이 아니라 이런 벽촌인지——."

그렇다. 가논 짱은 특이한 장소를 지정했다.

'역 북쪽 출구로 나와 서쪽으로 5분 정도 가세요. 세븐일레븐이 나오면 왼쪽 모퉁이로 돌아 들어가세요. 거기서 5분 정도 더 가다 보면 강과 다리가 보일 거예요. 저는 그 다리 밑에서 기다리고 있겠습니다. 더울 테니 간간이 수분을 보충하는 것도 잊지 마세요.'

역이면 안 되는 사정이 있는 걸까? 하지만 그게 대체 뭔데?

알려준 대로 길을 걷다가 다리를 발견했을 때, 옆에서 걷던 신지 군은 숨을 삼켰고 내 등에서는 땀이 흘러내렸다.

생각보다 훨씬 작은 다리였다. 문장에서는 대교라도 놓여 있는 듯한 이미지가 느껴졌는데, 실제로는 약 10미터쯤 되는 길이다. 다리 밑에는 공간 따윈 거의 없고, 여름날에 쑥쑥 자란 잡초가 무성하다. 곤충이나 개구리가 자신들의 존재를 주장하기라도 하듯 울어댄다.

이런 곳에 사람이 있다고? 불안해진 그때, 다리 밑에서 누군가가 나왔다.

"혹시 미즈레 씨와 신지 군?"

신지 군의 어깨가 떨렸고, 나도 얼떨결에 뒷걸음질 치고 말았다.

내가 들은 건 틀림없는 가논 짱의 목소리였다.

하지만 **괴상한 여우 가면으로 얼굴을 가리고** 청바지 입은 소녀가 나타났다.

우리는 한동안 강변길을 계속 걸었다.

가논 짱이 앞장섰다. 여우 가면을 쓰고 있지만, 구멍이 뚫려 있어서 시야는 확보되는 모양이다. 흔들림이 없는 걸음걸이.

"오늘 와줘서 고마워."

그녀는 어안이 벙벙해진 우리에게 감사 인사를 하고는

"걸으면서 얘기할까? 더운데 괜찮겠어?"

가논 짱이 걷기 시작했다.

나와 신지 군은 잠시 서로를 쳐다본 후에 한목소리로 가까스로 말했다.

"생일 축하해."

여우 가면을 쓴 채 가논 짱이 대답한다.

"아직까진 덥네."

"그러게."

신지 군은 가논 짱에게 유쾌하게 맞장구를 친다. 그냥 넘길 모양이다.

"가논 짱은 왜 가면을 쓰고 있어?"

어쩔 수 없이 내가 묻자,

"미안해. 대화하기 불편해?"

가논 짱에게서 논점이 빗나간 대답이 돌아왔다.

"별로."

얼버무리는 것이라고 느껴서 더는 캐묻지 않았다.

"염치없는 부탁이 한 가지 있는데."

가논 짱은 도중에 미안하다는 듯 뒤돌아섰다.

"저 편의점에서 주스 좀 사다 주면 안 될까? 돈은 줄 테니까. 인원수만큼 사 오면 좋겠어. 꽤 오랫동안 기다렸더니 목이 말라서 말이야."

가논 짱이 내민 IC칩이 내장된 교통카드를 받아 신지 군과 같이 근처 훼미리마트로 향한다. 가논 짱은 편의점 앞에서 기다릴 모양이다.

가게 안으로 들어온 순간 신지 군이 "가면은 왜 썼죠?"라고 묻길래 "몰라."라고 대답했다.

콜라, 사이다, 포도 주스를 구매한다. IC 카드를 받긴 했지만, 가논 짱의 몫은 내가 계산하기로 한다. 아무리 그래도 생일 당사자에게 얻어먹을 수는 없다. 신지 군도 본인 것은 본인이 계산했다.

주차장에서 기다리던 그녀에게 돌아가 건배한다.

"이런 거 오랜만이야."

가논 짱은 여우 가면을 살짝 들어 올려 페트병에 든 사이다를 마신다. 동그란 볼이 어렴풋이 보인다.

"확실히 그러네."

나도 대답했다.

"내 경우엔 주스밖에 없는 게 신선해. 주변 인간들이 대체로 술만 사거든. 건전하다, 건전해. 아주 멋져."

신지 군은 쓴웃음을 지었다.

"미즈레 씨도 술 드세요?"

"설마. 퇴원한 후엔 한 방울도 안 마셨거든?"

"소년원에 들어가기 전에는요?"

"거의 매일 밤."

내가 익살스럽게 웃자 신지 군과 가논 짱이 동시에 웃음을 터뜨렸다. '네버랜드' 멤버들 사이에서 놀림당하는 역할은 내 몫이다. 하지만 그들의 장난에는 멸시하려는 악의가 없기에 나도 덩달아 신이 나 받아치곤 한다.

"웃을 일이 아니야."

화난 것처럼 목소리를 높였다.

"미성년자는 절대 술 마시면 안 돼. 내 뇌세포를 가차 없이 파괴했어. 분명 IQ가 떨어졌을 거야."

"그러고 보니 소년원 같은 데서 지능테스트를 하는 경우도 있다던데 진짜예요? 미즈레 씨는 해봤어요?"

신지 군이 슬그머니 말을 꺼냈다.

"했어, 했어. 난 108. 평균보다 쬐금 높아."

"나도. 102였던가?"

가논 짱의 생각지도 못한 대답에 나와 신지 군은 동시에 "뭐?"라고 목소리를 높였다.

여우 가면 너머에서 분명치 않은 웃음소리가 들린다.

"사실 나도 소년원에 갔다 왔어. 아마 미즈레 씨랑 시기가 엇갈렸을걸."

여자소년원은 남자소년원보다 수가 훨씬 적다. 만약 가논 짱이 주부[25](中部) 지방의 여자소년원에 입소했었다면 같은 소년원일지도 모른다.

지금까지 전혀 듣지 못했던 새로운 사실.

"그나저나 미즈레 씨. IQ가 높네요."

---

25 일본 혼슈의 중부를 이르는 말로 호쿠리쿠(도야마 현, 이시카와 현, 후쿠이 현) 지역과 고신에쓰(니가타 현, 나가노 현, 야마나시 현) 지역과 도카이(기후 현, 아이치 현, 시즈오카 현) 지역으로 구성되어 있음.

화제를 바꾸려는 듯 막말을 던지는 신지 군에게 내가 알려준다.

"뭐, IQ가 높다고 공부를 잘하는 것도 일을 능숙하게 하는 것도 아니니까."

체력 테스트의 스코어가 좋아도 모든 스포츠를 잘하는 것이 아닌 것처럼, IQ 테스트의 결과가 좋게 나와도 인생이 잘 풀릴 거라는 보장은 어디에도 없다. 범죄를 일으키지 않고 살아간다는 보장도 없다. IQ가 낮아도 인생을 풍요롭게 살아가는 사람은 얼마든지 있다. 그저 숫자일 뿐. 적절한 학습지도법을 생각할 때 도움을 주는 판단 재료 중하나에 지나지 않는다. 잡다한 지식을 늘어놓고 있을 때,

"슬슬 가자."

가논 짱이 재촉해서 우리는 주스를 한 손에 들고 조금 전에 걸었던 강변길로 돌아갔다.

대화의 봇물이 터지자 우리는 평소와 다름없는 분위기로 돌아갔다. '네버랜드'에서의 일상적인 대화. 내가 익살을 떨면 신지 군이 핀잔을 주고 가논 짱이 쓴웃음을 짓는다.

"다들 나고야에 사니까 또 모일 수 있겠다."

한껏 분위기가 고조되었다. 다음에는 호시가오카에서

볼링을 치자는 둥, 오스(大須)상점가에서 먹방 투어를 하자는 둥, 마치 고등학생들이 나누는 대화 같다. 나 말고는 방송 통신 고등학교에 재학 중인 것 같으니 실제로 고등학생이 맞지만, 나에겐 아주 신선한 느낌이었다.

여우 가면에 관해서도 어느 정도 이해가 됐다. 우리를 경계하는 게 아니다.

——역이 아니라 인적이 드문 다리 밑에서의 집합.

——소년원에 입원한 적이 있다는 가논 짱.

말하지 않아도 알 것 같다. 가논 짱은 분명 동네 주민들에게 얼굴을 보이고 싶지 않은 것이다. 그리고 그런 사정을 품은 채로 우리를 자기 동네의 어딘가로 데려가는 중이다. 그렇다면 우리는 가면 따윈 모르는 척하고 익살스럽게 행동하면 될 뿐이었다.

신지 군도 같은 생각인지 평소보다 말수가 많다. '반테린 돔[26]이라는 말을 처음 들었을 때 느낀 위화감에 필적한다'는 둥, '나나짱[27] 인형의 팬티를 훔쳐보는 아저씨 같은 얼굴'이라는 둥 묘하게 박식함을 과시하려는 듯한 예를 들어

---

26 일본 프로야구팀 주니치 드래곤즈의 홈구장으로, 1997년에 완공된 돔 경기장.

27 나고야역 메이테쓰 백화점 이벤트 홍보용으로 제작한 높이 6미터의 대형 마네킹으로 시즌마다 의상이 바뀜.

가며 쑷코미를 던진다.

강변길을 쭉 걸어가자 도중에 커다란 펜스가 정면에 나타났다. 어두워서 그것이 무슨 시설인지 알 수 없었다.

"고마워. 신경 써주고 있는 거 다 알아."

가논 짱이 말했다. 긴장하고 있는지 가슴 앞에서 손을 꼭 쥐고 있다.

"미안, 사실 두 사람을 속였어."

한발 앞서 걷던 가논 짱은 걸음을 멈추고 이쪽으로 돌아보았다. 나와 신지 군은 자연스럽게 발걸음을 멈추고 가논 짱의 다음 말을 기다렸다.

"사실 오늘, 내 생일 아니야."

"응."

나는 별로 놀라지 않았다. 지금까지의 수상한 행동 때문에 뭔가 다른 사정이 있을 거라는 것쯤은 눈치챘다.

"저거 보여?"

가논 짱이 손가락으로 가리킨 방향을 응시한다.

어떤 건물의 문처럼 생겼는데, 새하얀 조명이 켜져 있다. 문 옆에는 테이블이 놓여 있고 거기엔 꽃다발이 쌓여 있다. 파스텔색의 포장지는 얼핏 보면 귀여웠지만, 포장지로 싼 꽃은 죄다 흰색 국화였다. 할 말을 잃는다.

"학교?"

신지가 중얼거렸다.

퍼뜩 정신이 돌아왔다. 내 옆에 있는 펜스는 운동장을 둘러싼 것이었다. 운동장 안쪽에는 교사와 체육관이 보인다. 우리는 중학교 뒤쪽으로 돌아 들어가 정문까지 걸어온 모양이다.

"……중학교."

가논 짱이 읊조렸다. 호흡이 거칠다. 천식처럼 괴로워하는 숨소리. 어깨가 위아래로 심하게 흔들렸지만 버티려는 듯 주먹을 몸 옆에서 꽉 쥐고 있다.

"난 3년 전 오늘."

미세하게 소리가 흘러나온다.

"난 말야, 반 아이를 조각칼로——."

나는 숨죽이고 있었다.

가만히 가논 짱의 고백을 기다리고 있는데 별안간 옆에서 누군가 말을 걸었다.

"히구치 미하루?"

반사적으로 옆을 쳐다보니 우리가 걸어온 길과 교차하는 길에 소녀 세 명이 서 있다. 셋 다 다른 고등학교의 제복을 입고 각자 꽃다발을 들고 있다. 다들 가논 짱을 기가

151

막힌다는 표정으로 쳐다보고 있었다.

"혹시."

가운데에 있던 쇼트커트를 한 소녀가 한 걸음 앞으로 나왔다.

"히구치 맞지? 그 가면은 뭐야? 얼른 벗어. 너, 여기가 어디라고——."

갑자기 가논 짱이 달리기 시작했다. 왔던 길을 역주행하기 시작하더니 쓰고 있던 가면을 지면에 내던졌다. 이판사판 될 대로 되라는 태도다.

"거기 서!"

여고생 중 한 명이 오금이 저릴 정도의 무서운 표정으로 고함친다.

"야, 무슨 말이라도 좀 해!!"

신지 군이 어리둥절해하는 나를 세게 잡아당겼다.

"미즈레 씨."

굳어 있던 나도 얼른 정신을 차리고 상황을 파악한다. 성가신 일에 말려든 것 같다. 잔뜩 독이 오른 여고생들은 우리도 적의를 품은 시선으로 쳐다본다.

가논 짱이 떠난 방향으로 달렸다.

꽃다발을 들고 있는 여고생들은 여러 번 욕을 퍼부었지

만, 다행히도 쫓아오진 않았다.

가논 짱과는 곧 합류했다. 지쳤는지 아까 지나온 강변길에 웅크려 있다. 아까보다 숨쉬기 괴로워 보인다. 우리는 자동판매기를 찾아 스포츠 드링크를 사 주었다.

여우 가면을 벗은 가논 짱은 지극히 소박한 외모였다. 빈말이라도 미소녀라고는 못 하겠지만, 포동포동해서 다정해 보인다. 볼 근처 피부는 뾰루지 때문에 거칠다. 호흡이 진정되자 호주머니에서 케이스를 꺼내 프레임이 파란색인 안경을 썼다. 원래 시력이 좋지 않은데 가면 때문에 안경을 쓰지 못하고 있었던 모양이다.

그리고 우리가 묻기도 전에 이야기를 시작했다.

가논 짱——즉, 히구치 미하루가 3년 전에 일으킨 사건에 대해서.

• • •

히구치 미하루는 중학생 때 집단 괴롭힘을 당했다.

눈에 띄지 않는 외모에 수업 중에는 혼자 일러스트를 그렸고, 쉬는 시간에는 자신처럼 아웃사이더인 아이와 애니메이션이나 만화 이야기를 하며 지낸다. 타깃이 되기 좋은 조건이 갖춰져 있었다. 히구치 미하루 본인이 잘못한 건 눈곱만큼도 없지만, 어느 그룹에나 타인을 상처 주고 싶어 하는 녀석은 있는 법이고, 그 대상에 히구치 미하루가 당첨될 확률이 높았을 뿐이다.

집단 괴롭힘 중심에는 테니스부 여자 부원인 고토미네 사오리가 있다. 교실 중심에 있는 존재.

괴롭힘은 중1 가을부터 시작되었다. 처음에는 조소하는 정도로 끝났다. 하지만 점점 강도가 심해져서 일러스트를 그려 놓은 노트를 찢거나 친구로부터 고립시키는 등, 피해는 점점 늘어났다.

지옥이었던 건 중2 여름.

여름방학 때 도서 위원회가 있어서 등교한 히구치 미하루는 여자 테니스부 부실로 끌려가 여름방학 과제를 전부 끝내라는 지시를 받았다. 당연히 끝낼 수 있을 리 없다. 페널티라며 주스를 퍼부었다. 히구치 미하루는 젖은 채로 나갈 수 없어서 고토미네 패거리에게 체육복을 빌려 부실에서 갈아입을 수밖에 없었다. 그 모습을 고토미네 패거리는 여러 대의 스마트폰으로 촬영했다. 저항하려고 해도 들은 척하지 않았다.

"과제를 못 끝낸 네 잘못이야.

히구치는 여러 명 앞에서 속옷 차림으로 발가벗겨졌다.

"깝치기만 해봐. 이 동영상, 인터넷에 풀 테니까."

고토미네는 그렇게 협박하면서 여름방학 내내 히구치 미하루를 노예처럼 부렸다. 부모님의 돈을 훔쳐 오라고 명령하고 때로는 매춘에 준하는 짓까지 시켰다. 주변에 상담하려고 해도 동영상이 있다는 사실이 뇌리를 스쳐 아무 말도 할 수 없었다. 어쩔 수 없이 고토미네 그룹의 지시를 계속 따랐다.

우울한 날들이었지만 여름방학을 넘기고 2학기를 맞이했다.

개학 후 이틀 동안은 눈치채지 못했지만, 점차 남학생들의 시선이 이상하다는 걸 깨달았다. 이쪽을 구석구석까지 핥는 듯한 불쾌한 미소를 짓는 것이다. 한 남학생이 미안하다는 듯 가르쳐주었다.

"네가 옷 갈아입는 동영상이 돌고 있어."

교실에서 내가 고토미네에게 따지자,

"딱히 전 세계에 공개한 것도 아니잖아."

주눅이 드는 기색도 없이 오히려 정색했다.

빡쳤다. 고토미네를 밀치자 주변의 책상이 쓰러져 미술시간에 사용하는 조각칼이 바닥에 굴렀다. 히구치는 홀리

듯 그것을 손에 쥐고 고토미네의 목을 겨냥해 냅다 꽂았다.

그다음은 기억나지 않는다.

쑤셔 박은 조각칼은 고토미네 사오리의 경동맥을 찢었다고 한다. 구급차로 이송되었지만 병원에 도착했을 때는 이미 늦은 상태였다. 과다출혈사다.

히구치 미하루는 사람을 죽였다.

사건은 히구치 미하루가 13세 때 발생했고, 한 달 후면 14세가 되는 타이밍이었다.

소년법으로 따지면 형사책임능력이 없어 처벌받지 않는 이른바 촉법소년.

형사재판에는 회부되지 않은 것 같지만, 당연히 곧바로 사회로 복귀할 수 있는 것은 아니다. 소년감별소에서 한 달 동안 보호 관찰 조치 후에 소년심판이 진행되었다. 살해라는 죄의 중대함은 고려되었으나 계획성이 없었다는 점, 비행이 상습적이지 않았다는 점, 집단 괴롭힘의 피해자였다는 점 또한 고려되어 "2년 상당의 장기 수용 기간을 요한다."라는 소년원 송치 처분이 내려졌다.

가논 짱은 2년 동안 소년원에서 지냈다.

• • •

156

이야기를 다 들은 신지 군은 고개를 끄덕였다.

"응, 그 사건 알아."

나도 알고 있었다.

당시 일본 전역에서 화제였다. 중학교에서 발생한 살인 사건. 연일 텔레비전에서 방송했다. 역시나 집단 괴롭힘에 포커스가 맞춰졌다. 코멘테이터가 의기양양한 얼굴로 'SNS를 멋대로 사용한 집단 괴롭힘의 음습함'에 대해 열변을 토한다. 인터넷상에서는 가해자를 동정하는 쪽이 다수였지만 '역시 살인은 지나쳤다'나 '목숨을 빼앗은 이상 극형이 타당한데 소년법이 물러터졌다'는 의견도 종종 눈에 들어왔다.

설마하니 가논 짱이 당사자일 거라고는 생각도 못 했다.

"실은."

가논 짱이 괴로운 듯 말을 이었다.

"우리 집은 이 근처가 아니야. 지금은 기후에 있는 할머니 댁에서 살아."

전차 안에서는 계속 고개를 숙이고 있다가 역에 도착했을 때부터 여우 가면을 쓰고 행동했다고. 가논 짱의 얼굴이 이 지역에서 얼마나 유명한지 본인도 몰랐다.

"오늘이 기일이야. 매년 헌화대가 설치된다는 걸 듣고

애도를 표하고 싶어졌는데 용기가 나지 않아서 두 사람을 부른 거야. 속여서 미안해."

피해자——라고 부르기 싫지만, 편의상—— 고토미네 사오리의 가족은 이미 규슈로 이사했다고 한다. 딸의 악행이 퍼져 사람들의 시선이 곱지 않았겠지. 민사재판을 걸지도 않았고 지금은 연락이 끊긴 상태다.

"사과는 무슨 사과."

나는 가논 짱의 등을 토닥여주었다.

신지 군은 납득하기 어렵다는 얼굴로 팔짱을 꼈다.

"저기, 혹시 아까 그 세 명은——."

"맞아. 고토미네 친구야. 얼떨결에 도망쳐버렸네. 사실 걔네한테도 사과할 생각이었는데."

가논 짱은 울먹이는 목소리로 말했다.

몸속 깊은 곳에서 거센 분노가 치밀어 오른다.

"그딴 거 할 필요 없어."

나는 정면에서 가논 짱을 끌어안았다. 역시 직접 만나길 잘했다고 생각한다. VR 공간에서는 만질 수가 없으니까.

"가논 짱이 왜 이렇게 괴로운 일을 겪어야 하는 건데? 이상하잖아. 아, 됐고. 배고프니까 맥도날드에 가서 쓰키미버거[28]나 먹자."

동의를 구하려고 신지 군에게 시선을 던진다.

하지만 신지 군은 내게 충고하듯 조용히 나무라는 시선을 보낸다. 그러고 보니 신지 군도 일전에 타인에게 상처를 준 적이 있다고 했다. 가논 짱의 심정을 이해하는 걸까.

가논 짱은 내 품에서 고개를 옆으로 흔든다.

"아니야. 나도 고토미네한테 할 말 많아. 하지만 그런다고 해서 내가 지은 죄가 없어지는 건 아니니까."

"그건……."

"만약 여름방학 때 괴롭힘을 당하고 있다고 누군가에게 상담했더라면 이렇게 큰 사건으로 번지지 않았을지도 몰라. 전부 속으로 삭히면서 아무에게도 말하지 않고 있다가 끝내 폭발해 버린 건 어리고 미숙했던 내 잘못이니까."

가논 짱은 내 팔을 부드럽게 풀었다.

"이런 잘못을 다시는 반복하지 않으려면 달라져야 해."

입술을 꽉 다문 가논 짱의 얼굴이 내 앞에 있었다.

나보다 훨씬 어른스러워서 '짱'을 붙여 부르는 게 주제넘

---

28 일본에서는 음력 8/15과 9/13에 달을 감상하는 풍습(쓰키미, 月見)이 있음. 이와 관련해 보름달을 형상화한 상품이 많은데 맥도널드에서는 계란프라이, 치즈, 베이컨 등을 넣어 만든 쓰키미버거를 매년 가을 한정 메뉴로 판매함.

게 느껴진다.

잘못이라니 말도 안 된다. 백 점짜리 대응을 못 하는 게 당연하다. '이렇게 했더라면 좋았을 텐데' 따윈 결과론이다. 백이면 백, 막상 집단 괴롭힘을 당하면 슬기롭게 대처하기 어려울 것이다. 고토미네라는 여학생이 가장 잘못했고, 다음은 그 패거리들 아닌가.

하지만 가논은 또다시 비극이 벌어지지 않도록 필사적으로 생각했겠지.

"말만 번지르르하게 했지, 결국 도망치고 말았어."

입을 꾹 다문 내 앞에서 가논은 어깨를 작게 흔들었다.

"분하네. 상상 속 나는 이제 걔들을 만나도 겁먹지 않았었는데. 3년 전이랑 달라진 게 하나도 없어."

가논은 자조하듯 메마른 미소를 지었다.

그 말은 내 마음에 따끔한 통증을 불러왔다. 바늘이 깊숙한 곳까지 찌르며 들어갈 때처럼 아픔이 천천히 번진다.

――'최저임금이나 받는 하층민 주제에 뭐라도 된 것 같아?'

――'달라진 건 쥐뿔도 없어.'

미키가 조소하듯 던진 말. 나는 정면에서 반박하지 못했다. 내 눈의 들보는 보지도 않고 상대에게 악담을 내뱉고 도망쳤을 뿐이다.

——달라진다는 건 어렵다.

나는 소년원 가퇴원식에서 울먹이며 갱생하겠다고 결의했으면서 너무 쉽게 또다시 비행에 손을 대고 말았다. '네버랜드'에 초대받아 팅커벨의 조언대로 보호사에게 모든 것을 털어놓고 어렵사리 오버도즈에서 손을 뗐지만, 여전히 블루마에로 발걸음 한다. 하층민이라는 모멸적인 표현은 인정하기 싫지만, 생활수준이 높다고는 생각하지 않는다. 돈을 더 벌고 싶은 게 솔직한 마음이다. 몇백 엔짜리 물건을 사면서 일일이 가격표를 확인하며 고민하기 싫다. 파파카츠 따윈 절대로 하지 않을 거라고 단언하지 못한다. 나는 내가 못 미덥다.

——애당초 '갱생'이 대체 뭘까?
——뭘 어떻게 해야 갱생했다고 말할 수 있을까.

말로는 표현할 수 없는 막연한 불안이 나를 잠식한다.

갈피를 못 잡는 건 가논도 마찬가지일지도 모른다. 별안간 폭주해 사람을 죽여 버린 소녀. 피치 못할 사정이 있었다고 해도 이성을 내던진 과거는 사라지지 않는다. 그녀가 다시는 죄를 짓지 않을 거라고 누가 단언할 수 있을까.

강변길에 미적지근한 바람이 흘러간다. 곤충이나 개구리의 울음소리가 한층 커졌지만, 가논의 울음소리를 지워 버릴 정도는 아니었다. 줄곧 쥐고 있던 페트병 콜라에 맺힌 물방울이 내 신발로 떨어진다.

"저기."

신지 군이 손을 든다.

"제가 지금부터 상상 모노마네를 할게요."

"뭐?"

"제목. '수학여행 날 밤, 이따금 본성이 튀어나오는 담임 선생님'."

신지 군은 헛기침한 후 심호흡했다. 어리둥절한 나와 가논 앞에 서서 셔츠 깃을 정돈한다.

표정만큼은 진지함 그 자체.

별안간 깜짝 놀라며 눈을 동그랗게 뜨더니 어떤 높은 사람에게 사과하듯 머리를 숙였다.

"네에? 저희 학생이 숙소에서 빠져나왔다고요? 밤에 숙소에서 빠져나와 여학생 숙소로 갔다고요? 네, 알겠습니다. 저기, 제가 단단히 일러두겠습니다. 가토 교감 선생님께서는 이만 주무십시오. 설교가 길어질 것 같습니다. 저희 학생 때문에 정말 죄송합니다……. 찰카닥……. 어이, 신도! 오미네! 이 새끼들, 결국 사고를 쳤냐!"

분노한 표정으로 문을 열더니 곧바로 닫아버리는 제스처. 학생의 숙소로 들어간 모양이다. 그런 후 그제야 웃으며 입에 손을 대고 속삭이듯 말한다.

"――옛날 선생이랑 똑같네."

이상으로 상상 모노마네는 끝난 모양이다. 신지 군은 살짝 머리를 숙였다.

"갑자기 왜 그래?"

냉담한 목소리로 물었다.

"머리라도 다친 거야?"

"연습한 거예요."

신지 군은 쑥스럽다는 듯 수줍게 웃는다.

"뭐?"

"개그맨이 되고 싶거든요. 다음에 쇼츠 영상이라도 올려볼까 싶어 연습해 본 거예요. 재활인 셈이죠."

처음 듣는 소리다. 게다가 설명을 들어도 오히려 무슨 뜻인지 모르겠고, 한마디 더 하자면 별 재미도 없었다. 지적하고 싶은 점이 탁류처럼 솟구친다.

"가논 짱을 웃게 해주고 싶었어요."

신지 군은 어둠 속에서도 확실히 알 수 있을 정도로 얼굴이 빨개졌다.

"뭐랄까, 저도 달라지려고 무지 애쓰고 있거든요. 과거에 멍청한 짓을 해서 스스로도 잃은 게 많고 슬픔을 겪게 한 사람도 많아요. 그래서 너무 비관적으로 생각하지 말았으면 해서. 노력하고 있는 저까지 괴로워지잖아요."

신지 군은 낯간지럽다는 듯 목덜미를 쓸어내린다.

좀 전의 상상 모노마네 어쩌고는 혼신의 작품인 모양이었다. 그의 장래가 불안하다.

풉 하고 뭔가를 내뿜는 소리가 들렸다.

가논이 낸 소리였다. 그리고 갑자기 배를 부여잡듯 웅크리더니 소리 내 웃기 시작한다. 괴로운 듯 어깨를 위아래로 들썩이며 그대로 지면에 무릎을 찧었다. 배를 끌어안은 채 지면에 머리를 박을 듯한 기세로 웃음을 터트린다.

웃음보가 터진 모양이다.

"먹혔다. 앗싸!"

신지 군이 승리의 포즈를 취하길래,

"아니, 너무 망작이라 웃은 거겠지."

내가 그의 어깨를 때린다.

한참을 웃던 가논은 눈꼬리를 훔치고 얼굴을 들었다.

"고마워, 신지 군. 왠지 기운이 나네."

볼 언저리가 경련이라도 난 것처럼 여태 떨린다.

이해되진 않지만, 가논이 기운을 차렸다니 다행이다. 웃음의 힘은 위대하구나.

가논은 호흡을 고르면서 일어나더니 새삼 우리 쪽으로 시선을 보냈다.

"지금 다시 교문으로 가려고 해. 같이 가 줄 수 있어?"

신지 군과 거의 동시에 고개를 끄덕였다. 그리고 또다시 동시에 가논의 등을 다정하게 토닥인다.

• • •

전장으로 향하는 듯한 심정으로 우리는 입술을 한일(一)자로 꽉 다물고 교문 앞으로 돌아왔다.

가까이 와서 보니 헌화대에는 고토미네 사오리의 얼굴 사진이 놓여 있었다. 소풍 때 찍은 사진 같다. 돌고래가 헤

엄치는 거대한 수조 앞에서 깜찍한 브이 사인을 얼굴 옆에 붙여 얼굴이 작게 보이는 효과를 연출했다. 윤기가 흐르는 검은 머리카락을 길게 기른 예쁘장하게 생긴 아이. 인기가 꽤 있었겠지. 집단 괴롭힘을 주도했다고는 생각하기 어려울 정도로 밝아 보이는 아이였다.

3년이 지난 지금도 꽃다발이 잔뜩 진열되어 있다. 사랑받았던 모양이다. 설령 집단 괴롭힘의 내용이 보도된 후라고 해도 그녀를 동정하는 사람은 많은가 보다.

헌화대 앞에는 여전히 자릴 지키고 있는 아까 만난 세 여고생이 다시 찾아온 가논을 날카로운 시선으로 노려본다.

"뻔뻔하게 또 왔네."

가운데 있는 여자아이가 코웃음을 친다.

"뭐야? 친구들까지 대동하고는. 혼자서는 사과하려도 못 오는 거야?"

가논은 시비 거는 말을 무시하고 여자들 옆을 스쳐 지나갔다. 헌화대 정면에 서서 고토미네 사오리의 사진을 정면으로 바라본다. 관자놀이 근처가 희미하게 떨렸다. 이마에서 땀이 흘러내린다. 사진을 봤을 뿐인데 마치 돌처럼 굳어버렸다.

"난……."

가논의 입술에서 어렴풋이 목소리가 흘러나왔지만, 그 이상은 이어지지 않았다. 힘겹게 입을 오물오물 움직이지만 말이 되어 나오진 않는다.

인내가 바닥났는지 여고생 중 한 명이 소리쳤다.

"무슨 말이라도 하라고."

그녀는 가논의 어깨를 옆에서 잡았다.

"사람을 죽여놓고 잘못했단 말도 못 하냐?"

가논을 흔들려는 그 여학생을 보고 내 머릿속에서 뭔가가 끊어졌다. 가논을 둘러싸려는 세 명 앞에 서서 이마로 박치기라도 할 것처럼 들이대며 째려본다.

"닥쳐. 지금 얘가 말하려고 하잖아."

상대방도 지지 않으려고 노려보지만, 그래 봐야 어차피 좋은 집안에서 곱게 자란 아가씨 같은 느낌. 미키에 비하면 털끝만큼도 무섭지 않다. 있는 힘껏 소리쳤다.

"너네 뭐야? '사과해', '사과해'라니 뭔 짓거리냐고. 너네는 얘한테 사과했어? 어디서 피해자 코스프레를 하고 지랄이야, 지랄이!"

세 명 중 가운데 있는 여자가 겁을 먹었는지 숨을 삼킨다. 오른쪽에 있는 곱슬머리 여자가 시선을 피했고, 왼쪽 여자가 쥐어짠 듯한 목소리로 말했다.

"넌 누군데? 관계없잖아."

"관계? 있을 리가 없잖아. 난 얘를 안 괴롭혔거든. 고토미네란 년하고 친구 먹은 것도 아니고. 너넨 관계있잖아? 딱 보니 고토미네 옆에서 괴롭히는 걸 부추긴 것 같은데? 사건이 터진 그날에도!"

뒷부분은 억측이었지만 상대편은 전혀 반격하지 못했다. 정곡을 찔린 모양이다. 이 아이들도 집단 괴롭힘에 관여했다. 점점 강도가 심해지는 고토미네 사오리를 말리지 않고 그저 추종했다. 가논이 더는 참을 수 없어서 고토미네 사오리를 찌른 그날도.

상대편은 완전히 위축됐는지 입을 다문 채 눈은 갈 곳을 잃었다.

그 태도에 한층 더 열을 받아서 훨씬 심한 말을 퍼부어 줄까? 하고 생각한 순간 누가 내 팔을 붙잡았다.

가논이었다. 긴장이 풀렸는지 하얀 이를 드러내고 있다.

"고마워, 미즈레 씨. 이제 괜찮아."

나는 고개를 끄덕이고 한 걸음 물러나기로 했다. 견제하듯 다시금 여고생들을 노려보았지만, 그 이상의 행동은 자제했다. 너무 주제넘게 참견했는지도 모르겠다.

가논은 다시금 고토미네 사오리의 사진을 보고 숨을 들이켠다.

"고토미네, 오랜만이야."

가논의 말이 또렷이 울렸다.

당연히 대답은 돌아오지 않는다. 사진 속 고토미네 사오리는 브이 사인을 하며 환하게 웃고 있다. 그럼에도 개의치 않고 가논은 말을 이었다.

"난 있지, 널 용서하지 않았어. 네가 한 행위는 사람으로서 최악이고, 부끄러워해야 할 일이라고 생각해. 하지만 그렇다고 죽여도 되는 건 아니었는데. 목숨을 빼앗으면 안 되는 거였어. 그건 분명 내 잘못이야."

그대로 깊이 머리를 숙인다.

"미안해. 미안, 정말 미안해⋯⋯."

뒤로 갈수록 목소리가 떨렸다. 가논은 한동안 머리를 들지 못했다. 10초 같기도 했고, 5분 같기도 했다. 오열이 커짐에 따라 몸이 격하게 흔들린다.

그 뒤에 서 있던 여고생들도 얼굴을 숙인 상태다. 한 명이 눈물을 글썽이는 걸 보고 모처럼의 감동이 깨졌지만, 내가 찬물을 끼얹을 문제가 아니었다. 고토미네 사오리는 그녀들에겐 소중한 친구였던 것이다. 타인이 옷을 갈아입는 동영상을 뿌리는 망할 년이라고 해도.

가논은 머리를 들고 뒤를 돌았다.

"너희한테도."

마찬가지로 깊이 머리를 숙인다.

"친구인 고토미네를 빼앗아서 정말 미안해."

세 명은 가논이 머리를 숙이자 어색해하며 가논의 뒤통수를 바라보았다. 무슨 말을 하려나 기대했지만, 그저 무거운 공기의 침묵이 이어질 뿐이었다.

이만하면 됐다 싶은 마음에 나는 가논의 손을 잡았다.

"가자, 잘했어."

신지 군 역시 가논의 등을 토닥였다.

"수고했어요."

헌화대에서 물러나 왔던 길로 유도한다.

가논에게 상처를 준 세 명은 결국 끝까지 그 어떤 말도 하지 않았다.

• • •

아이처럼 울음을 터뜨린 가논을 달래며 우리는 역으로 향했다. 긴장의 끈이 느슨해진 모양이다. 콧물을 줄줄 흘리며 계속 운다. 하지만 같이 걷는 사이에 이윽고 안도의 미소를 짓게 됐다.

더위가 차츰 사그라들어 묘하게 기분 좋았던 게 기억난다.

"배고파. 이 근처에 맥도널드 없어? 모스버거[29]라도 괜찮고."

내가 투덜대며 제안하자

"이미 늦었잖아요. 돌아가죠. 저희는 미즈레 씨와 다르게 착한 아이들이거든요."

신지 군이 타이르며 주장한다.

내가 건방진 녀석이라며 분개하자 가논이 큭큭 웃는다.

"다시 말하지만."

가논이 입을 열었다.

"신지 군의 모노마네, 진짜 재밌었어."

그러면서 천진난만하게 웃는다.

"어디가?"

내가 강하게 반발하자

"감사합니다."

신지 군은 순순히 감사를 표했다.

"우와, 완전 기분 업 돼요."

---

29 1972년 일본에서 설립한 패스트푸드 프랜차이즈.

진짜 기분이 좋은지 번지는 미소를 감추지 못한다.

"좀 더 복잡한 설정이 내 취향이야."

내가 투덜대자

"쇼츠 영상은 그 정도가 떡상하기 쉬워요."

신지 군이 설명하고,

"잘생긴 얼굴 덕분에 뜰 거야."

가논은 엉뚱한 코멘트를 날린다.

아무튼 우리는 실컷 수다를 떨었다. 1초의 침묵조차 아깝다는 듯 말을 섞고 또 섞는다. 흥분 상태였다. 보폭이 넓어졌고, 별 의미도 없이 가논의 손을 잡거나 신지 군의 등을 두드렸다.

이토록 흥겨운 밤을 얼마 만에 느껴보는 걸까, 라고 생각했다.

역이 보이기 시작했을 때 좀 전의 험악했던 내 표정으로 화제가 바뀌었다.

"그나저나 미즈레 씨, 아깐 너무 무서웠어요. 상대편 그 여자들, 엄청 쫄던데요?"

신지 군이 웃고, 가논이 힘차게 고개를 끄덕인다.

"맞아, 완전 여두목 느낌이었어. 역시 소년원 출신은 급이 다르다니까."

"무슨 소리야, 재원 기간은 네가 더 길거든."

나는 아까 봤던 고토미네 친구라는 여고생들을 떠올렸다. 나름 상위권 고등학교의 제복. 약간만 으름장을 놓으려던 것뿐이었는데 상당히 겁을 준 모양이다.

"……블루마에에 있어서 그런가."

블루마에에 모이는 사람들은 대부분 범죄와 인연이 없는 청년들이지만, 개중에는 질 나쁜 인간도 있다. 위험한 상황에 직면할 때도 있고, 경찰에게 찍힐 때도 있다. 그럴 때 의연히 행동하지 않으면 트러블을 불러일으킬지도 모른다.

내가 중얼거리자

"뭐? 블루마에?"

가논이 눈을 동그랗게 뜬다.

"나도 가끔 갔었는데. 그다지 잘 섞이진 못했지만."

"진짜?"

"응, 가끔 친구가 필요했거든. 하지만 옛날 일도 있으니까 누가 알아볼까 봐 무서워서 계속 스마트폰으로 게임만 했어."

눈치채지 못한 건 어쩔 수 없다. 블루마에에는 젊은이들이 몇몇 그룹으로 뭉쳐서 세월아 네월아 시간을 때우는 분위기다. 참가자 모두가 서로 알고 지내는 사이는 아니다. 가논처럼 수수한 아이도 널린 터라 일일이 기억하지 못한다.

뜻밖의 공통점에 어안이 벙벙하다.

"저도 가본 적 있습니다."

그러자 옆에 있던 신지 군도 신기하다는 얼굴로 손을 들었다.

"정확히는 제 친구가 빈번히 다녔죠. 딱 한 번 따라가서 얼굴을 비친 정도지만."

별안간 발견한 공통점에 소름이 돋았다.

'네버랜드' 참가자의 공통점은 나고야에 거주하는 것만이 아니었다. 과거에 죄를 지었다는 점. 그리고 블루마에에 가본 적이 있다는 점.

역시 의도적으로 모이게 된 거라고 확신했다.

――하지만 뭣 때문에?

신지 군이나 가논도 같은 심정인 모양인데. 팅커벨은 대체 무슨 꿍꿍이가 있는 걸까. 궁금해 죽겠네.

결국, 밤도 깊고 해서 그날은 해산하게 됐다.

우리는 다음 날, 팅커벨에게 물어보기로 했다.

• • •

오프라인 모임 이튿날, 우리는 저녁 8시에 '네버랜드'를 방문했다.

세 명은 거의 동시에 VR 공간에 도착했다. 난로의 장작이 타닥타닥 소리를 낸다. 저택은 늘 그랬듯 평온하다. 이젠 익숙해진 이불요괴가 소파에 자리 잡고 앉아 있다.

가네쿠라 씨의 모습은 보이지 않았다.

팅커벨은 이쪽으로 시선을 보내며 웃으며 말한다.

"여러분. 다 같이 오셨네요. 어제 오프라인 모임은 어땠나요?"

내가 대표해서 있었던 일을 전부 설명했다.

오프라인 모임을 무사히 마친 점. 가논이 과거에 저지른 잘못을 듣고 예전에 가논이 다닌 중학교를 방문한 점. 그리고 자신들은 각자 과거에 죄를 지었고, 또한 어떤 형태로든 블루마에와 관련이 있다는 공통점이 밝혀진 점.

그걸 모조리 설명한 후에 팅커벨에게 물었다.

"이 '네버랜드'의 목적이 뭐죠? 이제 슬슬 알려주세요."

"거절하겠습니다."

즉답. 유무를 따지지 말라는 태도였다.

뒤에 있는 가논과 신지 군의 아바타가 불만스럽다는 듯 흔들린다.

"언젠가 밝힐 때가 올지도 모르겠으나 적어도 지금은 아닙니다. 몰라도 되는 것까지 알 필요는 없습니다."

팅커벨의 어조는 담담했다. 내가 '네버랜드'에 왔을 때부터 쭉 한결같다. 그는 꼭 필요한 이야기가 아니면 말하려 하지 않는다.

희끄무레한 실망이 가슴 속에 생겼다. 신지 군이 뭔가 말하고 싶은 듯 소리를 냈지만, 명확한 말로 전달되지는 않았다.

팅커벨이 작게 웃는 소리가 들린다.

"하지만 일부는 슬슬 밝힐 때가 됐네요."

"네?"

그는 일어나더니 너풀거리며 그 자리에서 힘껏 점프했다. 거대한 이불은 가볍게 떠올라 우리 앞에 착지한다.

시야 한가득 그의 득의양양한 표정이 비쳤다. 이불에 싸인 검은 구체에 기호로 만든 방긋 웃는 미소가 표시된다.

"VR 세계에서는 어디까지 현실을 재현할 수 있는가가 곧잘 논의됩니다."

여전히 귀에 쏙쏙 들어오는 음성이었다. 마치 수업을 진행하는 교사처럼 천천히 말을 건넨다.

"현실 세계를 그대로 VR 세계로 가져올 것인지, 아니면 가상은 가상인 채로 현실과는 다른 것이 좋은지."

뉴스에서 본 기억이 있다.

현재 전 세계에서 메타버스 개발이 진행 중이다. 그중에는 오피스나 관광지, 미술관이나 박물관 등 현실 세계에 있는 것을 그대로 VR 공간에 복사하는 방식도 있는 모양이다. 우리는 집에 있으면서 일도 할 수 있고 여행도 가능하다는 뜻이다.

하지만 그것과는 별개로 판타스틱한 세계를 창조하는 일에 열정을 쏟아 붓는 자도 있다. 우주공간이나 해저도시, 애니메이션에 나올 법한 미소녀나 꽃미남 아바타. 리얼을 재현하는 것이 아니라 전혀 다른 가상 세계를 만들려는 계획이다.

"저는 단연코 후자입니다. 다른 세계니까요. 현실 세계와는 전혀 다른 세계인 게 좋습니다. 과거에 저지른 잘못도, 짊어진 고통도, 잘 풀리지 갑갑한 상황도."

곧바로 연상된 것은 우선 가논의 사건.

——사람들의 눈이 무서워 여우 가면을 쓰고 있던 소녀.

가논에게는 VR이라는 익명의 공간이야말로 타인과 스스럼없이 대화할 수 있는 장소겠지. 사건 후 인터넷에 얼굴 사진이 뿌려졌다고 한다. 실제로 블루마에서는 친구를 만들지 못했다고 한다.

"그리하면 분명 자신을 돌아볼 수 있습니다."

팅커벨은 살짝 몸을 흔들었다.

"'네버랜드'는――방문자들이 달라지기 위한 공간입니다."

그의 말은 내 마음속 아주 보드라운 부분에 살며시 닿았다.

그런 이유 때문이었구나, 하고 수긍한다.

내가 이곳에 처음 왔을 때는 비행을 반복하고 있었기에 양심의 가책을 느끼고 있었다. 그래서 익명으로도 리얼에 가까운 만남이 가능한 가상공유공간에서 나를 편하게 드러낼 수 있었다. 팅커벨의 말을 순순히 받아들일 수 있었다.

"그 말만 들으면."

신지 군이 중얼거렸다.

"왠지 현실도피 같네요."

"아뇨, 다릅니다. 이 세계 또한 현실입니다."

좋은 지적이라고 말하듯 팅커벨이 고개를 끄덕인다.

"실존하는 우리가 살아가는 세계도, 가상공유공간에서 지내는 세계도, 둘 다 동일하게 현실이며 진실입니다. 두 개의 현실을 가지고 있기 때문에 보이는 시점이 있습니다.

롤플레잉처럼 말입니다. 제2의 자신이 돼 보면 본래의 자신을 객관적으로 볼 수 있습니다."

소년원에서 롤플레잉을 해보았다. 장면이나 설정을 정해 각각 가공의 역할을 연기하는 훈련이다. 예를 들면 교사와 학생, 예전에 비행을 일삼던 무리와의 대화, 부모님과 자신 등. 대인관계능력 향상이나 자신의 삶을 재점검하기 위해 시행한다.

현실과 다른 자신이 되면 새롭게 보이는 것이 있다.

"여러분은 두 번 다시 잘못을 저지르면 안 됩니다. 그렇지 않습니까?"

——과거에 죄를 저지른 자가 갱생하기 위한 동아리?

혹시 그것이 '네버랜드'의 정체인 걸까.

모든 것을 이해한 것은 아니다. 아직 우리에게 밝히지 않은 비밀이 있을 것이다. 내가 알게 된 건 팅커벨이 말한 진실의 일부일 테지.

하지만 그 일부를 털어놔 준 것만으로도 어느 정도 마음이 풀렸다. 팅커벨은 나를 구하려고 이곳에 초대한 것이다. 그걸 안 것만으로도 충분하다.

"팅커벨 씨."

가논이 말했다.

"저도 달라질 수 있을까요?"

그 목소리는 절실한 감정을 띠고 있다. 평소의 애교 많은 음성이 아니다. 중학교의 헌화대 앞에서 보여주었던 것처럼 한마디 한마디에 혼을 담은 강인한 목소리.

"예전에 사람을 죽였던 저도 달라져도 될까요?"

"전 대답을 갖고 있지 않습니다. 함께 생각해 보도록 합시다."

팅커벨은 질문을 일축한다. 그는 우리에게 구체적인 답을 제시하지 않는다. 자신의 경험을 얘기하거나 혹은 질문할 뿐.

이불 뭉치 같은 아바타가 이쪽으로 다가와 가논을 터치한다.

"하지만 보세요, 이 정도라면 금방 되지요."

다음 순간, 가논의 아바타가 변했다.

가논의 미소녀 아바타가 갑자기 빛나더니 등에서 흰색 날개가 돋아났다. 천사처럼 새하얗고 힘 있는 날개.

"⋯⋯확실히 달라졌네요."

가논도 중얼거린다.

팅커벨은 장난이 성공해서 만족스러운 것처럼 웃었다.

"지금 이렇게 귀엽고 꿋꿋이 지내는 가논 역시 또 하나의 확실한 현실입니다."

그 모습을 보고 있으니 어쩐지 눈시울이 뜨거워졌다.

——히구치 미하루는 우중충한 여자아이였다.

야박한 평가지만, 언뜻 보았을 때 그렇게 느낀 건 사실이다. 촌스러운 안경, 부스스한 머리카락, 어눌한 말투. 그리고 사람을 죽인 무거운 죄를 짊어졌다. 법률상으로는 죄를 물을 수 없어도 살인은 살인이다. 가논의 얼굴 사진과 이름이 인터넷에 돌아다닌다. 가혹한 인생을 살아가게 된다는 사실은 달라지지 않는다.

하지만 이 VR 공간에서는 새하얀 날개가 있고, 그림 그리는 걸 좋아하며, 헌팅캡을 쓴 조금은 엉뚱한 미소녀 '가논 짱'이다.

그걸로 충분하지 않냐고 생각한다.

그 또한 틀림없는 진실이니까.

달라지기 위해서. 현생에서 날갯짓하기 위해 다른 현실을 손에 넣는 것을 누가 탓할 수 있겠는가.

"멋있어, 가논."

진심으로 찬사를 보냈다.

"여두목님, 고마워."

가논이 익살을 떨 듯 날개를 움직였다.

4

내 인생을 되돌아볼 때면 '상자'가 떠오른다.

직방체. 사각형으로 둘러싸인 내 인생. 나와 형이 나고 자란 낡은 아파트, 수업 중에도 종이비행기가 날아다니던 초등학교 교실, 자립지원시설의 침실, 소년원의 독방, 그리고 지금 지내는 이케시타의 월세 4만 2천 엔의 싸구려 방. 벽과 바닥과 천장으로 만들어진 나를 가둬두는 작은 상자. 그런 상자에서 또 다른 상자로 이동하는 것이 내 인생이었다.

가끔 "틀에 갇힌 인생을 살고 싶지 않다."라고 외치는 청년이 있다. 그리고 대부분의 인간은 냉소를 퍼붓는다. "일단 틀이나 배워."라든가, "그 발상 자체가 이미 틀에 박혔어."라든가. 나는 양쪽 입장을 다 이해한다.

틀에 갇히기 싫다는 청년은 자유분방하게 살고 싶다는 뜻이 아니다. 단지 이 상자에서 나가고 싶은 것뿐이다.

곡선은 사치다. 집을 지을 수 있는 부지, 종이상자, 벼농사 논 등, 대부분 사각형이다. 사각형은 낭비가 적고 효율이 높으니까. 싸구려 가구는 사각형. 둥근 것은 낭비와 여유의 상징. 그래서 우리처럼 여유가 없는 인간은 사각형에 둘러싸인다. 상자에 갇힌다.

미카도 그랬다. 나와 마찬가지로 상자에서 상자로 이동하는 인생.

굳이 말하지 않아도 이해했다. 그래서 그녀에게 반했고, 그 첫사랑을 여전히 끝내지 못하고 있다.

• • •

"가네쿠라 군."

팅커벨이 말했다.

"살짝 들키고 말았습니다."

VR 공간 '네버랜드'에서의 대화다. 그날은 아침에 퇴근하는 날이라 정오가 지나서까지 한숨 푹 잔 후 슬슬 얼굴을 비춰볼까 싶어 VR 고글을 기동했다. 평일 낮에도 자리를 지키는 건 팅커벨뿐. 그는 언제나처럼 저택 소파에 앉아 글을 쓰고 있다. 아바타도 평소처럼 이불요괴로 보인다.

그리고 만나자마자 소식을 전해준다. 미즈레 일행이 오프라인 모임을 통해 '네버랜드'의 비밀을 눈치채고 말았다고.

"뭐, 언제까지 숨길 수 있는 것도 아니니까."

하품하며 태평하게 대답한다.

"아무렴 어때? 내 정체는 말 안 했지?"

"물론이죠. 그 아이들이 트러블에 휘말리지 않도록."

팅커벨은 말하면서도 끊임없이 키보드를 두드리고 있다. 딸각, 딸각하는 유난히 느린 속도의 작은 소리가 그의 마이크를 통해 흘러들어온다. 화면은 블라인드 기능을 사용하고 있어서 나에겐 보이지 않는다.

미즈레 일행은 모르겠지만, 그는 훨씬 전부터 계속 문자를 입력하고 있다.

"팅커벨은 허구한 날 뭘 그렇게 써?"

"비밀입니다."

"그렇게 대답할 줄 알았어. 하지만 녀석들한텐 우리 비밀을 조금 말해줬잖아? 그럼, 나한테도 약간은 까줘야 공평하지."

밑져야 본전이라는 생각에 막무가내로 던진 요구였지만,

"음, 그것도 그렇군요."

팅커벨은 진지하게 받아들였다. 당연히 어물쩍 넘어갈 거라고 생각했다.

"인수인계서입니다."

"뭐?"

"만약 저에게 무슨 일이 생겼을 때, 가네쿠라 씨가 여길 문제없이 운영할 수 있도록 주의사항이나 의지할 수 있는 관계자의 연락처 등을 남겨두고 있었습니다."

생각지도 못한 말을 들어서 사고가 얼어붙고 말았다. '네버랜드'는 아직 발족한 지 얼마 되지도 않았는데. 어째서 저런 이야기가 나오는 걸까.

"재수 없게 왜 그런 소릴 해."

나는 웃으면서 흘려들었다.

"난 형씨 흉내를 낼 만한 그릇이 못 돼. 그런 살벌한 생각은 넣어둬, 넣어둬."

"만약을 위해서죠, 만약을 위해서."

"암만 그래도."

"인생 선배의 어드바이스입니다. 살다 보면 무슨 일이 벌어질지 정말 모르는 거랍니다."

팅커벨도 쓴웃음을 지으며 키보드를 계속 두드렸다. 그 모습을 보고 지금 당장 위기에 직면한 건 아니구나 싶어 안도했다. 그저 예상 밖의 사태를 진심으로 걱정해서 가능한 한 조속히 준비만이라도 해두려는 모양이다.

생각해 보면 최근 두 달은 계속 문서를 작성하는 느낌이 든다. 대체 인수인계서를 몇 장이나 쓰려고 저러는 건지. 나한테 전해졌을 때를 상상하자 살짝 소름이 돋았다.

아무튼 팅커벨은 성실한 남자다. 표표하고 미스테리어스한 부분도 많지만, 그 강직한 본성만큼은 전해진다. 그래서 거절을 못 하겠다. 그에 대해 잘 모르는 상태로 벌써 넉 달 이상의 시간을 보내는 중이다.

"저보다도."

팅커벨이 도중에 손을 멈췄다.

"가네쿠라 씨는 괜찮습니까? 위험한 분위기가 감지되는데요."

"엥? 누구한테 들었어?"

"미즈레 씨가 가십거리처럼 말하더군요. '창선회'에서 배신자를 찾고 있다고."

"형씨가 걱정할 필요 없는 이야기야. 괜찮아, 나도 잘하고 있으니까."

손을 크게 흔들어 문제없음을 어필한다.

하지만 팅커벨은 불안하다는 듯 노골적으로 낮게 신음했다. 본인의 비밀은 일절 밝히지 않으면서 남 일에는 어찌나 의심이 많은지 슬쩍 속을 떠본다.

"알았어. 멤버를 늘리는 건 잠시 접을게."

어쩔 수 없이 말하자

"그렇게 합시다."

팅커벨은 온화하게 미소 지으며 지그시 쳐다본다.

"무슨 문제가 생기면 뭐든 상담하세요. 가네쿠라 군은 다소 막무가내인 면이 있습니다. 그것도 당신의 미덕인가요?"

칭찬하는 건지 까는 건지 모르겠다. 양손 손바닥을 위로 향한다. 이 VR 게임에서 가장 자유롭게 사용할 수 있는 부위가 두 손이다. 바디랭귀지가 기본.

"……형씨가 나에 대해 뭘 알아."

"모릅니다. 다만 가네쿠라 씨에겐 감사하고 있습니다."

팅케벨은 나를 똑바로 응시했다. 내 시야에는 이불요괴

가 날 바라보고 있는 게 보일 뿐이지만, 그는 분명 현실 세계에서 부드러운 눈빛으로 바라보고 있을 것 같다는 생각이 문득 든다.

VR 고글을 벗자 벌써 오후 3시가 되었음을 알게 됐다. 시간 가는 줄도 모르고 몰입하는 게 VR의 특징이다. '네버랜드' 안에도 시계가 있고 옵션을 클릭하면 시각도 표시되지만 무심코 틀어박혀 나오지 않게 된다.

'창선회' 미팅 시간이 다 되어 간다.

간헐적 참가자를 포함하면 서른 명쯤 되는 블루마에를 관리하는 그룹. 십 대 후반에서 이십 대 중반이 대다수이며, 주로 다섯 명의 간부가 운영한다.

리더는 '린쿠'라는 가명을 사용하는 23세 남자.

그리고 나는 '린쿠'의 남동생이다.

• • •

'블루마에'로 모여드는 건 애새끼들뿐이다. 집에 있는 게 불편한 애새끼, 가출해서 돌아갈 수 없게 된 애새끼, SNS를 보고 비행을 동경하게 된 애새끼, 반 친구들에게 블루마에에 다닌다고 자랑하고 싶은 애새끼, 애새끼새끼새끼.

야쿠자나 반사회조직도 돈이 없는 애새끼들에게는 구린 짓거리를 안 한다. 블루마에 모이는 건 무슨 문제가 생기면 경찰이나 부모에게 울면서 매달리는 근성이라곤 코딱지만큼도 없는 애새끼들뿐. 사회문제로 과장해서 화젯거리로 만들고 싶은 주간지나, 여자 미성년자를 품어보고 싶은 아저씨들만 관심을 보인다.

형은 그곳을 눈여겨보았다. 야쿠자나 경찰과 적대할 지혜는 없어도 애새끼들을 모아 용돈벌이를 하는 정도는 우리라도 가능할 것 같았다. 가출한 애새끼한테 밥을 사주거나, 집에서 재워주거나, 끈질기게 파파카츠를 제안하는 아저씨들을 쫓아내자 애새끼들로부터 금세 존경받을 수 있었다. '블루마에의 왕'이라는 촌스러운 칭호를 붙여주는 놈도 있다.

형은 '창선회'라는 팀을 만들었다.

대외적인 활동은 블루마에 아이들을 보호하는 일. 고민 상담을 해주고 영양 식품을 제공하고 오버도즈의 위험성을 호소한다. 형은 "어른들이 도와주지 못하는 아이들의 목소리를 제가 들어줍니다."라고 어느 기자에게 대답했다. 멍청한 인터뷰어는 형의 농담을 '갈 곳을 잃은 아이들을 지키는 젊은 활동가'로 꾸며 그대로 인터넷에 올렸다. 검은 마스크를 쓰고 날렵한 눈빛으로 카메라를 응시하는 형은 반반한 외모 덕분에 더 많은 애새끼들을 블루마에로 불러 모았다.

내가 보기엔 질 나쁜 농담으로밖에 느껴지지 않았다. '창선회'가 뒤에서 무슨 짓을 하는지 블루마에에 있는 녀석이라면 대부분 알고 있는데.

• • •

'창선회'는 사카에 5초메에 있는 맨션을 임대해 사용 중이다. 러브호텔, 카바레식 클럽, 필리핀펍 등이 빼곡한 거리에 있는 집합 주택. 입구에는 토사물이나 쓰레기가 널브러져 있어서 매번 코를 막고 들어가야 한다.

방에는 이미 간부들이 모여 검은 가죽 소파에 앉아 있다. 가죽이라고는 해도 싸구려 합성피혁이다. 재활용가게에서 4만 엔으로 깎아서 구매했다.

이 방에 들어올 때마다 상자 같다고 생각한다. 전자 담배 냄새가 밴 8조[30]의 직방체. 내가 사는 아파트에서 '창선회'의 본거지로. 상자에서 상자로 이동하며 살아간다.

---

30 약 4평.

"쇼, 늦었잖아."

중앙 소파에 앉아 있던 남자가 내 이름을 부른다. 젤리 음료를 손에 쥐고 있다.

처음 보는 사람은 어김없이 '다정할 것 같은 호청년'이라고 느낀다. 투블럭으로 깎은 머리에 수염도 없고 피부 트러블도 없어서 청결함이 느껴지는 모델 같은 외모다. 쌍꺼풀이 또렷한 눈은 성형한 흔적이 전혀 남아 있지 않다. 흰색 무지 티셔츠와 청바지를 입고 젤리 음료를 맛있게 마시며 미소 짓고 있다.

가네모토 가이. 통칭 '린쿠'로 불리는 내 형이다.

"또 늦잠 잤냐? 요즘에 꽤 잦다."

"일어나면 한동안 못 움직이겠어. 늙어서 그런가."

"올해 스물하나잖아? 네가 늙었으면 우린 중늙은이다."

가이의 농담에 나를 제외한 간부 세 명이 가볍게 웃었다. 전원 남자로, 가이와 달리 스스로를 불량하게 보이도록 억지로 꾸민 패션. 문신 스티커를 붙인 팔뚝을 보란 듯 일부러 드러낸 게 애처롭다.

"자, 보고."

가이가 손을 흔든다.

다른 간부들이 최근 일주일 동안에 벌어진 일을 보고한

다. 판매하는 탈법 허브의 수량이 부족하니 오사카까지 사러 가고 싶다는 건, 블루마에의 JK와 파파카츠를 했던 중년 남자가 대기업에 근무하는 사실이 드러나 돈을 뜯어낼 수 있을 것 같다는 건, 지난달에 자살한 남고생의 부모가 찾아와 남학생에게 약 복용법을 가르쳐준 멤버와 드잡이가 벌어졌던 건. 공개적으로 말할 수 없는 범죄를 마치 자랑거리처럼 웃으며 말한다.

마지막으로 나에게 시선이 모였다. 작게 숨을 들이켠다.

"배신자 건. 진전이 있었어."

멤버들의 입에서 오~ 하는 소리가 새어 나온다.

스타트는 잘 끊은 것 같다. 나는 개의치 않고 말을 이었다.

"예의 '네버랜드'라는 그룹에 초대받은 여자애가 있었어. SNS의 DM으로 '너를 알고 있다'라는 메시지가 적힌 초대장이 별안간 날아왔대. 겁먹은 그 애는 얼떨결에 답장을 보낸 모양이야."

분위기가 달아오르게 한껏 뜸을 들인다.

"결론을 말하자면 '네버랜드'는 VR 커뮤니케이션 게임 공간의 이름이야."

"VR?"

가이가 수상쩍다는 듯 미간을 찌푸린다.

"응, 가상공유공간인데 휴식하기 위한 스페이스지. 그 아이는 VR 기기가 없지만, 컴퓨터로도 즐길 수 있어. 재미 삼아 들어가 본 모양이야. '네버랜드'라는 방에는 한 남자가 있었대. 말을 걸어봤는데 날씨나 뉴스 같은 시시한 이야기만 하더래. 그냥 잡담을 좋아하는 남자 같아. 그 아이는 지루해서 바로 게임을 끝냈다고 해."

길고 긴 이야기를 마친 나는 내 무릎을 쳤다.

"결론, '네버랜드'는 '창선회'에 대항하는 팀이 아니야. 그저 사람에 굶주린 놈이 블루마에에서 VR 공간으로 유도하는 거야. 걸즈바에 갈 돈도 없는 거렁뱅이겠지."

내 농담에 다른 멤버들도 깔깔깔 웃는다.

물론 지어낸 이야기다.

블루마에에 모이는 청년들을 '네버랜드'로 빼돌리는 인간이 있다고 '창선회' 멤버가 간부에게 보고했던 것이다. 그는 '창선회'가 팔아치우는 허브를 초대장과 슬쩍 바꿔 넣어 멤버를 모으고 있는 배신자라고.

'창선회' 리더인 가이는 내게 조사하라고 지시를 내렸다. 형이 신뢰할 수 있는 사람은 나밖에 없다. 나는 흔쾌히 받아들여 적당히 정보를 흘리는 중이다.

김이 샜다는 듯 전자 담배를 기분 좋게 피우는 간부들.

하지만 가이만큼은 냉정하게 추궁한다.

"그 여자애랑 지금 연락돼? 넌 그 게임 했어?"

나는 어깨를 움츠렸다.

"이젠 연락도 안 되고 내가 그 게임을 했을 땐 이미 공간 자체가 삭제됐었어."

팅커벨과 의논한 대로 말했다. 가이가 아무리 시간을 들여도 가상공간에만 존재하는 집단을 없애는 건 있을 수 없는 이야기다.

"어쩔 거야, 형?"

부추기듯 묻는다. 어미를 살짝 올렸다.

참고로 가이라는 본명으로 부르면 안 된다는 룰이 있다. 인터넷에서 '가네모토 가이'로 검색하면 과거의 악행이 뜨기 때문이다.

"계속 조사하는 건 상관없는데, 우리끼리 의심하는 건 바보 같지 않아? 어차피 인터넷 안에 틀어박힌 피라미야. 상대할 가치도 없어."

이걸로 배신자 찾기가 끝나면 나도 편하다. 거듭 거짓말을 할 필요도 없다.

가이는 고개를 옆으로 흔들었다.

"아니, 우리 영역을 침범하는 놈은 누구든 용서 못 해."

"……알겠어. 솔직히 못 찾을 거라고 생각하지만. 나, 컴퓨터 젬병이잖아."

"그건 쇼가 열심히 좀 해봐."

산뜻한 미소를 띤 얼굴로 일어서면서 부탁한다며 내 어깨를 두드린다.

지금 당장 알코올 소독액을 어깨에 끼얹고 싶은 충동에 사로잡혔지만, 나는 터럭만큼도 티 내지 않았다.

미팅은 그렇게 끝났다. 가이와 다른 간부들은 블루마에에 간다고 한다. 오늘은 돈키에 가서 주먹밥을 잔뜩 사서 블루마에의 애새끼들한테 뿌릴 모양이다. 2천 엔 정도 지출하겠지만, 그걸로 호구가 될 애새끼들의 경계심을 없앨 수 있다면 저렴한 쇼핑이다.

나도 이만 가야겠다 싶어 자리에서 일어선 순간,

"쇼, 깜박한 게 있어."

가이가 말을 건다. 목에 팔을 두르며 귓가에 대고 속삭인다.

"옆방에 여자가 둘 있어. 한 명은 그냥 따라온 거야. 상품은 갈색 머리 한 명. 도망 못 가게 지키고 있어."

"또야?"

쓴웃음을 지으며 연기했다.

"부탁받았으니까 어쩔 수 없어."

가이는 어깨를 움츠렸다.

"최애가 '이번 달엔 열심히 하고 싶어'라며 손을 잡았다나 뭐라나. 야, 난 아직도 호스트나 콘카페 점원이 말하는 '열심'이 뭔지 이해가 안 돼."

그것만큼은 진심으로 동의했다.

결국 나는 감시역을 맡아 소파에 드러누웠다.

매춘 알선은 '창선회'의 재원 중 하나다. 세상에는 큰돈을 모아서라도 미성년자를 사고 싶어 하는 남자가 널리고 널렸다. 인터넷에서 만나려고 하면 반드시 증거가 남는다. 미성년자가 경찰에 신고해 신원조회를 당하면 끝. 그래서 블루마에서 헌팅한다. 그런 로리콘들은 하나 같이 커뮤니케이션 능력이 떨어진다. 평범한 JK에게 고압적인 자세로 "얼마야?"라고 제안한다. 아무리 블루마에라고 해도 꾀죄죄한 남자가 파파카츠를 제안하면 좋아할 사람은 극소수다. '창선회'는 그런 로리콘들을 쫓아내면서 호구로 삼는다. "정 하고 싶다면 우리가 소개해 줄게."라며 몰래 알선한다.

상품이 될 소녀는 얼마든 있었다. 탈법 허브에 중독된 사람, 혹은 최애에게 돈을 쓰는 것만이 삶의 낙인 사람.

"린쿠 씨, 쉽게 돈 버는 방법 없어요?"

그녀들이 먼저 가이를 찾아와서 부탁한다.

"참 살기 힘든 세상이다."

나는 이렇게 생각하며 전자 담배를 피우면서 혼자 사무실을 지켰다. 스마트폰으로 유튜브를 보고 있으니, 옆방에서 한 여성이 얼굴을 내밀었다.

지뢰계[31] 패션으로 몸을 감싼 여성. 화장으로 애굣살을 만들었지만, 눈매에서 느껴지는 기가 센 인상은 숨길 수 없는 모양이다. 검은 머리. 다시 말해 상품은 아니다.

그 여자는 내가 있다는 걸 눈치채더니 고개를 까닥인다.

그제야 겨우 눈치챘다. 어디선가 본 적이 있다.

"너, 미즈이 하노 친구지?"

"네? 하노를 아세요?"

경계하듯 무시무시한 시선으로 쏘아본다. 동료들이 '미키'라고 불렀던 게 생각났다.

"글쎄, 몰라."

내가 적당히 손을 흔들었다.

미키는 수상하다는 듯 고개를 흔들고는 브랜드 가방을

---

31 지뢰녀('밟으면 터지는 지뢰 같은 여자'라는 뜻으로 정신적으로 불안정한 여성을 지칭함.)라고 불리는 여성들은 프릴이나 리본으로 장식된 순정만화풍 의상(주로 무채색)에 작은 가방이나 통굽 등으로 포인트를 줌.

쥐고 가버린다.

많이 알려져 있진 않지만 '창선회'에 상품을 소개한 인물에게는 사례금으로 1만 엔을 지급한다. 미키라는 애는 1만 엔이 갖고 싶어서 친구를 판 모양이다.

만약에, 라는 괜한 상상을 한다.

미즈레가——미즈이 하노가 '네버랜드'에 오지 않았더라면, 그 아이 또한 상품이 되었을까. 이 담배 연기가 충만한 방에서 자신을 살 남자가 올 때까지 기다렸을까.

스스로의 망상 때문에 불쾌해져 메슥거림이 울컥 치밀어 오른다.

나는 기분 전환 겸 옆방으로 향했다.

침대 위에 한 여성이 앉아 있다. 십 대 후반이겠지. 갈색 머리라고 했는데 실제로 보니 밤색이다. 윤기가 흐르는 질 좋은 머릿결이라 염색해 버린 게 아깝게 느껴진다. 앞머리를 일(一)자로 자른 공주 커트. 눈, 코, 입이 중앙으로 몰린 프렌치 불도그처럼 생긴 얼굴. 얇은 블라우스 차림으로 스마트폰 게임에 정신이 팔렸다.

미카와 비슷하게 생겼다는 걸 문득 떠올렸다.

쓸데없는 감정을 떨쳐내고 물었다.

"이름은?"

"아다치 유이."

여자가 대답했다.

본명인 것 같다. 본명을 순순히 밝히는 이 위기감 제로 좀 보시게. 만약 누군가에게 말해줬다가 경찰에 신고당하면 어쩌려고.

"접수된 실종신고 중에 아다치 유이가 있나요? 지금 사카에 5초메 맨션에 있습니다."

라고 신고하면 당장 잡혀가는데.

그것도 본인의 운이지 뭐, 자조하면서 나는 우버이츠 (Uber Eats) 앱을 열었다.

"뭐라도 먹자. 같이 먹어줘."

• • •

자각은 하고 있다. 내가 가장 어중간한 남자라는 걸.

속으로는 형이라면 칠색 팔색을 하면서 아니, 멸시하면서도 계속 따르고 있다. 잠시 후 남자에게 팔려 갈 소녀가 애처롭긴 해도 도와주진 않는다.

허나 그것이 가네모토 쇼고의 몸에 새겨진 삶의 방식이었다.

아이치현 북부에 있는 시에서 태어났다. 일본인이라면 누구나 아는 세계적인 대기업의 산하. 지금 생각하면 희한한 도시였다. 근린 주민은 대부분 그 대기업이나 계열 기업에 근무한다. 덕분에 세수(稅收)도 풍족해서 관공서 건물도 삐까번쩍하다. 행정서비스가 이렇게나 충실한 동네도 드물다.

하지만 우리 형제는 그곳에서 일자리를 얻지 못했다. 아무리 괜찮은 동네라고 해도 학대는 있고, 죄를 저지르는 놈도 있다. 철이 들었을 무렵에는 아버지의 폭력이 당연한 가정이었다. 내가 여덟 살이 된 어느 겨울날, 어머니는 편지를 남겨둔 채 자취를 감추었고, 우리는 버려졌다는 걸 알았다. 아버지는 젊었을 때 트럭 사고를 당해 오른팔을 움직일 수 없게 되었다. 그 보험금과 위자료로 낮부터 술을 마셨고 아들인 우리에게 폭언을 퍼붓고 주먹을 휘둘렀다. 자연스럽게 점점 집에 들어가지 않게 되었다.

먹을 게 없으면 굶는다. 하지만 훔치면 체포된다는 건 바보라도 안다. 우리 형제는 갈취를 선택했다. 초등학생 때는 온순해 보이는 반 친구를 찾아 협박해서 집에 쳐들어가 밥을 얻어먹었다. 개중에는 우리를 친구라고 착각해서 저녁밥을 챙겨주시는 다정한 부모님도 계셨다. 그렇지 않

을 때는 냉장고를 털었다. 반항하는 녀석은 쥐어 패서 복
종시켰다. 학교에서 이 사실을 알게 되어 아버지에게 항의
전화를 했다고 들었지만, 알코올 의존증인 아버지는 그 전
언을 들을 능력이 없다. 기분 전환 겸 우리를 때릴 뿐. 집
에서 쫓겨난 우리는 다시 식량을 구하려고 호구를 물색
했다.

빼앗은 음식은 둘이 나눠 먹는 게 룰이다. 그중에서도
젤리 음료를 가장 좋아했다. 누군가가 말했다.

"감기에 걸려 식욕이 없을 때 부모님이 사주셔."

누군가가 말했다.

"동아리에서 시합이 있을 때 부모님이 사주셔."

그런 말들이 가슴에 남아 있던 걸지도 모르겠다.

"나와 쇼는 영혼을 나눈 사이야."

가이 형은 곧잘 그런 말을 했다.

반 친구에게서 빼앗은 《강철의 연금술사》를 둘이 탐독
했다. 신체를 잃은 연금술사 형제가 몸을 되찾기 위해 모
험을 떠나는 이야기다. 어머니를 잃고 삶의 여정을 함께
걷는 형제. 가이는 짬이 생기면 몇 번이나 읽고 또 읽었다.

실제로 나와 가이는 늘 함께였다.

중학교에 진학한 후에는 밥이 아니라 돈을 빼앗았다. 공

갈과 강도질을 반복하는 동안 역시나 사건이 드러나는 바람에 소년감별소와 아동자립지원시설로 보내졌다. 이윽고 동네에서 유명한 형제가 되었다.

단지[32]에 사는 브라질계 3세에게 스케이트보드를 배워 역 주변을 자주 질주했다. 시나브로 동료가 생겼다. 가이는 팀을 만들었다. '대죄 세븐'. 스케이트보드를 타고 녹아웃 강도질을 하는 7인 그룹. 당시의 만능감은 무서울 정도였다. 대기업에서 일하는 고위층을 습격해 하루에 백만 엔 이상의 큰돈을 빼앗은 적도 있다. 그 사건 때문에 소년원에 들어갔지만 후회하진 않았다. 출원하는 그날까지는.

나는 소년원에서 전기공사기사 자격증을 땄다. 가이가 시킨 일이었다. 어차피 한가하니까 범죄에 써먹을 수 있는 기술이라도 배우라고. 나는 그걸 곧장 알려주고 싶어서 출원하자마자 가이를 만나러 갔다. 나와 가이는 다른 소년원으로 보내졌었다.

가이는 혼자였다.

역 앞에서 그저 홀로 지루하다는 얼굴로 젤리 음료를 입에 물고는 스케이트보드를 연습하고 있었다.

"배신당했어."

---

32 아파트 같은 근대적 집단 주택이 들어선 지역.

말을 걸자 가이는 내 얼굴을 보지도 않고 말했다.

가이는 도움닫기를 하더니 옆으로 쓰러진 삼각콘을 뛰어넘으려다가 넘어지고 만다. 알리[33](ollie) 같은 것에서 실수를 범하다니 별일이다. 짓밟힌 젤리 음료의 내용물이 지면으로 쏟아져 나왔다.

"레이한테 한방 먹었어. 소년원에서 이미 마음을 돌렸더라고. 갱생해서 인생을 착실히 살 거래. 다른 멤버들도 레이한테 설득당한 모양이야. 나랑 엮이지 말라고."

레이는 '대죄 세븐'의 이인자에 해당하는 인물이었다. 가이의 친구로, 위험한 다리를 건널 때는 언제나 함께였다.

"나고야로 가자, 쇼."

가이는 말했다.

"이제 여기선 무리야."

나는 말없이 고개를 끄덕였다. 버림받은 개처럼 슬픈 눈빛을 띤 형을 그냥 두고 볼 수 없었다.

나와 가이는 아버지에게 "소년원에서 좋은 투자 이야기를 들었다."라고 뻥을 쳐 3백만 엔 이상의 자금을 뜯어 나고야로 나왔다. 물론 죽을 때까지 아버지를 만날 생각은

---

33 보드와 함께 점프하는 기본 동작이며 이를 바탕으로 다양한 기술이 파생됨.

없었다.

　사카에에 내렸을 때 거리 한복판에 당당히 서 있는 관람차를 올려다보며 묘하게 흥분했던 것만큼은 기억난다. 전차를 타면 단숨에 올 수 있는 동네인데 열일곱 살이 될 때까지 나는 초등학교 소풍 때 갔던 히가시야마 동물원 말고는 와 본 적이 없었다.

　그로부터 순식간에 1년이 지났다. 스마트폰을 구매하거나 아파트를 얻을 때 필요한 명의를 빌려줄 친구는 금방 만들었다. 가이는 사교적이라 친구도 연인도 많다. 얕고 넓은 인맥을 쌓는 재주가 있다. 하지만 가이가 체포되자 그들은 미련 없이 가이의 곁을 떠났다. 가이는 구류되었을 때 완전 묵비권을 행사해 20일 동안의 구류 기간 후에 증거불충분으로 불기소 석방되었다. 허나 사람은 그것조차 기다리지 못하고 떠난다.

　경찰서에서 나오는 가이를 반겨주는 이는 나밖에 없다.

　"괜찮아, 나한텐 쇼가 있잖아."

　가이는 입가에 미소를 지으며 내 어깨를 두드렸다.

　내 세계에는 가이, 한 명뿐이었다――첫사랑인 미카를 만나기 전까지.

• • •

아다치 유이가 뭘 먹을 건지 말하지 않아서 해산물 덮밥
과 과일 타르트를 주문했다. 해산물 요리만큼 사진과 실물
이 딴판인 것도 없다. 그걸 알면서도 시켜 먹는 건 어차피
원래 어떤 맛이었을지 모를 정도로 간장을 때려 부어 먹으
니까.

밥을 위장으로 쑥쑥 밀어 넣는 나를 유이가 신기하게 쳐
다보았다.

"쇼 씨는 야쿠자예요?"

"아냐. 진짜들 눈에 우리는 조무래기들로밖에 안 보여."

하는 짓은 반사회조직에 가깝지만, 솔직히 그런 자각도
없다. 굳이 말하자면 양아치 집단이다.

"뭐야, 너. 그런 것도 모르면서 온 거야?"

바보 취급할 생각은 없었지만, 유이는 상처받은 듯 시선
을 내리깔았다.

"죄송해요."

유이가 중얼거린다. 블루마에에 있으면 조건반사처럼
사과하는 애새끼들을 자주 본다. 유이는 머쓱한 듯 입을
꾹 닫고 색감이 구린 참치를 젓가락으로 집어 입으로 가져

간다.

"소년원에서 나온 지 얼마 안 됐냐?"

무심코 묻고 말았다.

네? 하고 의외라는 듯 눈을 동그랗게 뜬 유이를 보고 웃음을 터트리고 만다.

"옷 입은 꼬락서니랑 다르게 깔끔하게 먹어서. 알지, 일단 식사 예절부터 배우는 거. 나도 뒈지게 혼났었거든."

"……어, 쇼 씨도?"

"응, 갔다 왔어. 이건 딴 얘긴데, 내가 있던 소년원은 목욕 시간이 한 번에 15분이었거든. 그건 여자도 그래? 그럼 너무 빡세지 않아?"

"네, 맞아요. 그거 좀 어떻게 해주면 좋겠어요."

유이는 그제야 안도하듯 얼굴에서 긴장을 풀었다.

한창 밥을 먹는 와중에도 긴장한 듯 잠자코 있으면 이쪽마저 우울해진다.

그때부터 유이는 단숨에 수다쟁이가 됐다. 타인과 거리두는 법을 모르는 걸지도 모른다. 마치 오랜 친구에게 털어놓는 듯 개인 정보까지 유쾌하게 재잘댄다.

엘리트 상사맨인 아버지와 물장사하는 어머니 사이에서 속도위반으로 태어난 유이. 어머니는 딸이 남편처럼 일류 대학을 나오길 바랐지만, 안타깝게도 공부에는 소질이 없어서 중학교에 입학하고 나서는 성적 때문에 하루가 멀다고 싸웠다. 아버지는 일 중독자라 딸의 교육에는 무관심했다. 일본 어디에나 있는 빌어먹을 집구석.

"중3 때, 친구 따라 처음 갔던 콘카페에서 드디어 저를 위로해 주는 사람을 만났어요. 그 사람이 지금 제 최애예요."

이름을 아는 콘카페다. 미성년자들에게도 아무렇지도 않게 술을 파는 블루마에 근처에 있는 가게다. 뱀파이어들의 집합소라는 동화적인 설정. 멘헤라녀[34]의 손을 잡고 '의지할 사람은 너뿐'이라고 속삭이는 게 녀석들의 상투적 수법이다.

"삶의 원동력이에요. 저는 그에게 인정받기 위해 태어났어요."

"그래서 파파카츠를 한다고? 관계 가능 조건으로?"

'관계 가능'이란, 2차도 가능하단 의미다. 식사나 데이트로만 끝나지 않는 진짜 매춘 행위다.

"네. 한때 푹 빠져서 소년원에 가게 됐지만, 역시 최애를 잊을 수가 없어요. 그에게 버림받으면 못 살 것 같아요."

---

34 우울증이나 불안장애 등의 정신질환을 가진 여성을 가리키는 신조어.

207

유이는 부끄러운 듯 고개를 숙이며 넋 나간 눈빛으로 볼을 감싼다. 나의 냉정한 시선을 눈치채지 못한 채 이야기를 이어갔다. 혼카노[35]나 바이베[36] 같은 블루마에에 다니는 나조차 감이 안 오는 단어가 술술 나온다.

"그래서 미키 씨에게 상담했더니 린쿠 씨한테 부탁하는 게 제일 안전하다고 해서."

"흠. 뭐라고 하던데?"

"아…… 자기 사람은 반드시 지키는 아주 정 많은 사람이라고."

나도 모르게 웃음을 터트리고 말았다.

가이가 겨우 몇 년 만에 구축한 신뢰에는 역시 경의를 표할 수밖에 없다. 블루마에의 애새끼들에게 가이는 히어로다.

한바탕 웃고 나니 죽고 싶을 정도로 격한 공허함이 솟구쳤다. 이렇게 세상물정 모르는 애들을 상대로 무슨 짓을 하는 걸까.

가네모토 가이는 자기 사람들에게는 다정하다. 상품에

---

35 호스트의 '진짜 여자 친구'를 가리키는 말로, 혼카노는 인기와 매상에 큰 영향을 끼치기 때문에 존재 자체를 숨기는 경우가 많음.
36 생일 이벤트의 줄임말.

208

는 절대 손대지 않는다. 간부들에게도 엄명을 내렸으며, 상품은 이 맨션을 편하게 이용해도 된다는 규칙을 만들고 당사자가 힘들어할 땐 탈법 허브를 시가보다 저렴하게 판매한다.

하지만 그것은 결국 본인의 장사에 지장이 생기면 안 되기 때문이다.

"과일 타르트도 먹어."

테이블 끝에 방치된 상자를 유이에게 내밀었다.

"내 것까지 다 먹어도 돼. 난 배불러."

유이는 깜짝 놀란 표정을 지은 후 고개를 옆으로 흔들었다.

"……필요 없어요. 죄송해요. 과일을 별로 안 좋아하거든요."

아까 말했어야지, 라는 말은 목구멍으로 삼켰다.

자기주장을 할 줄 아는 능력을 지녔더라면 분명 이런 장소에는 있지도 않겠지.

• • •

밤이 되자 '창선회'의 멤버가 맨션으로 돌아와서 감시 당

번을 바꿔주었다. 가이가 보낸 모양이다. 상품에 절대 손 대지 말라고 신신당부하고 내 맨션으로 돌아왔다.

돌아오자마자 '네버랜드'에 접속하니 곧바로 왁자지껄한 소리가 스피커에서 들린다. 미즈레의 목소리가 가장 크다. 언제 어떤 때라도 꺅꺅거리며 소란을 피우는 건 이 녀석 정도다.

고양이 아바타를 움직여서 소파로 다가갔다.

어쩐 일로 팅커벨이 없었다. 놀랐다. 잘 때도 접속은 끊 지 않는 인간인데. VR 공간 안의 화이트보드를 보아도 남 겨 놓은 메시지는 없었다.

"오늘은 안 계신 모양이에요."

신지가 알려준다. 이런 일도 다 있구나 싶어 뜻밖이라고 생각했다.

다른 멤버는 다 모였다. 미즈레, 신지, 가논. 오프라인 모 임을 한 덕분에 세 사람은 한층 더 친해진 듯 보인다. 지금 은 야바초에 새로 생긴 동물을 만질 수 있는 펫샵 이야기 로 분위기가 한껏 오른 상태였다.

우리 동네가 화제로 떠올랐길래 무심코 물었다.

"저기, 사카에 주변에 여자가 좋아할 만한 디저트 가게 가 어디야?"

별생각 없이 던진 질문인데

"네?"

모두가 크게 반응한다. 세 방향에서 거의 동시에. 가논의 머리 위에 '?!'라는 문장부호가 표시된다.

흥분한 모습으로 다가오는 미즈레.

"가네쿠라 씨, 여친 있어요?"

"뭐? 아니야."

"하지만 방금 했던 질문으로 보면 완전 빼박인데요?"

별안간 술렁이는 세 애새끼들.

"가네쿠라 씨에 대해 아는 게 거의 없어서 깜짝 놀랐습니다."

신지가 의외라는 듯 코멘트했고,

"하지만 목소리가 멋있으니까 여친이 있을 수 있겠다고 생각했어요."

가논이 아바타의 팔을 휭휭 움직이며 박수친다.

괜히 정색하며 반론하기도 귀찮다.

"그렇다 치고 알려주기나 해. 과일 계열은 빼고."

그들은 잇달아 후보에 올릴 가게 이름을 읊어주었다.

"파르코에 있는 갸토쇼콜라 전문점 맛있었어요."라든가

"부모님이 마루에이 갈레리아[37](maruei galleria)에서 사 오신 오하기[38] 맛이 독특해서 놀랐어요."라든가.

가장 잘 아는 건 미즈레였다. 그녀는 휴일이 되면 디저트를 테이크아웃해서 사실 VR 중에 몰래 먹었다고 한다.

"보세요, 저 완전 어엿한 사회인이죠? 지갑도 두둑하고요. 게다가 감기약보다 달다구리가 천 배는 더 맛있다는 걸 알아버렸어요."

"감기약에 맛을 바라지 마."

미즈레다운 농담에 두 손 두 발 다 들었다. 이제는 정석이 된 공격형 농담에 신지도 가논도 박장대소다.

"그나저나 의외네, 미즈레. 아직 안 때려치웠네."

"실례잖아요. 성실히 근무 중이에요. 지각도 제로고요."

"벌써 두 달 됐지?"

"음, 그러네요. '네버랜드'에 온 게 7월 중순이니까. 그 정도쯤?"

두 달 전 일이 떠올라 잠시 생각에 잠긴다.

처음에는 싸울 기세로 VR 공간에 왔던 여자.

---

37 나고야시에 있는 쇼핑몰.

38 멥쌀과 찹쌀을 쪄서 동그랗게 뭉친 후 겉면에 팥앙금이나 콩가루 등을 묻힌 화과자.

미즈레를 초대한 건 나였다.

미키라는 여성이 가이에게 "허브가 필요해요. 친구에게 팔고 싶어요."라고 제안했다. 허브 전매는 금지였다. 가이는 거부했다. 그 대화를 듣고 대신 요구를 들어준 게 나였다.

미키가 누구에게 허브를 팔 건지 짐작이 갔다. 미즈이하노. 반쯤 죽은 눈으로 거의 매일 블루마에에 와서 감기약을 한 움큼씩 삼키던 여자. 저대로 두면 죽겠다 싶어서 눈여겨보고 있었다. 팅커벨과 상담해서 밑져야 본전이니 초대장을 보냈다.

미즈이 하노는 여태 블루마에를 방문한다. 하지만 빈도도 줄었고 눈에 띄게 활기를 되찾았다. 날짜가 바뀌기 전에 착실히 귀가한다.

"잘리면 안 된다?"

내가 말하자

"재수 없는 소리 좀 하지 마시죠."

미즈이 하노가 화를 낸다.

신지와 가논의 아바타가 몸을 흔든다. 현실 세계에서도 웃고 있는 모양이다.

"가네쿠라 씨나 여친에게 버림받지 않게 최선을 다하세

요. 이렇게 열심히 꿀팁을 전수해 드렸으니까요."

"여친 아니라니까 그러네."

나는 어처구니가 없어서 고개를 옆으로 흔들었다.

• • •

아다치 유이를 좋아할 리가 없었다.

미카와 비슷하게 생긴 여자. 그뿐이다. 아다치 유이가 좋아할 만한 디저트를 진심으로 찾고 있는 게 아니다.

누구에게나 미련투성이인 첫사랑쯤은 있다. 남자라면 더욱 그러하고.

18세를 맞이했을 무렵, 나와 가이는 블루마에 흥미를 갖게 됐다.

아버지에게 뜯어낸 돈이 점점 줄어 돈을 벌 수 있는 제대로 된 방법을 강구하지 않으면 안 되었다. 하지만 나고야의 번화가에 화려한 범죄조직을 만든다 해도 야쿠자나 반사회조직에 짓밟힐 뿐이다. 아무런 연줄도 없는 우리에게는 적합하지 않다. 누구 밑에서 일하는 건 적성에 안 맞는다. 고민하고 있을 때 가이가 발견했다. 용돈을 벌 수 있을 것 같은, 애새끼들이 모여 있는 장소.

당시에는 마키모토라는 남자가 블루마에를 접수한 상태였다. 친절해 보이는 이십 대 초반의 대학생. 자원봉사 일환으로 블루마에를 찾아오는 젊은이들의 고민을 들어주며 돌아다닌다. 사전 조사를 하러 온 우리에게도 친근하게 말을 걸면서 자신의 활동을 설명해 주었다.

우리가 가장 먼저 할 일은 일단 '마키모토를 어떻게 제거할 것인가'였다.

이 작업에 꽤 골머리를 앓았다. 폭력을 행사해서 제거하는 것이 가장 손쉽지만, 우리는 앞으로 마키모토의 포지션을 꿰차고 앉아야 한다. 수상쩍은 소문이 퍼져 애새끼들의 신뢰를 모으는데 지장이 생기면 곤란하다.

나는 가이와 함께 사는 신사카에의 1R[39] 아파트에서 아이디어를 쥐어짜고 있었다.

미카는 그때쯤 가이가 데려온 여자아이였다. 첫인상은 프렌치 불도그. 얼굴 중앙에 눈, 코, 입이 모여 있는 못생긴 여자. 나이는 열여섯 혹은 열일곱. 겨울이라 유니클로 다운재킷과 체크무늬 스커트를 입었다.

"가출했대. 우리 집에서 안 재우면 얼어 죽을 것 같아

---

39 방 하나에 주방(싱크대)과 화장실이 모두 있어서 현관에서 내부 구조가 한눈에 들어옴.

서."

폐점 시간이 다 될 때까지 오아시스 21의 맥도널드에서 몸을 녹이고 있던 미카에게 가이가 말을 걸어 집까지 데려왔다고 한다.

미카를 아파트에 데려다 놓은 가이는 동료들과 놀다 오겠다고 말하고는 곧바로 사라져 버렸다. 가이는 사흘에 한 번꼴로 아파트로 돌아온다.

나더러 돌보라는 뜻인 것 같았다.

"너, 언제까지 있을 거야?"

다운재킷을 벗기 시작한 미카에게 질문을 던진다.

"언제까지 있어도 되는데?"

가느다란 목소리였다.

"원하는 만큼. 하지만 대부분 경찰의 선도 활동에 걸리면 그길로 가버리더라고. 미리 말하는데 파출소에서 우리 이름을 말해도 데리러 안 가. 넌 집으로 가야 해."

"알았어."

"냉장고에 있는 건 적당히 알아서 먹어."

나는 미카에게서 시선을 거두고 스마트폰 게임을 마저 했다.

쪽팔리는 얘기지만 나는 여자를 대하는 게 서툴렀다. 시설을 집처럼 들락날락했고, 중학교도 제대로 다니지 않았다. 고등학교에도 진학하지 않았고, 가이처럼 대화기술이 뛰어나지도 않다. 또래 여자와 갑자기 단둘이 남게 되어 숨이 막혔다.

액정화면을 두드리고 있으니 구수한 된장 냄새가 실려 왔다.

미카가 라면을 먹고 있었다. 사발 가득 미역을 얹어 머리카락이 방해되지 않게 잡고선 입김을 후후 불었다.

"어떻게 한 거야, 그거?"

나는 눈을 크게 떴다.

"어?"

"방구석에 굴러다니던 삿포로 이치방[40]이지? 우리 집엔 가스레인지가 없는데. 엥? 어떻게 라면을 끓인 거야?"

미카가 먹고 있는 것은 가이의 친구가 준 봉지라면이었다. 우리가 사는 곳에는 가스레인지가 없다. 비상시에 그냥 부숴 먹으려고 방치해두었다.

"어떻게라니?"

미카는 깜짝 놀란 얼굴로 말했다.

"전자레인지가 있잖아. 어떻게 만드는지 몰라?"

---

40 일본 산요식품에서 출시하는 봉지라면.

"진짜? 나한테도 끓여줄래?"

"그러지 뭐."

"살면서 한 번도 삿포로 이치방을 먹어본 적이 없어."

"그런 일본인도 있어?"

미카는 금방 준비해 주었다. 사발에 물과 건면, 스프 가루, 마른미역을 넣고 5분 동안 전자레인지에 돌리면 끝. 랩이 없어서 납작한 접시를 뚜껑 대신 덮었다.

사정을 들어보니 부녀가정인 미카는 거의 매일 식사를 준비했다고 한다. 나는 결국 미카가 가출한 이유를 물어보지 못했지만 아마도 가정사 때문인 것 같았다.

태어나서 처음으로 삿포로 이치방 된장 맛을 먹은 순간, 미카에게 반했다.

그 정도로 맛있었다. 논리 따윈 없다. 너무 많이 익혀서 조금 불은 것도 눈치채지 못했다. 달면서 매콤한 된장과 거기에 얽힌 면. 그것은 신의 음식이었고, 만들어준 미카는 명백한 천사였다.

'맛있다'를 연발하며 정신없이 먹고 있으니 미카가 느닷없이 울기 시작했다.

왜 우는지 당최 이유를 알 수 없었지만, 오열 속에서 들린 건,

"나 때문에 누가 이렇게 기뻐하는 건 처음이야."

나도 모르게 웃고 말았다.

"네가 기뻐하는 건 이상하지 않아?"

"그야 삿포로 이치방을 먹고 이렇게 감동하는 사람은 처음 봤거든. 물론 맛있긴 하지만. 그 회사 사람들에게 보여주고 싶을 정도야."

미카는 득의양양하게 삿포로 이치방에 대해서 한참을 떠들었다. 된장 맛은 콘버터와 같이 먹는 게 가장 맛있는데, 마지막에 파와 쌀을 넣고 죽을 만들어 먹는 게 포인트라든가, 소금 맛은 우주 최강으로 맛있으니 꼭 먹어보라는 등의 이야기였다.

문득 정신을 차려보니 자정이 지났다. 나는 바닥에 벌렁 드러누워 천장을 올려다보았다. 6조의 좁은 방. 상태가 좋지 않은 창문에서 외풍이 들어오는 상자. 상자가 이렇게나 기분 좋게 느껴지는 건 오랜만이었다.

"쇼 군."

미카가 내 이름을 부르면서 어리광을 부리듯 천천히 기댔다. 여성의 부드러운 몸이 옷 너머로도 전해진다.

"왜?"

긴장을 숨기면서 묻자,

219

"부탁이 있는데."

미카는 새삼스러운 말투로 내 가슴 위에 얼굴을 얹었다.

"――지금부터 같이 자자."

• • •

소년원에서 '이웃사랑'이라는 말을 들은 적이 있다. 교회
목사인지 뭔지가 와서 설명해 주었다. 당시 나는 소년원에
서 폭력 사건을 일으켜 독방에서 지내고 있었다. 아무것
도 없는 방에서 그저 반성을 강요당한다. 운동장에서 강제
로 뜀박질하는 아이들의 목소리가 밖에서 들린다. 소년원
에서조차 무리에 어울리지 못하는 내가 싫어서 마침 마음
이 약해진 상태였다. 강연회 때만 독방에서 나올 수 있어
서 어울리지 않게 귀 기울여 들었다.

'네 이웃을 네 몸과 같이 사랑하라'

당황했다. 그 말은 '나는 나를 사랑한다'가 전제인 것처
럼 들렸으니까. 공연히 화가 치밀어 올랐다. 나는 내가 지
겨워죽겠는데. 범죄를 반복해서 저질렀던 건 그것 말고 달
리 살아가는 법을 모르니까. 허나 동시에 이런 생각도 든
다. 화가 나는 건 자신을 사랑한다는 증거가 아닐까. 내게

도 애정이란 게 있는 걸까.

아직도 '사랑'이란 게 뭔지 잘 모르겠다. 하지만 예를 들면 블루마에에서 빈번히 감기약을 오버도즈하는 미즈이하노가 '네버랜드'에서 웃을 수 있게 되었을 때, 강가에서 괴로워하며 편지 초고를 수첩에 빽빽이 적던 기하라 신지가 개그를 선보이게 되었을 때, 블루마에에서조차 친구 하나 만들지 못하던 히구치 미하루가 미즈이 하노와 장난치는 사이가 되었을 때 묘하게 가슴이 따뜻해졌다. 그리고 단칸방에서 미카와 함께 삿포로 이치방을 먹었던 그날 밤처럼.

• • •

아다치 유이는 하루가 지났지만, 여전히 '창선회' 맨션에 머물고 있다. 또 대낮에 일어나버린 내가 가보니, 유이는 침실에 있는 모포로 몸을 둘둘 말고 새근새근 고른 숨을 내쉬고 있다. 소리가 나지 않도록 다가가 미즈이 하노가 가르쳐 준 가게에서 산 갸토쇼콜라를 침실에 놓아둔다. 상온에 둬도 괜찮을 것 같았다. 점심 대신 먹어, 라는 메모를 남기고 그대로 가이가 있는 거실로 돌아왔다.

"어젠 매칭이 잘 안 됐어."

가이가 결과를 말해주었다.

결국, 유이는 몸을 팔지 않게 된 것 같다.

거실 소파에서는 가이가 졸린다는 듯 하품한다. 다른 간부는 아직 오지 않았다. 간부 중에는 대학이나 전문학교에 다니는 놈들도 있다.

"하지만 내일, 주문이 들어왔어. 오사카에서 오는 중요한 고객인데 처녀면 배로 주겠대. 쇼, 저 애가 딴 놈들이랑 붙어먹지 않게 잘 감시해."

"쟨 처녀 아니지 않아?"

"엉덩이 쪽."

얼탱이가 없어서 헛웃음이 새어 나온다. 먼 오사카에서 신칸센까지 타고 와서 미성년자의 엉덩이에 그 짓거리를 하고 싶어 하는 남자. '창선회'를 찾아오는 놈들은 이해가 안 되는 취향을 가진 인간이 많다. 일반 풍속점에서는 체험할 수 없기 때문일지도 모르겠다.

아다치 유이의 가녀린 몸이 떠올라 가이와 조금 떨어진 소파에 앉았다.

"하루 더 데리고 있게?"

진절머리 난다는 듯 연기한다.

"일단 집에 보내는 게 어때? 전기세 아깝잖아."

말을 내뱉자마자 방의 온도가 쑥 내려갔다.

가이가 한계까지 부릅뜬 눈에서 살벌한 눈빛을 뿜으며 내 얼굴을 움켜잡았다. 입술이 살짝 벌어졌다. 가이는 사람을 때리기 직전에 이런 표정을 짓는다. 그걸 아는 나는 가이를 자극하지 않도록 숨을 멈췄다.

"왜 그래?"

가이의 목소리는 온화했지만, 분노에 가까운 색이 깃들어 있다.

"쇼, 요즘 좀 이상한데? 배신자를 찾는 일도 상당히 소극적이고 말이야."

"아닌데? 그냥 생각한 걸 말했을 뿐이야."

"좀 변한 것 같다? 그 여자한테 먹을 것도 사주고. 넌 그래서 안 되는 거야, 인마."

가이는 소파 앞에 있는 유리 테이블에 발을 올렸다. 위협하듯 혀를 차며 전자담배를 입에 문다.

경멸하는 시선으로 쳐다봐서 나도 모르게 몸이 화끈 달아올랐다.

"안 되긴 뭐가 안 돼. 상품을 소중히 대하는 건 형의 방침이잖아."

"넌 응석을 받아주고 있을 뿐이야."

가이는 길게 연기를 뿜었다. 달큰한 냄새가 내 얼굴을 어루만진다.

방구석에 설치된 공기청정기가 가이의 담배를 감지했는지 소리를 내며 작동하기 시작했다. 풀파워 가동음은 둔탁하고 시끄럽다.

"쇼가 진심으로 그 아일 행복하게 해주고 싶다면 여기서 데리고 나가면 돼. 네가 걔를 사랑해 주면서 부지런히 알바라도 뛰며 살아. 하지만 그렇게는 안 할 거야. 다른 세상에서는 살아갈 수 없다는 걸 아니까. 안 그래?"

즉시 반론하려고 했지만, 말이 목에 걸렸다.

가이는 비웃듯 입가를 풀면서 타이르듯 말했다.

"걔는 긍지를 갖고, 각오하고 몸을 팔려는 거야. '불쌍하다'라는 오만한 자세로 선의를 베푸는 건 모독이라고. 알겠냐? 이런 식으로밖에 살아갈 수 없는 녀석들도 있어. 소년원에 가든 감방에 가든 반복해서 죄를 짓는 놈들이 있다고. 나랑 너처럼. 그런 녀석들을 받아주는 곳이 블루마에, 그리고 '창선회'야."

나는 그것도 하나의 정론(正論)이라고 인정하고 만다. 자각하고 있다.

가이의 방식에 치를 떨면서도 나는 그의 곁을 떠나지 못한다. 알기 때문이다. 내가 가진 게 아무것도 없다는 것을. 고등학교는커녕, 중학교조차 제대로 다니지 않았다. 사회의 기본 상식도 없다. 이제 와서 이런 나를 받아주는 곳은 폭력단이나 반사회조직 정도겠지.

그래서 가이와 여태껏 함께 지낸다. 가이와 둘이서 살아가는 것이 가장 편한 길이다. 유치장에 몇 번을 들락거려도 가이만큼은 반드시 나를 마중 나온다. 내가 가이를 마중 가는 것처럼.

"쇼, 웬만하면 이제 마음을 정해."

가이는 일어서서 내 어깨에 손을 얹었다. 둔중하고, 뜨겁다. 그런 감각이 피부로 전해진다.

문득 팅커벨이 생각났다.

아무리 대화를 나누어도 정체를 밝히지 않고 접촉조차 할 수 없는 남자.

"형이 무슨 말을 하고 싶은지 알았어. 고마워."

작은 목소리로 수긍한다.

가이가 숨을 내쉬며 내 어깨를 두드리고 멀어졌다. 방구석에 놓여 있는 냉장고를 열어 젤리 음료 두 개를 꺼내 묻는다.

"마실래?"

나는 질문에 대답하지 않고 '단지'라고 덧붙였다.

"난 블루마에서 더는 아무도 죽지 않으면 좋겠어."

가이의 눈 주변 근육이 희미하게 경련을 일으켰다. 같잖다는 듯 젤리 음료 하나를 냉장고로 돌려놓고 말한다.

"아, 그래."

• • •

블루마에는 어떤 놈에게나 친절하다.

소년원 혹은 소년교도소에서 나온 녀석이든, 약물 의존증이든, 가출 청소년이든 사회에 적응하지 못한 녀석이라면 누구든지 받아준다. 절대 악이 아니다. 학교에서 집단 괴롭힘을 당하는 애새끼나 집에서 아동학대를 받은 애새끼들에겐 피난처다. '창선회'는 표면적으로는 자선단체를 표방한다. 특히 '린쿠'라는 가명을 사용하는 가이는 외모가 출중하다. 고민 상담을 하러 온 애새끼의 이야기를 들어주고 때로는 경찰이나 아동상담사 옆에서 보조역할을 할 때도 있다.

하지만 그 이상, 그 이하도 아니다.

깨끗한 늪이나 다를 바 없다. 보기만 할 땐 멋져 보인다. 살짝 들어가 기분 좋은 느낌에 잠겨 있는 것도 나쁘지 않겠지. 하지만 깊이 들어가면 빠져나올 수 없다. 의존하고 있다는 자각조차 없이 중독된다.

블루마에에선 사람이 곧잘 사라진다.

예를 들면, 지하철 홈에서 정답게 손을 잡고 전차에 뛰어든 커플. 오버도즈 끝에 정신착란을 일으켜 빌딩에서 뛰어내린 여대생. 비행을 반복하다 결국 가정을 붕괴시킨 놈도 있고, 선도되거나 체포되는 녀석도 있다.

사람이 죽어도 '블루마에가 죽였다'라고 보도되지 않는다. '커플의 동반자살, 가정 내 불화가 원인인가'라는 타이틀에 코멘테이터가 아는 체하는 얼굴로 떠들고, SNS에서는 블랙 기업이나 복지제도, 아동상담소를 대상으로 비난을 퍼부으며 끝난다. 블루마에를 찾는 애새끼는 "나도 죽을 거라면 최애랑 동반자살하고 싶어."라고 경솔하게 말하며 스트롱제로를 마신다.

사람은 죽는다——그 당연한 사실을 가르쳐준 것도 미카였다.

나와 미카는 결국, 처음 만난 날 밤 함께 잠자리를 갖는 일은 없었다.

미카가 소중한 존재가 될 것 같은 예감이 들었다. 그래서 분위기에 휩쓸려 관계를 하고 싶진 않았다. 과정에 정성을 쏟고 싶었다. 미련이 남긴 했으나 졸음을 변명 삼아 떨쳐냈다.

그날 이후로 미카와는 사흘 정도 같이 지냈지만, 한 번도 몸을 섞진 않았다.

이윽고 미카는 나에게 아무 말 없이 집에서 사라졌고, 그로부터 며칠 후, 당시에 블루마에를 관리하던 마키모토가 미성년자 음행죄로 체포되었다.

"역시 암만 성인군자인 척해도 남자는 남자야. JK가 꼬시니까 두말없이 호텔로 직행하는 것 좀 봐."

당최 무슨 얘긴지 감을 잡지 못하는 내게 가이가 자초지종을 들려주었다.

전부 가이가 뒤에서 판을 짜 놓았던 것이다. 가이는 가출해서 갈 곳이 없었던 미카를 집에 머물게 해주는 대신 마키모토와 성관계를 하도록 지시했다.

"너도 참 잔인한 짓을 했더라."

어리둥절해하는 내게 가이는 말했다.

"미카, 처녀였대."

"뭐?"

"너한테 거부당했다고 울던데? 그 결과 시시한 놈이랑 첫 경험을 하고 말았지."

머리가 얼어붙은 것처럼 움직이지 않았다. 어째서 처음 만난 날 밤, 성급히 관계를 요구했는지 이제 겨우 이해했다. 미카는 가이의 계획을 처음부터 알고 있던 것이다.

가이에게 미카가 어디 있는지 당장 물었다. 하지만 아무것도 모른다고 한다. 경찰에게 선도된 후 일단 집으로 돌아갔겠지만, 그 뒤로 어떻게 됐는지 모르겠다. 스마트폰은 해지했는지 연락이 되지 않는다.

나는 그날부터 나고야 전체를 돌며 미카가 어디 있는지 찾아다녔다. 사카에, 나고야역, 호시가오카, 오스, 쓰루마이 등 젊은이들이 모일만한 장소를 이 잡듯이 뒤졌다.

두 달 후, 겨우 찾아낸 그녀의 친구에게 미카가 자살했다는 사실을 들었다.

마키모토가 체포되어 그가 하던 역할을 가이가 대신 맡았다.

'블루마에의 왕'이라며 추앙받았다. 블루마에 단골 애새끼들은 마키모토를 욕하면서 가이를 숭배하기 시작한다. 마키모토는 좋은 녀석이지만 선량한 가정에서 자란 도련님 기질인 걸 어쩌랴. 갈 곳 없는 청소년들은 과거의 빈곤

에피소드를 유쾌하고 재밌게 풀어낼 줄 아는 가이에게 동조하며 마음이 끌리고 있었다.

이윽고 가이를 중심으로 '창선회'가 결성되어 갈 곳 없는 아이들은 하나같이 가이에게 심취되었고, 때론 위험한 다리를 건넜다. 반사회조직에서 구매한 약물을 팔았고, 매춘을 알선한다. 대마는 하지 않는다. 티 나는 위법행위는 블루마에의 애새끼들에게는 너무 자극적이다. 약국에서는 구할 수 없는 항우울증약이라고 말하고 대마보다 위험한 약물을 팔아치운다.

나는 계속 가이를 서포트했다.

비겁하고 어중간한 남자였다.

미카가 자살한 원인은 본인만 안다. 하지만 어쩔 수 없이 머리를 스치고 지나간다. 그날 밤, 미카는 내가 붙잡아주길 원했던 게 아닐까 하고. 내가 그녀를 품고 "넌 내 여자야."라고 말했더라면 매춘 따윈 하지 않았을지도 모른다. 좀 더 다른 미래가 있었을지도 모른다. 난 그릇된 선택을 했다.

도저히 가이를 규탄할 수 없었다. 가이는 우리가 살기위해 결단했다. 범죄를 저지르는 것 말고 살아가는 방법을 모르는 형제가 서로를 헐뜯는 들 무엇이 남겠는가.

미카와 나는 같은 처지였는지도 모른다.

그래서 끌렸던 것이다.

내 행동이 옳았다고는 생각하지 않는다. 최선이라고도 느끼지 않는다. 하지만 다른 방법을 모른다.

자기혐오에 시달리면서 하루하루를 보낸다. 상자에서 상자로 이동하는 일상. 비좁은 아파트에서 '창선회' 아지트로. 소년원 독방 같은 직방체 공간. 어디론가 떠나고 싶어도 그 이외의 장소를 모른다. 붙들린 채로 목숨을 소비한다.

나도 언젠가 미카처럼 죽는다. 그것이 빠르거나 늦거나의 문제일 뿐이다.

"함께 '블루마에'를 바꾸고 싶습니다."

팅커벨과 처음 대화를 나눈 건 '창선회'를 결성하고 1년이 지났을 무렵이었다.

아파트에서 낮잠을 자고 있었을 때 별안간 모르는 번호로 전화가 왔다.

동료 중엔 번호를 자주 바꾸는 놈이 많다. 별 경계심 없이 전화를 받았는데 뜬금없이 스카우트 제의가 들어왔다. 이쪽의 성미를 누그러뜨리는 온화한 목소리다.

"누구냐, 넌."

위압적인 목소리로 물어도 그 어조는 달라지지 않는다.

평소였다면 당장 전화를 끊었다. 하지만 그날은 마침 미카의 1주기라 센티멘털한 감성에 젖어 있었다.

그는 온화한 음성을 유지하며 사실을 늘어놓았다.

"그쪽은 가이에게 불만을 품고 있죠? 한 여성을 잃고 큰 충격을 받았습니다."

아무리 생각해도 수상쩍은 놈이었다.

하지만 어찌 된 영문인지 그 목소리에 경계심이 풀어졌다. 농담이나 조롱으로 들리지 않았기 때문이다.

"블루마에의 젊은이들을 구할——그런 장소를 은밀한 곳에 만들고 싶습니다."

목적이 뭔지 모르겠다. 마키모토처럼 얄팍한 선의는 아니다. 말의 구석구석에서 절실함이 느껴졌다. 삶 전체를 바칠 듯한 굳건한 의지.

하지만 그 숭고한 감정을 내가 견딜 수 없었다.

"……형씨, 삿포로 이치방 먹어본 적 있어?"

"네?"

"편의점에서 파는 컵라면 말고. 봉지에 담긴 거. 알지?

일본에서 제일 잘 팔리는 건면. 마루짱[41]이나, 챠루메라라[42]도 괜찮아."

대답이 없어서 코웃음을 쳤다.

"난 살면서 한 번도 봉지라면을 먹어본 적이 없었어. 주변 사람들한테 말하면 놀랄걸? 건강을 중시하는 가정에서 자란 것도 아니고, 간소함을 추구하는 가정에서 태어난 것도 아니야. 그냥 모르고 자랐어. 냄비도 가스레인지도 없어. 슈퍼에서 눈에 들어와도 그냥 지나칠 뿐."

그게 일반적이지 않다는 것조차 몰랐다. 어릴 땐 편의점 술 코너에 관심조차 없는 것처럼 나와 가이는 봉지라면을 인식하지 못했다.

"컵라면보다 싼데."

동료들이 놀려도 퍼뜩 이해되지 않았다.

안 먹는 게 아니다. 못 먹는다. 만드는 법을 모르니까.

"그런 인생을 살았어. 상자에서 상자로 이동하는 게 다야. 이것 말고 다른 방법을 몰라. 모르니까 형씨가 제안한 게 매력적이라는 생각도 안 들어."

---

41 일본 도요수산에서 1962년에 출시한 봉지라면 브랜드로 현재도 꾸준히 사랑받고 있음.
42 일본 묘조식품에서 생산하는 인스턴트 라면.

"······그러십니까."

상대방은 생각에 잠긴 듯 침묵했다. 한동안 스피커는 무음.

무심코 반응을 기다리는 나를 발견하고 당황했다. 그가 무슨 이야기를 할지 괜히 궁금해졌다. 얼굴조차 모르는 자임에도 불구하고.

"실은."

이윽고 그자는 미안하다는 듯 말했다.

"당신에게 이미 작은 선물을 보냈습니다. 문 앞에 있습니다."

나는 뭐? 라고 말하며 스피커로 돌린 후 방문을 열었다. 문 앞에는 처음 보는 상자가 놓여 있다. 황급히 개봉해 보니 내용물은 VR 게임기였다. 고글내장형. 몇만 엔은 줘야 하는 물건이다.

"한번 해보세요."

꺼림칙한 지시에 망설였지만, 녀석은 아랑곳하지 않고 재촉한다.

기가 막혔지만 고글을 세팅하기 시작했다. VR 기기는 처음이라 낑낑대면서 녀석의 설명을 듣고 하라는 대로 게임을 설치한다.

"상자라고 표현하셨죠. 뭔지 알 것 같습니다. 저도 이제부터 상자에 갇히게 되거든요."

로딩하는 동안 남자는 계속 말을 이었다.

"그래서 가상공유공간에 자리를 마련했습니다. 가끔 현실 세계와 비교하며 보잘것없는 공간이라고 야유하는 사람도 있지만, 저는 그리 생각하지 않습니다. 전자 세계는 무한합니다. 약간의 기력만 있다면 무한의 세계로 날아갈 수 있지요."

설치가 끝나 그가 말한 공간으로 날아갔다.

안내를 따라가니 호수 위였다. 시야 가득 그늘 하나 없는 물빛 하늘과 그것을 거울처럼 반사한 호수가 펼쳐졌다. 오른쪽을 봐도 왼쪽을 봐도 조용한 수면이 찰랑댄다. 마음을 빼앗길 만큼 아름다운 절경에 갇혀 한동안 말이 나오지 않았다.

나는 호수 수면에 서 있다. 발을 움직이자 수면이 그에 맞추어 출렁였다.

확실히 이곳은 상자라고 치부할 수 있는 곳이 아니었다.

위를 올려다보니 빨려 들어갈 것 같은 파란 하늘이 펼쳐져 있다.

호수 위에는 로그하우스 같은 작은 집이 떠 있다. 집 앞에 있는 나무로 만든 데크 체어에는 이불요괴처럼 보이는 아바타가 편히 쉬고 있다.

"처음 뵙네요, 팅커벨입니다."

스마트폰 스피커에서 들었던 것과 똑같은 목소리가 들린다.

나는 끝없이 펼쳐진 호수의 세계에서 눈앞에 있는 아바타를 한동안 응시했다.

• • •

팅커벨은 사흘 연속으로 '네버랜드'에 얼굴을 내밀지 않았다.

저녁 무렵부터 계속 죽치고 앉아 심야까지 기다려보았지만, 마치 존재 자체가 사라져 없어진 것처럼 접속하지 않았다. 21시 무렵에 미즈레와 신지가 들어와 말을 걸었다.

"가네쿠라 씨가 이렇게 오래 있다니 별일이네요."

"피곤해 보이시는데요?"

난 어떻게 대답하면 좋을지 몰랐다.

"팅커벨이 혹시 무슨 말 했어?"

내가 물어도 그들은 고개를 옆으로 저을 뿐이다. 조금

늦게 온 가논에게 질문해도 반응은 매한가지.

팅커벨이 말했던 '인수인계서'가 떠올랐다.

그땐 농담이라고 생각했다. 하지만 진짜──? 정말로 팅커벨은 떠난 걸까? 이런 곳에 우리만 남겨두고? 아무 말도 없이 홀연히?

상담하고 싶었다. 녀석의 의견을 듣고 싶었다.

──팅커벨이라면 지금부터 내가 내릴 결단을 말릴까?

하지만 팅커벨이 없는 이상, 내 판단을 믿는 수밖에 없다.

날짜가 바뀌어도 팅커벨이 오지 않는 것을 확인한 나는 VR 기기를 벗었다. 택시를 타고 그길로 '창선회' 아지트까지 이동한다. 벨을 누르자 아다치 유이가 얼굴을 내밀었다. 계속 방에서 지내는 모양이다. 다른 멤버는 보이지 않았다. 오늘은 금요일이다. 블루마에에서 밤을 지새우겠지. 가이가 가장 바쁜 요일이다.

나는 문 앞에서 아다치 유이를 바라보았다. 눈, 코, 입이 가운데에 몰려 미카와 매우 닮은 여자.

"나가."

나는 명확한 어조로 명령한다.

"너 같은 앤 여기 있으면 행복해질 수 없어. 알겠어? 확실해. 10년 후에 '그땐 정말 힘들었지'라고 회상할 수도 없어. 절망이 있을 뿐이야."

아다치 유이는 갑자기 들은 말에 당황한 듯 고개를 갸웃거린다.

나는 스마트폰을 꺼내 어떤 음성데이터를 재생했다. 낮에 아다치가 다니는 콘카페에 출근한 남자를 붙잡아 녹음한 것이다.

"네 최애한테 따져 물어봤지. '네 손님이 몸을 팔려고 하더라. 어떻게 생각해?'라고. 이렇게 말하더군. '내 알 바 아니야. 나랑 뭔 상관인데'라고. 너, 이래도 그 쓰레기한테 갖다 바칠 거야? '의지할 사람은 너뿐'이라는 말은 딴 손님들한테도 다 해."

그녀의 안색이 우스울 정도로 변화무쌍하다. 처음에는 분해서 흥분한 듯 붉어진 얼굴이 점점 하얗게 되더니 끝내는 파랗게 질려 생기를 잃어간다.

"잘 들어. 중요한 걸 가르쳐줄 테니까. 상자에서 상자로 이동하며 살아온 내 나름의 인생 교훈이야. '우린 똑똑하지 않다'는 것. 여러 번 틀리지. 실수를 저질러. 그러니까 판단하면 안 돼. 똑똑하지도 않은 인간 주제에 '내 행복은 이것뿐'이라고 간단히 결론 내리지 마."

팅커벨과 미카가 머릿속에 떠올랐다. 형과 나밖에 없던 인생에 새로운 선택지를 준 은인들이다.

"하지만."

아다치 유이가 고개를 숙였다.

"여길 나가도 있을 데가 없어요."

망설임이 느껴졌지만, 떨쳐버리듯 주먹을 꽉 쥐고 힘주어 말했다.

"소개해 줄게. '네버랜드'라는 곳이야. 소문 들어봤어? 거기로 가는 기재는 빌려줄게. 네 푸념 정도는 언제든지 들어——."

말을 끝마치기 전에 부르는 소리가 들렸다.

"쇼."

깜짝 놀랐다. 그녀의 등 뒤에 가이가 냉철한 눈빛으로 서 있다. 지금까지 숨어 있었던 모양이다. 아다치 유이를 난폭하게 옆으로 냅다 밀치더니 내 배에 주먹을 꽂았다.

명치에 명중해 그 자리에 쓰러진다.

침실에서 다른 '창선회' 간부들도 줄줄이 모습을 드러냈다. 그들도 숨어있었나 보다. 원래라면 블루마에 있어야 하는데. 어째서? 의문을 품었지만. 뻔했다. 가이다. 형은 내 행동을 전부 꿰뚫어 본 것이다.

아다치 유이는 겁에 질린 얼굴로 일어나 침실 안쪽으로 도망친다.

가이는 내 몸을 방 한가운데로 질질 끌고 가더니 문을 세게 닫고 잠금장치를 잠갔다.

"철저히 부탁해. 나, 쇼가 없으면 곤란하거든."

그것이 신호가 되어 세 간부는 돌아가며 발길질을 해댄다. 옆구리와 목에 단단한 구두 앞코가 박힌다. 맞을 때마다 신음이 새어 나왔고 녀석들은 상스럽게 웃어댔다. 나는 거북이처럼 볼품없게 몸을 둥글게 말아 온몸에 전해지는 충격을 쭉 견뎠다.

도중에 어째서인지 '팅커벨'의 이름을 불렀다. 하지만 도와주러 올 턱이 없었다. 가이는 냉랭한 시선으로 온몸이 멍들어가는 동생을 말없이 관찰했다.

5

팅커벨에 이어 가네쿠라 씨도 사라졌다.

내가 아무리 둔탱이지만 그 변화에 역시 뭔가 이상하다고 느꼈다. 거의 늘 가상공유공간 '네버랜드'에 틀어박혀 있던 팅커벨이 사라진 시점에서 비상사태였지만, 가네쿠라 씨마저 오지 않는 건 역시 수상하다. 그도 머무는 시간은 짧지만 거의 매일 왔던 멤버였다.

9월 중순. 밤 8시, '네버랜드'에서 혼자 기다리고 있으니 신지 군과 가논이 거의 동시에 도착했다. 홀에 나 이외에 아무도 없는 것을 확인하더니 심각한 얼굴로 고개를 끄덕이고는 내가 있는 쪽으로 다가왔다.

"어떻게 생각하세요?"

신지 군이 솔직하게 물어서 나도 솔직하게 코멘트했다.

"이상하다고 생각해."

"그 두 사람, 이제 이 공간엔 안 오는 걸까? 암만 그래도 작별 인사 정도는 해주지. 갑자기 뿅 하고 사라진 느낌이야."

"그러게요."

신지도 고개를 끄덕였다.

"가네쿠라 씨를 그저께 마지막으로 봤을 때 약간 초조해하더라고요. 팅커벨 씨를 찾는 것 같기도 했고요."

"단순히 사라졌다기보다."

"예기치 못한 문제가 발생해서 오지 못하게 됐다. 즉, 실종이란 거죠?"

내 말에 이어 신지 군이 냉정하게 말한다.

어쩐지 등이 근질근질하다. 마음이 불편하단 증거다. 서로의 어색한 말투와 호흡이 전해지기 때문에 VR 공간임에도 답답한 마음이 리얼하게 느껴진다.

"솔직히."

가논이 한숨을 내쉬었다.

"우리끼리만 모여도 즐겁긴 해. 하지만 역시 이해가 안 돼."

그 말이 옳다. 결국 우리는 '네버랜드'의 설립 이유도, 가네쿠라 씨와 팅커벨의 정체도 모른다. 왜 모이게 된 걸까. 그걸 모른 채 방치되는 건 도저히 참을 수 없다.

'네버랜드'는 이미 내게 또 하나의 본가 같은 안식처가 되었다. 직장 스트레스도 장래에 대한 불안도 여기서라면 시시콜콜 다 말할 수 있다.

"캐보는 수밖에 없지. 팅커벨에게 몇 번이나 물어봤는데 어물쩍 넘어가는 거야. 더는 못 참아."

신지 군과 가논도 똑같은 기분이었는지 긍정해 주었다.

그리고 우리가 그들의 정체를 조사할 방법은 한 가지뿐이다. 유일한 단서라고 해도 과언이 아니다. 오프라인 모임 때 발견한 우리 세 사람의 공통점.

모두의 심정을 대표하듯 선언했다.

"——블루마에로 가자."

이리하여 우리는 이튿날 밤, 블루마에에 집합했다.

'네버랜드'의 오프라인 모임 이후 나는 거의 들르지 않았다. 사람이 그리워지면 가논이나 신지 군을 불러 같이 밥을 먹으러 가도 되고, 직장에서도 차차 친구를 사귀고 있다. 그런고로 몇 주 만에 방문하는 거였다.

여름방학이라 그런지 멤버가 많이 바뀌었다. 등교하지 않는 시기에 자극이 필요해서 이곳을 찾은 사람, 혹은 경찰 눈에 띄는 바람에 선도되어 사라진 사람, 반사회조직에 스카우트 되어 훨씬 위험한 장소에 틀어박히게 된 사람 등 분명 사정은 제각각일 것이다. 나처럼 새로운 안식처를 발견해서 자연스럽게 거리를 두게 된 케이스도 있는 것처럼.

"따로 행동하죠."

신지 군이 속삭였다.

"미즈레 씨의 정보가 옳다면 지난달엔 '창선회' 일당들이 배신자를 찾는 데 혈안이 되어 있었다면서요. 아마도 그 인물이……."

"응, 가네쿠라 씨 아니면 팅커벨일 거라고 생각해."

그렇게 추측하는 근거가 있다.

예전에 '창선회'에서 판매하는 허브가 '네버랜드'의 초대장으로 둔갑해 내게 전달되었다. '네버랜드' 관계자가 '창선회' 내부 사람인 건 틀림없다.

그리고 '창선회' 입장에선 블루마에를 찾는 청소년들은 지켜줘야 할 대상인 동시에 돈줄이기도 하다. 이곳에서 벗어나게 하려 했던 '네버랜드'라는 존재를 그들이 적으로 여겼다 해도 이상할 게 없다.

팅커벨과 가네쿠라 씨가 본인들의 정체를 밝히지 않았던 것은 이런 사정 때문이었겠지. 이제야 이해했다. 익명이야 말로 '네버랜드'를 지키기 위한 조치였다. 혹은 우리가 성가신 일에 말려들지 않도록 하기 위한 배려일지도 모른다.

그렇다면 우리도 '네버랜드'의 멤버라는 사실을 들키지 않는 게 좋을 것 같다.

우리는 해산하여 블루마에 있는 사람들 틈에 적당히 섞였다. 어울리는 사람이 바뀌어도 하는 짓은 똑같다. 주저리주저리 수다를 떨고, 스마트폰 게임을 하고, 쇼츠용 동영상을 찍고, 술이나 에너지음료를 마시고, 감기약 오버도즈를 일삼는다.

한동안 한 남녀그룹에 섞여 있었는데, 다들 블루마에 신참자라서 별다른 정보를 가지고 있지 않았다. 넷플릭스에서 본 애니메이션 극장판 이야기로 왁자지껄하다.

보아하니 각오를 단단히 다지는 수밖에 없어 보인다.

시야에는 쭉 들어와 있었다. 예전부터 블루마에 출근 도장을 찍는 내 친구.

"미키, 오랜만이야."

한쪽 구석에서 레몬사와 롱 캔을 쥐고 스마트폰을 조작하는 미키에게 말을 건다. 스마트폰 화면에는 '파파카츠

245

전용'이라며 인터넷에서 야유 받는 매칭 앱이 보였다.

"하노잖아? 진짜 간만이네."

그녀는 작게 웃으며 롱 캔을 들어 올렸다.

"어쩐 일이야? 역시 일하는 거 오래 안 갔어? 관뒀어?"

희미하게 가시 돋친 목소리다. 한 달 전 대판 싸운 후 처음으로 제대로 대화를 나눈다. 역시 아직 분이 안 풀린 모양이다.

대답을 할까 말까 망설이다가 거짓말했다.

"그렇지 뭐."

미키는 눈을 찡긋하더니 큭큭 웃는다.

"하노다워."

안도한 듯한 반응. 난 어째서인지 가슴이 아팠다.

아무튼 마음을 열어주길래 미키 옆에 앉았다.

"하지만 블루마에에 다시 올지 말지 고민 중이야."

"고민 중이라고? 왜?"

미키가 고개를 갸웃거린다.

"지난달에 아리사한테 들었는데 요즘 블루마에 분위기가 뒤숭숭하다면서? 뭐라더라 '배신자 찾기'에 혈안이 돼 있다던데."

그러고 보니 아리사도 보이지 않는다는 걸 입을 털면서

눈치챘다. 블루마에는 이제 졸업한 걸까.

"뭐야, 그 얘기였어?"

미키는 레몬사와를 마시고 입을 훔친다.

"그건 이미 해결됐대."

"뭐?"

"'창선회' 간부가 가르쳐줬어. 배신자를 찾은 모양이야. 들으면 놀랄걸? '린쿠' 씨의 남동생이 배신한 거래. 비밀리에 블루마에에 오는 사람들의 연락처를 슬쩍해서 다른 팀으로 빼돌렸대."

미키는 재밌다는 듯 이야기해 주었다.

'쇼'라고 불리는 남자의 이야기였다. '창선회' 간부 중에서는 무뚝뚝한 편이지만 청소년들을 잘 돌봐줘서 형이 신뢰하고 있었고, 거의 매일 저녁 블루마에에 와서 가출한 아이들에게 밥을 사주었다고.

"근데 널 아는 것 같더라."

미키의 그 말에 뜨끔했다.

가네쿠라 씨와 처음 만났을 때, 그의 목소리가 묘하게 신경 쓰였던 게 떠올랐다. 어디선가 들은 기억이 있었기 때문이다. 블루마에에 자주 왔다면 목소리를 들어본 적이 있을 것이다.

필시 '쇼'의 정체는——가네쿠라 씨다.

나는 "장난 아니네."라든가 "그런 일이 있었구나."라고 과장된 리액션을 취했고, 미키의 심기를 건드리지 않게 주의하면서 질문했다.

"그래서? 지금 쇼라는 사람은 어떻게 됐는데?"

"글쎄? 뒈지지 않았을까? 간부들도 안 가르쳐주던데. 요 며칠 동안 못 보긴 했네."

등에 식은땀이 흐르는 걸 느끼면서 그렇구나, 하고 나는 고개를 끄덕였다. 예감이 좋지 않다.

미키는 고개를 숙이고 "그보다 말이지."라며 가라앉은 목소리로 다른 이야기를 꺼냈다. 들어보니 대학 친구에게 증여세에 대해 배운 모양이었다. 나도 잘은 모르나, 미키는 몇 사람과 파파카츠 계약을 맺은 상태로, 매달 일정한 금액이 은행 계좌로 들어온다고 한다. 머지않아 세무서에 적발되어 증여세가 징수될지도 모른다. 하지만 번 돈은 명품이나 최애에게 다 갖다 바쳐서 모아둔 돈이 한 푼 없다. "어쩌지." 하며 탄식하는 목소리로 이야기한다.

미키가 날 쳐다보는 눈빛이 점점 먹잇감을 발견한 맹수처럼 변해서 적당한 이유를 대며 자리를 떴다.

아마 그녀와 만날 일은 두 번 다시 없을 것이다. 섭섭하지 않다면 거짓이리라.

나는 미키에게 얻은 귀중한 정보에 감사하며 가논과 합류했다. 가논은 블루마에의 다른 아이들과 어울리지 못했는지 공원 벤치에 오도카니 앉아 있다. 역시 누가 알아볼까 봐 두려운지 시종일관 고개를 숙이고 있다. 적재적소. 정보 수집은 나나 신지 군이 해야 할 일이다.

히사야오도리공원에서 합류해 손에 넣은 정보를 말했다.

"아무리 그래도 죽이진 않았을 거라 생각해. '창선회' 사람들, 험상궂게 생긴 사람도 있지만 야쿠자는 아니거든."

"하지만."

가논이 걱정스러운지 떨리는 목소리로 말했다.

"그럼 가네쿠라 씨는 왜 '네버랜드'에 못 오게 됐을까. 역시 걱정돼."

동의한다. 갑자기 연락이 끊어진 사정이 궁금하긴 하다. VR 기기가 부서지기라도 한 걸까. 아니면 인터넷을 사용할 수 없는 상황인 걸까.

입에 손을 대고 신음하고 있을 때 문득 다른 점이 궁금해졌다.

"그러고 보니 신지 군은? 어딨는지 몰라?"

도중까지 가논과 함께 행동했을 터였다.

"무서운 얼굴을 하고는 어디론가 혼자 가버렸어. 눈빛이 달라져서는 뭐라 뭐라 중얼거려서 좀 으스스했어."

대체 무슨 일이 있었던 거야.

내가 이상하게 생각하고 있을 때 가논이 신묘한 표정으로 말했다.

"——'그 녀석이 있어'라고 하던데."

나중에 신지 군과 합류해서 들은 이야기다.

하시구치 가이토는 신지 군이 절대 못 잊을 원수라고 한다.

신지 군에게는 예전에 히구레 히로토라는 절친이 있었다. 신지 군을 개그의 세계로 이끈 장본인이자 파트너이기도 했다. 개그를 탐구하는 데에 진심인 열정가였으나, 다소 위험한 행동을 저지르는 경향이 있었는데 결국, 바이크를 타다가 사고로 사망했다.

신지 군은 그것을 인정하기까지 시간이 필요했다고 하나, 사고 자체는 거의 자업자득이다. 히구레 히로토의 잘못이 대부분이다. 그리고 히로토의 바이크에 동승한 신지 군도 잘못하긴 했다. 하지만 사고 관계자가 한 명 더 있다.

——히구레 히로토에게 바이크를 빌려준 남자. 그 사람이 하시구치 가이토다.

히구레 히로토의 설명에 의하면 바이크 타는 법을 가르쳐준 건 하시구치로 보인다. 하시구치와 히로토는 블루마에에서 만났고, 하시구치는 히로토에게 다양한 위험한 놀이를 가르쳐주었다. 부모님과 사이가 좋지 않았던 히로토를 꼬셔서 무단 외박을 종용하고 조직에 끌어들였다.

하지만 사고가 난 후, 하시구치는 손바닥 뒤집듯 히구레 히로토와는 아무 사이도 아니라고 주장했다.

"히구레 히로토가 자기 멋대로 바이크를 탔다.", "도둑맞았다. 난 아무것도 모른다."

이렇게 주장했다고 한다. 신지 군은 경찰의 사정 청취 때 "히로토가 말하길 '하시구치가 권했다'고 했다."라고 주장했지만, 당사자인 히로토가 사망하는 바람에 진실은 흐지부지되고 말았다. 하시구치는 그 어떤 처벌도 받지 않았다.

급기야 하시구치는 적반하장으로 유족에게 바이크 변상금을 청구했다고 한다. 상복도 벗지 않은 히로토 부모님께 돌을 던지는 것과 다름없는 행위였다.

히구레 히로토의 죽음은 역시 본인의 과오가 큰 부분을 차지한다.

하지만 히구레 히로토가 사고 당시에 무면허라는 걸 알

면서도 하시구치 가이토가 바이크를 빌려준 거라면 하시구치도 원래 죗값을 치러야 한다.

"그 새끼, 여태 블루마에를 어슬렁거리고 있었네요. 얼굴을 보자 도무지 가만히 있을 수가 없어서 잠시 폭주했습니다."

겨우 합류한 신지 군은 부끄럽다는 듯 자초지종을 털어놓았다.

신지 군은 히로토가 살아 있을 때 가끔 히로토를 바이크 뒷좌석에 앉혔던 하시구치와 만났었다. 어두운 곳이 많은 블루마에에서도 멀리서 보아도 한눈에 알 수 있었다고 한다.

"폭주해서 뭘 했는데?"

가논이 불안한 목소리로 묻는다.

"스토킹했습니다. 녀석이 또 누군가를 불행하게 만들면 절대 안 된다는 생각에 꼭 막으려고 했죠."

하시구치는 블루마에를 순찰하듯 걸어 다니며 몇몇 지인에게 말을 건 후 금방 가버렸다고 한다. 팔에는 진청색 배지가 있었다고.

나는 바로 알아차렸다.

"하시구치란 사람, '창선회' 간부야."

말을 거는 것은 그들의 일과다. 자신들이 특별하다는 것을 과시하듯 신체 중 눈에 띄는 위치에 배지를 달고 있다. '린쿠' 씨가 인터넷 방송 취재에서 '나쁜 어른들과 구분 짓기 위한 것'이라고 상냥하게 웃으며 말했었다.

신지 군은 알고 있었던 모양인지 고개를 끄덕이며 말했다.

"그러게요."

"미행하면서 스마트 폰으로 계속 촬영했습니다. 혹시 나중에 도움이 될까 해서요."

나와 가논은 신지 군이 찍은 동영상을 살펴봤다.

화면 한가운데서 사카에 5초메의 쓰레기투성이 거리를 호리호리한 청년이 걸어간다. 이 남자가 하시구치구나. 헐렁한 티셔츠를 입고 있다. 야바초역 방향으로 걸어가던 하시구치는 어느 맨션 앞에서 걸음을 멈추었다.

"여기가 '창선회' 아지트인가?"

가논이 말했다.

하시구치는 맨션 입구로 곧장 향하지 않았다. 길 건너편에서 걸어온 지인을 발견했는지 손을 든다.

화면 밖에서 새로운 인물이 나타났을 때 무의식중에 소리를 지르고 말았다.

하시모토와 합류해 천박한 표정을 지으며 맨션으로 들

어간 소녀는 바로 미키와 자주 시간을 보내던 내 친구. 가출 소녀 아리사였다.

블루마에 조사 첫날은 그렇게 종료되고, 이튿날 낮에 나 홀로 아리사와 만났다.

아리사와는 연락처를 교환했었다. 사카에 파르코의 디저트 가게에서 아직 가출 중이라는 아리사를 쉽게 만날 수 있었다.

"오랜만에 보고 싶어서."

시치미를 떼며 복숭아와 머스캣이 잔뜩 올려진 파르페를 사 주었다.

"최근에 '창선회' 특별 멤버가 됐어."

늦더위는 아직 맹위를 떨치고 있어서 창문에서는 강렬한 햇빛이 쏟아져 들어온다. 아리사는 창가를 싫어해서 기둥 그늘에 있는 소파에 앉았다. 테이블에 도착한 길이 30센티미터의 파르페를 다양한 각도에서 찍고 근황을 떠들어대기 시작했다.

"이건 말했나? 하노랑 만났을 때, 그러니까."

"벌써 이름도 기억 안 나? 은행 다니던 회사원이었잖아."

"맞아, 그 새끼랑은 결국 헤어졌어. 집에서 쫓겨난 후에 한동안 여기저기 얹혀살았는데, 그걸 알게 된 '린쿠' 씨가 걱정된다고 '창선회' 맨션에서 지내게 해줬어."

"아리사답네. 그래서? 특별 멤버라니?"

"나도 잘 몰라. 하지만 언제든지 맨션에서 지내도 된대. 최근에는 무민 씨 집에서 지낼 때도 많아. 용돈도 줘."

"무민이 누군데?"

아리사는 본인 페이스대로 말하기 때문에 중간중간에 일일이 질문하지 않으면 안 된다.

그녀는 몸을 앞으로 내밀었다.

"무민 씨는 완전 장난 아니게 멋져. 요리도 할 줄 안다니까."

그때부터 현재 본인이 얼마나 충실하게 지내는지 장황하게 말해주었다. 머리가 아플 정도로 골자가 뭔지 파악이 안 되는 연애 이야기. 이탈한 궤도를 수정하게 만들려고 여러 차례 질문을 던지고서야 겨우 아리사의 사정을 가늠할 수 있었다.

간단히 말하자면——애인. '창선회' 간부인 무민. 즉, 무라마쓰 아키토는 아리사가 상당히 마음에 든 모양이다. 유명무실한 특별 멤버로 지명해 들여앉힌 것 같다.

난 맞장구를 치면서 미키에게 들은 배신자 이야기를 했

다. 가볍게 잡담하듯 물었다.

"쇼라는 사람이 배신자였다면서? 지금 어디에 있을까?"

"그 사람, '창선회' 맨션에 있는데?"

아리사는 너무 쉽게 털어놓았다.

"'린쿠'씨가 엄청 열 받은 모양이더라고. 감금 중. 수갑을 찬 상태로 방구석에 계속 웅크리고 있어. 가끔 두들겨 맞아서 조금 불쌍해."

말문이 막혔다. 가네쿠라 씨가 '네버랜드'에 오지 않은 지 벌써 나흘은 족히 지났다. 가네쿠라 씨는 그동안 구속된 상태에서 계속 구타를 당한 걸까.

당장 구해야 한다. 일단 경찰에 신고할까. 하지만 아리사의 증언만으로 움직여줄까. 애당초 가네쿠라 씨 본인이 '창선회' 간부다. 가네쿠라 씨가 아무 죄도 짓지 않았다고는 생각하지 않는다. 경찰이 들이닥치면 가네쿠라 씨도 체포당할 가능성이 있다.

할 말을 잃고 있으니 아리사도 뭔가 이상한 낌새를 눈치챈 듯하다.

"왜 그래?"

파르페 스푼을 입에 문 채 천진난만한 눈동자로 쳐다본다.

고민하면 할수록 가네쿠라 씨의 고통스러운 시간이 길

어지고 만다.

숨을 크게 들이켜고 입가에 크림이 묻은 아리사의 얼굴을 바라보았다.

"나, 쇼 씨랑 친구야."

"뭐?"

"저기, 아리사. 너도 우리 쪽으로 오지 않을래? 블루마에에 오가는 것뿐이라면 몰라도 '창선회'랑 얽혀봐야 미래가 없어. 그 일당들의 더러운 소문을 다들 알아. 이대로 있다간 최악의 경우엔 아리사 너마저 체포될걸?"

뚝 하고 전구의 필라멘트가 끊어진 것처럼 아리사의 눈동자에서 빛이 사라졌다. 입가에 묻은 크림을 닦고 스푼을 테이블에 내팽개치듯 올려놓았다.

"그게 무슨 소리야, 왜 그래? 하노. 기분 잡치게."

"마음에 들지 않는 사람을 며칠씩이나 감금하는 연놈이 바로 너랑 같이 있는 그 인간이야. 지금 이 순간, 누가 신고라도 하면 멤버들은 체포될 텐데? 내가 해도 되고."

백에서 스마트폰을 꺼내자 아리사는 숨을 삼킨다.

"배신하는 거야?"

비난하는 듯한 눈으로 쳐다본다.

"그런 게 아니야."

나는 강하게 주장했다.

"너도 알잖아? 이런 생활은 간단히 박살 나. 아니면, 계속 이렇게 살다 보면 네 인생을 온전히 책임질 왕자님이 나타날 거라고 생각하는 거야?"

"이제 와서 무슨 설교야. 하노, 많이 컸다."

"그래, 맞아. 아리사는 즐겁고 유쾌한 이야기만 하지."

"푸념을 늘어놔 봐야 우울해지니까."

"불안한 마음을 오롯이 받아주는 사람이 주변에 없어?"

아리사는 어안이 벙벙해졌는지 눈을 크게 뜨고 굳어버렸다.

물론 블루마에는 불안함이나 나약한 마음을 털어놓으러 오는 아이들도 많다. 본래 그런 장소다. 학교나 직장에 마음 비빌 곳이 없는 아이들이 모이는 공원. 나도 미키에게 곧잘 직장에 대한 불만을 쏟아놓곤 했다.

하지만 아리사의 입에서는 고민을 들은 기억이 없다. 아리사에게 블루마에는 본인의 나약함을 드러낼 수 있는 장소가 되지 못했다. 그런 인연을 만들지 못했다.

"내가 블루마에 말고 다른 장소를 소개해 줄게. 네 이야기를 몇 시간이고 들어줄 거야. 가끔은 불안을 털어놔 봐."

눈을 내리깐 아리사에게 진심을 담아 말한다.

258

"그래서 말인데, 쇼 씨를 도와주면 안 될까?"

아리사는 망설이는지 반 이상 남은 파르페를 계속 쳐다봤다.

혼자 생각하게 놔두자. 나는 계산서를 들고 자리에서 일어났다.

아리사에게 연락이 온 건 그날 심야였다.

내가 하려는 일에 힘을 보태주겠다고. 역시 가네쿠라——쇼라는 인물이 감금된 상황에 의문을 품었던 것 같다. '창선회' 사람들에게 들키지 않도록 몰래 스페어 키를 건네주고 맨션에서 사람이 모두 나가는 시간을 알려주겠단다.

이리하여 밤 11시에 가상공유공간 '네버랜드'에는 나, 신지 군, 가논. 이렇게 세 사람이 모였다. 홀에 팅커벨과 가네쿠라 씨의 모습은 역시나 보이지 않는다.

가네쿠라 씨가 사라진 사정은 알게 됐는데 팅커벨은 왜 사라진 걸까. 결국, 아직 밝혀지진 않았지만 일단 가네쿠라 씨를 구출하는 게 우선이다.

"나, 가네쿠라 씨한테 빚이 있어."

소파에 모인 아이스캔디 아바타와 금발 머리 미소녀 아바타에게 털어놓았다. 두 사람은 가만히 침묵한 채 나를 뚫어지게 쳐다본다.

"날 '네버랜드'로 초대한 건 아마 가네쿠라 씨일 거야. 가네쿠라 씨가 위험을 무릅쓰고 날 초대해 벼랑 끝에 서 있던 나를 붙잡아줬어. 만약 가네쿠라 씨가 없었더라면 난 진짜 죽었을지도 몰라."

오버도즈를 검색하자 약물 과다복용으로 자살한 사람이나, 내장이 망가진 사람의 이야기가 몇 건이나 검색됐다. 그럼에도 약을 끊지 않았다. '네버랜드'라는 존재가 날 구했다.

"난 내일 가네쿠라 씨를 구하러 갈 생각이야. 최악의 경우 혼자라도 갈 거지만 너희가 함께 가 준다면 든든할 거야."

도저히 그냥 내버려둘 수 없다. 우릴 구해준 사람이 그런 행동을 한 결과로 흠씬 두들겨 맞았다. 그런 현실을 알면서 태평하게 '네버랜드'에 모일 수도 없는 노릇이다.

"물론이지."

가논이 즉시 대답해 주었다.

"조금 무섭긴 하지만 날 발견해 준 사람도 아마 가네쿠라 씨일 거야."

신지 군은 대답하지 않았다. 접속이 끊어진 게 아닐까 하는 생각이 들 정도로 아이스캔디의 몸은 미동조차 없다.

"구체적으로 어떻게 구할 건가요?"

무거운 목소리였다. 뚫어지게 쳐다본다.

"아리사란 애가 협력하기로 했어. 우린 '창선회' 맨션에 숨어 들어가서 가네쿠라 씨를 데리고 나오면 돼. 그다음엔 내가 사는 아파트에서 지내게 하면 되고."

"불법침입이죠?"

"그야 그렇지만······."

"만약 '창선회' 사람들과 마주치면요? 들이받게요?"

대답이 곤궁해지자 힘 있는 목소리가 VR 공간에 울렸다.

"다시는 죄를 짓지 않는다. 우리가 모인 이유가 그거잖아요?"

팅커벨이 밝힌 사실이었다.

#——"'네버랜드'는 방문자들이 달라지기 위한 공간입니다."#

과거에 잘못을 저질렀던 우리가 다시 일어서기 위해 마음을 털어놓고 대화를 주고받으며 새로운 인생을 살아가기 위한 장소. 가네쿠라 씨는 분명 팅커벨의 이념에 공감한다. 가네쿠라 씨를 구하기 위해서라고 해도 우리가 사건을 일으키는 건 본말전도다.

"만약 미즈레 씨가 죄를 저지를 생각이라면 저는 기필코 말릴 겁니다."

신지 군의 대사에는 강한 열의가 담겨 있다. 그의 과거와 관련이 있는 걸까.

크게 숨을 들이켠다. 잊은 건 아니지만 흥분한 탓에 간과하고 있었다. 현실 세계에서 내 뺨을 때리고 VR 공간에 있는 동료들을 바라본다.

"불법 침입은 눈감아줘. 딱히 빈집을 터는 것도 아니잖아. 거기서 지내는 아리사가 허락해 준 거니까."

신지 군은 아무 말이 없다. 이어질 말을 가만히 기다린다.

나는 힘주어 말했다.

"누군가를 다치게 하는 행위는 안 해. 우리는 무슨 일이 있어도 아무도 다치게 하지 않아. 가네쿠라 씨의 수갑 말곤 아무것도 부수지 않아. 훔치지 않아. 깨끗하고 올바르게 움직이자."

어디까지나 건전한 청소년으로서 행동한다. 신변에 위험을 느껴 대응하는 정당방위가 아닌 이상 절대 손대지 않는다. 다시는 소년원으로 돌아가지 않을 것이다. 보호사나 교관, 내 직장 동료들이나 삼촌과 숙모가 가슴 아파하실 일은 만들고 싶지 않다.

"그리 약속해 준다면 물론 저도 함께하겠습니다."

신지 군이 웃었다.

문제없이 모두 참가할 수 있을 것 같다.

그때부터 곧바로 구체적인 계획을 세웠다. 수갑은 분명 전용 공구를 사용하면 잘린다. 특대형 체인 커터를 구매해 아리사의 안내에 따라 잠입. 가네쿠라 씨를 구조한 후 곧장 택시로 이동해서 내가 사는 아파트로 데리고 온다.

말은 간단하지만 실제로 무사히 진행될 거라는 보장은 없다. 만약 누군가에게 들키면 끝이다. 최악의 경우, 폭력 사태로 번진다면 우리가 감당할 수 없게 된다.

"다시는 블루마에엔 얼씬도 못 할 수 있어."

쓴웃음을 지었다. 우리는 '창선회'에 반기를 드는 행위를 하려는 것이다. 내가 가네쿠라 씨를 구한 사실이 어쩌다가 들켜버리면 더는 블루마에에 얼굴을 내밀 수 없다.

"괜찮겠어?"

가논이 묻는다. 한때 자주 다녔던 나를 걱정해 주는 듯하다. 블루마에에는 미키나 아리사 말고도 지인들이 있다. 친구까진 아니더라도 나처럼 의지할 데가 없는 사람들이라 많은 밤을 함께 보냈다. 솔직히 두 번 다시 오지 못한다는 사실이 슬프지 않다면 거짓말이다.

나는 고개를 끄덕였다.

"괜찮아. 이제 졸업하지 않으면 안 되니까."

사실 소년원에서 출원한 날부터 블루마에 가선 안 되었다. 그날, 법무 교관 앞에서 맹세했던 준수사항을 실현할 때가 온 것이다.

• • •

가네쿠라 씨를 구하기로 한 당일 점심 무렵, 나는 평소와 다름없이 지냈다.

사카에에 있는 여성복 매장에서 점원으로 일한다. 이직한 지 두 달이 지나도 익숙해지지 않는 게 많다. 고객이 옷을 입어보는 도중에 옷감을 세게 잡아당겨서 상품이 훼손되었을 때. 한쪽 손에 초콜릿바를 쥐고 있는 남성 고객이 여성에게 질질 끌려 가게로 들어왔을 때. 어떻게 대응하면 좋을지 몰라 당황해서 죽어라 외운 매뉴얼을 떠올리면서 허겁지겁 말을 건다. 아무리 단어를 선별해서 전달해도 상대를 화나게 만드는 경우는 있다. 슬슬 점심시간인가 싶어서 시계를 봐도 전혀 시간이 지나지 않아 한숨이 새어 나온다.

이것을 '착실히 사는 삶'이라고 표현한다면 역시 예삿일은 아니다. 이자카야보다는 적성에 맞는다고 말해도 어차피 조금 나은 정도다. 하지만 어쩔 수 없다. 내 지인 중에는 석유왕도 없고, 컴퓨터 키보드만 두드리고 있어도 몇십만 엔을 버는 명석한 두뇌도 없다. 하루하루 어떻게든 버티는 게 싫어져서 '저금이 제로라도 돈에서 자유 할래!'와 같은 철딱서니 없는 헛소리가 적힌 자기계발서 따위를 샀지만, 저자의 화려한 자기 자랑질에 신물이 올라온다.

하지만 싫진 않았다. 블루마에에서 밤을 꼬박 지새운 후 감상하는 천천히 떠오르는 아침 해도 좋아했고, 너덜너덜해질 때까지 일한 후 바라보는 노을도 각별했다.

블루마에에서 보낸 시간이 전부 쓸모없었다고는 생각하지 않는다. 과거를 통째로 부정하고 싶진 않다. 미키나 아리사와 보냈던 밤도 언젠가 뒤돌아보았을 때 "재밌었지."라고 웃을 수 있는 추억이 될지도 모른다.

다만 나는 이렇게 성실하게 일하며 살아가는 모습도 소중히 여기고 싶다. 어떤 내 모습도 지키기 위해서 확실히 매듭을 짓고 싶다.

• • •

밤 8시. 아리사에게 연락이 왔다.

——"'창선회' 아지트에서 사람들이 다 나갔어. 언제 돌아올지 모르니까 빨리 오는 게 좋을 것 같아."

가네쿠라 씨가 감금된 맨션 근처 편의점에서 대기하던 우리는 고개를 끄덕였다. 신지 군이 캡모자를 깊이 눌러 쓰고 가논이 얇은 파카에 달린 모자를 덮어쓴다. 만에 하나 무슨 일이 벌어질지 모르니 '창선회' 사람들에게 얼굴을 들키지 않게 대책을 세울 필요가 있다. 나도 후드를 썼다. "가자."라고 중얼거리고서 눈빛을 교환하고 고개를 끄덕인다.

풍속업소나 러브호텔이 밀집된 거리를 빠져나가 목적지인 맨션에 도착했다. 입구 앞에는 음식물 쓰레기나 종이상자가 널브러져 악취를 발산한다. 숨을 참고 빠져나가 당최 내려올 기미가 보이지 않는 엘리베이터 때문에 조바심이 나서 4층까지 계단으로 뛰어올라간다. 긴장하며 목적지인 403호실의 초인종을 눌렀다. 기다려도 아무도 나오지 않는다.

나는 사전에 아리사에게 빌려 만들어 둔 스페어 키를 사용했다. 문은 문제없이 열렸다.

도둑은 아니니까 문을 열면서 말한다.

266

"실례합니다."

역시 대답이 없다.

신발을 신은 채로 들어간다. 이곳은 2LDK[43] 구조로 된 집인 것 같다. 좁은 현관 앞에서 넓은 식당 공간과 침실이 보였다. 식당 공간에는 가죽 소파가 놓여 있고, 담배꽁초나 버터플라이 나이프가 유리 테이블에 어지럽게 흩어져 있다. 그리고 방구석에 괴로운 듯 쓰러져 있는 사람이 보였다.

"가네쿠라 씨?"

말을 걸어본다. 역시 내가 블루마에서 여러 번 본 적 있는 인물이었다. 긴 머리를 5 대 5로 나눈 몸집이 큰 남자. 팔뚝 굵기도 다리 굵기도 나보다 배는 되어 보인다. 이렇게 무서운 사람이 VR 공간에서는 두 발로 걸어 다니는 귀여운 고양이라니, 사기에 가깝다.

죽은 것처럼 눈을 감고 있다. 흰색 티셔츠와 청바지를 입은 채로 바닥에 쓰러져 있다. 반쯤 열린 창문에 설치된 격자 방범창에서 그의 오른팔까지 쇠사슬이 이어져 있다. 쇠사슬은 가네쿠라 씨의 팔에 채워진 수갑에 연결되어

---

43 일본에서 집 구조를 설명할 때 사용하는 용어로, 숫자는 방 개수를 나타내며 L은 거실(Living), D는 식당(Dining room), K는 주방(Kitchen)을 나타냄. 1R은 원룸.

있다.

가까이 다가가 퉁퉁 부은 그의 얼굴을 바라본다. 티셔츠는 피로 얼룩졌고, 상박부에는 시퍼런 멍이 얼룩무늬처럼 올라온 상태다.

"심하잖아."

등 뒤에서 신지 군이 신음했다. 가논은 현관에서 망을 보면서 측은한 시선으로 가네쿠라 씨를 바라본다.

"어?"

가네쿠라 씨가 눈을 떴다.

자고 있었던 모양이다. 무슨 환상이라도 보는 것처럼 나, 신지 군, 그리고 가논을 순서대로 쳐다보더니 깜짝 놀란 듯 숨을 삼킨다.

"너희가 여길 어떻게……?"

목소리를 듣고서 새삼 그가 가네쿠라 씨라는 확신을 얻었다.

신지 군이 배낭에서 체인 커터를 꺼내 가네쿠라 씨의 수갑에 이어진 쇠사슬을 끊으려 한다. 자전거 체인을 끊을 때 사용하는 거대한 가위다. 그럼에도 상당히 힘이 필요한 모양이다. 신지 군은 이를 꽉 깨물고 필사적으로 힘을 준다.

"구하러 왔어요."

나는 단적으로 설명했다.

"조사하면서 알게 됐어요. 우리 같은 애들을 '네버랜드'로 데려오는 바람에 곤욕을 치렀다는 걸. 도무지 가만히 못 있겠더라고요."

"똥멍청이냐, 너희는!"

가네쿠라 씨가 울부짖듯 외쳤다.

"너희 같은 애새끼들은 그런 걱정 안 해도 돼! 이건 내가 꼴려서 한 짓이니까. 어차피 내가 며칠 더 얻어터지면 끝날 문제야."

"그게 이상하단 거예요. 왜 가네쿠라 씨가 이런 일을 당해야 하는 건데요."

"너랑 상관없잖아."

"상관이 없긴 왜 없어요."

가네쿠라 씨는 고개를 가로젓는다.

"이런 식으로밖에 살아가지 못하는 놈도 있어. 누구나 너처럼 건전한 세계로 돌아가는 건 아니야. 이해해 줘."

질렸다는 듯 내뱉은 목소리에는 강한 체념이 뒤섞여 있었다.

설마하니 설득해야 할 거라고는 생각조차 못 했다. 당황스럽다. 나는 뒤돌아 퇴폐적인 공기가 자욱한 방을 바라보았다. 이곳이 가네쿠라 씨의 안식처라고 말하는 걸까. '네버랜드'에 찾아온 나를 환영하는 뜻에서 태백산 정상의 경치로 월드를 만들어준 사람. 따뜻한 마음을 가졌단 걸 안다. 그런 사람이 부당한 폭력을 견디며 계속 '창선회'에 남아 있을 수 있을까?

아니다. 팅커벨이 가르쳐줬었다.

——가상공유공간은 또 하나의 현실이다.

'창선회'에서 범죄행위를 반복하는 '쇼'의 모습도 진실일지 모르나, '네버랜드'에서 우리를 따뜻이 맞아준 '가네쿠라'의 모습도 진실이지 않은가.

어느 쪽이 거짓이고 어느 쪽이 진짜인가 하는 이야기가 아니다. 둘 다 진짜다.

옷 가게 점원으로 일하는 나를 응원해 준 가네쿠라 씨도 명백한 진실이다.

"가네쿠라 씨가 나가지 않겠다면 저도 계속 여기 있을 거예요."

나는 가네쿠라 씨의 눈을 바라보면서 강한 어조로 말했다.

"어때요? 여기 있는 절 보면 '창선회' 사람은 어떤 생각을 할까요? 저한테 무슨 짓을 할까요? 가르쳐주세요."

'창선회'의 내부 룰은 잘 모르지만, 온몸에 멍이 든 가네쿠라 씨의 모습을 보면 폭력을 일삼는 집단인 건 명백하다. 그들에게 들키면 어떤 짓을 당할지 상상조차 하기 싫다.

가네쿠라 씨는 순간 어이가 없다는 듯 입을 벌리더니 곧바로 한숨 비슷한 미소를 지었다.

"협박이잖아."

"네, 맞아요."

"팅커벨이 시킨 거야?"

"제 의지예요. 팅커벨하고는 연락이 안 되거든요."

"그래? 대단하네."

말의 진의는 알 수 없었지만, 그에겐 뭔가 납득할 만한 이유가 있나 보다.

그는 쓴웃음 섞인 미소를 짓더니 깊은 한숨을 내쉬었다.

"알겠어. 나갈게. 뒷일은 나가서 생각하지 뭐."

그가 동의했으니 이제 남은 건 수갑에 얽힌 쇠사슬을 끊는 것뿐이다. 신지 군은 아직도 씨름 중이다. 쇠사슬은 구부러지긴 했지만 좀처럼 끊어지지 않았다. 생각보다 튼튼한 모양이다. 나도 도우려고 신지 군과 함께 체중을 실었다.

하지만 위기는 별안간 찾아왔다.

계속 현관에서 망을 보던 가논이 외쳤다.

"누가 왔어."

왜? 놀랐다. 아리사에게 연락을 받은 지 아직 10분도 채 지나지 않았다. 외출했다던데. 이렇게 금방 돌아올 리가 없을 텐데.

머리가 새하얗게 변해서 지시를 내릴 타이밍을 놓쳤다. 나는 곧바로 가논에게 문에 체인을 걸라고 지시했어야 했다. 금방 나갈 생각이어서 문을 잠그지 않았다. 그걸 깨달았을 땐 문손잡이가 돌아가며 문이 열렸다. 가논이 허둥대며 현관에서 멀어진다.

몇몇 남성이 거침없이 들어와 우리를 에워싼다.

"뭐야, 너희는."

선두에는 블루마에의 왕——린쿠 씨가 조용히 노려보고 있었다.

린쿠 씨——나중에 가네모토 가이라는 걸 알게 됨——와 나는 몇 번 만난 적이 있다.

첫인상은 성격 좋은 오빠. 처음으로 심야에 외출한 날, 돈도 친구도 없던 나는 별생각 없이 블루마에에 들렀는데 아무도 말을 걸어주지 않아 홀로 오도카니 서 있었다.

"무슨 일 있니?"

그런 내게 가볍게 말을 걸어 준 이가 린쿠 씨였다.

"배 안 고파?"

차와 빵을 건네면서

"억지로 얘기할 필요는 없지만, 진짜 곤란한 상황이면 말해줘."

연락처를 내밀었다. 물론 무례하게 내 연락처를 묻지도 않았다.

"미키, 얘하고도 같이 놀아."

근처에 술자리를 벌여 놓고 즐기던 여대생 그룹으로 데려갔고, 나는 그렇게 블루마에에 데뷔했다.

두 번째 만났을 때,

"블루마에에 있는 사람들한테 왜 잘해주시는 거죠?"

지난번엔 고마웠다고 말하면서 물은 적이 있다.

"나도 똑같은 처지라서 알아. 무슨 일이 있어도 몇 번이라도 여길 찾는 녀석이 있어. 어른들에게 잡아먹히기 전에 구해줘야지."

사전에 준비해 둔 말을 읽기라도 하는 듯한 유창한 말솜씨였다. 하지만 전부 거짓말은 아닌 것 같은 느낌도 들었다.

나중에 미키가 '창선회'의 존재를 가르쳐주면서 그들이 뒤에서는 매춘 알선이나 협박을 자행한다고 말해도 금방 믿어지진 않았다. 하지만 수많은 소문과 린쿠 씨 이외의

'창선회' 간부들이 풍기는 폭력적인 분위기를 감지하고 납득했다.

청렴결백만으로는 살아갈 수 없는 세계가 있다는 건 나도 어렴풋이 짐작한다. 알고 있다. 그래서 린쿠 씨한테는 오히려 호감 비슷한 감정마저 품고 있었다.

내 앞에 선 린쿠 씨에게는 블루마에서 풍기던 순박한 호청년 분위기는 없었다. 체온이 없는 것 같은 냉담한 눈빛으로 아연실색한 나를 내려다본다. 표정은 쿨한데 주먹만큼은 세게 쥐고 있어서 엄지손가락의 하얗게 된 부분과 빨갛게 된 부분이 선명히 대비되었다. 폭력의 색이 깃든 주먹.

다른 간부들도 예전에 파파카츠를 하던 회사원을 협박할 때처럼 턱을 내밀며 압박을 가하지만, 린쿠 씨에 비하면 어린애 같다. 급이 다르다.

어째서 이렇게 일찍 돌아온 걸까.

초조한 마음에 벽으로 뒷걸음질 치자 린쿠 씨 뒤에서 마치 나를 비난하듯 노려보는 아리사가 보였다. 속았다——겨우 이해했다. 아리사가 린쿠 씨에게 우리를 넘기려고 거짓 정보를 흘린 것이다.

"'네버랜드'의 목적은 잘 들었어."

린쿠 씨가 말했다.

"딱히 너희도 우리랑 대립하고 싶은 건 아니잖아? 그럼 됐어. 내가 마음에 들지 않는 건 쇼가 거짓말을 했단 거야."

음성은 온화했지만, 유무를 따지지 못하게 하는 섬뜩함이 어른거린다.

린쿠 씨는 몸을 비틀어 현관까지 가는 길을 열어준다.

"하노라고 했나? 얼른 나가. 다시는 블루마에엔 얼씬도 하지 말고 살아."

내 이름도 기억하고 있는 것 같다. 내가 아는 린쿠 씨와 동일 인물이 틀림없단 걸 알고 나니 무릎이 떨리는 듯한 허무함이 덮쳤다.

현관을 힐끔 쳐다본 후 고개를 좌우로 흔들었다. 솔직히 지금 당장 뛰쳐나가고 싶지만 여기서 물러서면 의미가 없다.

린쿠 씨의 눈을 똑똑히 쳐다보았다.

"쇼 씨를 풀어주세요."

"아, 그래. 쇼, 어쩔래? 이쪽에 붙을래? 아니면 나갈래?"

린쿠 씨는 내 말은 제대로 듣지도 않고 가네쿠라 씨 앞으로 이동했다. 눈길을 피하려는 가네쿠라 씨의 턱을 붙잡아 억지로 얼굴을 치켜올린다.

가네쿠라 씨는 입술을 깨물고 눈동자를 불안하게 움직인다. 겁에 질린 표정이다.

아무 말도 하지 않는다. 조금 전까지만 해도 같이 나갈 분위기였는데. 어째서 폭력을 휘두르는 형에게서 도망치려 하지 않는 걸까. 이해가 안 된다.

"가네쿠라 씨……."

"넌 아무것도 모르네."

린쿠 씨가 가네쿠라 씨의 턱에서 손을 떼고 코웃음을 쳤다.

"이런 예화가 있어. '크레파스로 그림을 그렸을 때 부모에게 칭찬을 받는 아이'와 '크레파스로 그림을 그렸더니 부모에게 두들겨 맞는 아이'. 전자의 아이는 생글거리는 얼굴로 후자의 아이에게 '크레파스 가지고 놀자'라고 말하지. 후자의 아이는 순간적으로 그 손을 뿌리쳐. 전자의 아이는 상처받은 얼굴로 '쟤, 좀 이상해'라고 주변 사람들에게 나쁜 소문을 퍼트리면서 후자의 아이를 따돌리지. 본인이 얼마나 잔혹한 짓을 하는지도 모른 채."

풀려난 가네쿠라 씨는 기력이 다 빠진 듯 그 자리에 주저앉았다.

린쿠 씨는 비웃듯 숨을 내쉬었다.

"여기 오면 전부 잘될 거라고 생각한 인간에겐 상상도 못 할 세계야."

분하고 화가 나서 중요한 말이 나오지 않았다. 목에 걸린 채, 한 마디도 받아치지 못하고 입술을 깨물 수밖에 없다.

어리석은 내가 너무 싫다. 그가 말한 대로 나는 여기에 오면 전부 잘될 거라고 생각했었다. 본인의 의지 따윈 상관없이. 크레파스를 가지고 같이 놀자고 말한 아이와 똑같다. 상대의 사정 따윈 생각하지 않고 사회 정의를 들이대며 흐뭇해하고 있었을 뿐이다.

실제로 가네쿠라 씨는 처음에 거부하지 않았던가. 내버려두라고.

하지만 물러날 수 없다.

위선자라고 욕해도 가네쿠라 씨를 폭력의 세계에 두면 안 된다.

꼼짝도 하지 않는 나를 보고 린쿠 씨는 과연 열 받은 모양이다. 코로 숨을 내쉰 후 뒤통수를 긁적였다.

"얼른 꺼지라고. 알아? 나로서는 큰맘 먹고 양보한 거야."

그의 몸이 흔들린 순간, 옆에 서 있던 신지 군이 나가떨어졌다.

전광석화처럼 날아온 앞차기에 맞은 것 같다. 무릎을 살짝 구부린 소소한 예비동작으로, 이쪽에서 반응할 시간조차 허락하지 않는 스피드.

배를 맞은 신지 군은 근처에 있는 소파를 넘어뜨리며 벽에 등을 부딪쳤다. 그대로 명치를 부여잡고 바닥에서 신음하며 괴로워한다.

"신지 군."

"더는 성격 나오게 하지 마라."

소파가 넘어지는 바람에 유리 테이블 상판이 기울어져 위에 놓여 있던 글라스가 바닥으로 떨어진다. 귀 따가운 소리가 울려 퍼져 반사적으로 몸을 움츠렸다.

단 한 번의 폭력이었지만 나를 바들바들 떨게 만들기에는 충분했다. 사는 세계가 달라도 너무 다르다. 린쿠 씨는 다음 대상을 물색하듯 나를 쳐다본다. 공포에 사로잡혀 버티고 서 있는 게 고작이었다.

그럼에도 사력을 다해 마음을 고무시켜 눈앞에 있는 남자를 노려보았다.

린쿠 씨가 불쾌하다는 듯 눈을 가늘게 떴다.

이번에는 내가 발길질을 당할 것 같아서 방어 태세를 취한 순간, 옆에서 무언가가 세차게 돌아갔다.

가논이 힘차게 앞으로 한 걸음 내디뎠다.

"떨어져!"

가논은 오른손에 버터플라이 나이프를 쥐고 있었다. 방에 있던 유리 테이블 위에 아무렇게나 놓여 있던 것이다. 그건 또 어느 틈에 잽싸게 손에 넣은 건지.

가논이 나이프를 옆으로 휘두르며 나와 신지 군을 비호하듯 전진했다.

"염병 떨고 있네! 뚫린 입이라고 막말하지 마! 가네쿠라 씨에 대해 다 안다고 생각하지 마시지!"

지금까지 보아온 가논의 이미지로는 생각할 수 없는 걸걸한 목소리였다. 눈에 핏발이 섰다. 나이프를 쥐고 침을 튀겨가며 짐승처럼 악다구니를 썼다.

가논은 옆으로 후려쳐서 베듯 나이프를 휘둘렀다.

린쿠 씨는 냉정하게 나이프와 거리를 두듯 물러났다. 다른 '창선회' 간부들은 가논을 붙잡으려고 앞으로 나갔지만, 난폭하게 나이프를 휘두르는 가논이 노려보자 숨을 삼키며 방구석으로 뒷걸음질 친다.

"저년, 돌았나 봐."

누군가가 신음했다.

린쿠 씨는 어처구니가 없다는 듯 그들을 힐끔 째려보더니 다시 가논과 마주 섰다.

"찌를 배짱은 있고?"

저항하지 않겠다는 표시로 호주머니에 두 손을 찔러 넣고 당당히 섰다. 아래턱을 치켜들며 가논을 도발한다.

나는 옆에서 가논을 똑똑히 봤다.

가논은 뿜어내듯 숨을 몰아쉬며 입꼬리를 슬쩍 올렸다. 웃은 것이다.

――찌를 작정이다.

린쿠 씨는 아무것도 이해하지 못했다. 배짱이 있고 없고의 문제가 아니다. 가논은 사람을 찔러 죽인 경험이 있다. 충동을 억누르지 못한 과거가 있는 소녀다.

가논의 나이프가 꿈틀했다. 하지만 그 이상은 움직이지 않는다.

나는 순간 눈치챘다. 망설이는 것이다. 가논에게 내재된 이성이 이 이상의 폭력을 억누르고 있다.

그렇게 망설이는 사이에 신지 군이 가논 뒤에서 오른팔을 붙든다.

"안 돼."

배를 걷어차인 직후인 그는 괴로운 듯 얼굴을 일그러뜨린 채 외친다.

"안 돼, 가논! 우린 다시는 죄를 짓지 않을 거야. 잘못을 반복하지 않을 거고. 그러니까 그것만큼은 안 돼. 넌 달라질 거야!"

가논의 오른팔을 두 팔로 감싸듯 붙잡고 있다. 얼굴 바로 옆에 나이프의 칼날이 번쩍이고 있지만 신지 군은 그럼에도 힘을 빼지 않았다.

"가논, 그러니까 포기하지 마."

신지 군이 단언한 순간 가논은 나이프를 떨어뜨렸다. 힘을 뺐는지 가논의 팔을 세게 잡아당기고 있던 신지 군과 함께 균형을 잃고 넘어진다.

그 두 사람을 보고 가슴이 뜨거워졌다.

"달라지지 않는다고 누가 정했어?"

나는 린쿠 씨를 쏘아본다.

"뭐?"

"달라지지 못하고 몇 번이고 반복해서 죄를 짓는 사람도 분명히 있겠지. 하지만 그게 가네쿠라 씨인지 아닌지는 모르잖아? 다른 방식으로 살아갈 수도 있지 않겠어?"

과거 행적이 미래를 전부 결정한다면 더러워서 살겠나.

폭력을 억제한 가논처럼, 범죄를 저지르려던 동료를 악착같이 말린 신지 군처럼 과거를 뉘우치고 미래를 새롭게 설계할 수 있다.

우리는 다시 시작할 수 있다. 남들이 부정하든 말든 상관없다.

"난 쇼의 형이야."

린쿠 씨는 딱 잘라 말했다.

"녀석은 정상적인 사회에선 살아갈 수 없어. 이 녀석은 내가 제일 잘 알아."

"배신당한 주제에?"

"그건――."

"그 시점에서 이미 아무것도 모르는 거야! 멍청하긴. 결국 감금했잖아. 제일 잘 알아? 그럼, 말로 설득해 보시든가. 그게 안 되니까 두들겨 패서 가둔 거잖아."

점점 노기가 올라오는 린쿠 씨의 태도에도 쫄지 않고 목청껏 외친다.

그가 하는 말은 귀담아들을 가치가 없다. 결국 그는 가네쿠라 씨를 눈곱만큼도 이해하지 못했다. 그래서 가네쿠라 씨는 배신했다. 하지만 그 이유를 생각해 보지도 않았겠지. 이 남자는 **반성도 후회도 하지 않는다.** 그런 인간한테 내가 굴복할 것 같아?

"진짜 웃겨."

콧방귀를 날려주었다.

"그쪽은 동생을 전혀 이해 못 했어."

린쿠 씨는 입술을 깨물었고, 얼굴은 시뻘겋게 달아올랐다.

말싸움에서 이겼다는 생각에 통쾌한 기분이 든다. 문제는 지금부터 틀림없이 나는 죽도록 얻어맞게 될 거란 점이었다. 하지만 받아들이는 수밖에 없다. 나는 이 이상 저항할 수단이 떠오르지 않는다.

린쿠 씨는 무언으로 내게 다가온다. 그 인간이 아무 말없이 팔을 치켜들었을 때, 나를 지키려는 듯 누군가가 가로막아 섰다.

"형, 이제 그만해."

가네쿠라 씨였다. 수갑의 쇠사슬은 어느 틈엔가 끊어져 있었다. 내가 말싸움을 하는 사이에 가위로 끊은 것 같다.

"전부, 형이 말한 대로였어. 각오가 부족했지. 어설프게 비밀을 만들어서 형을 배신했어. 다 내 잘못이야. 얘들한테는 손대지 말아줘."

형의 주먹을 막아내면서 격한 어조로 쏟아낸다.

강하게 내뱉는 어조가 평소 '네버랜드'에서 말할 때와 똑같아서 늘 보아오던 가네쿠라 씨의 모습이었다. 내 입에서 안도의 한숨이 새어 나왔다.

린쿠 씨는 무언으로 주먹을 거두더니 빠른 속도로 발차기를 날렸다. 역시 나는 도무지 반응할 수 없는 속도였지만, 가네쿠라 씨는 손으로 정확히 막았다.

나흘 동안 감금되어 있었다는 생각이 들지 않을 정도로 몸의 중심이 제대로 잡혀 있다.

린쿠 씨는 혀를 차고는 물러났다.

"형제 싸움은 내 취향이 아니야."

가네쿠라 씨가 주장했다.

"그러니까 들어줘. '창선회'에서 빠질게. 블루마에가 아닌 다른 세계에서 살아갈 수 있나 없나 시험해 보고 싶어."

담대하게 주장하는 가네쿠라 씨로 인해 공간의 분위기가 달라졌다.

'창선회' 간부들은 숨을 삼키며. 긴장이 감도는 시선을 가네쿠라 씨에게 보낸다. 가네쿠라 씨의 거대한 몸을 새삼 바라본다. 분명 정면으로 맞붙는 건 그들도 피하고 싶은 듯하다.

그리고 그것은 린쿠 씨도 마찬가지인 모양이었다. 양손

을 호주머니에 찔러 넣고 불쾌하다는 듯 입술을 씹는다.

"거절하겠다면 어쩔 건데?"

"글쎄. 하지만 애들을 지키기 위해 최선을 다할 거야."

"협박하냐?"

"설마. 난 이제 다시는 주먹 안 써. 정당방위 빼곤."

먼저 시선을 돌린 것은 린쿠 씨였다.

"……쇼, 너도."

중얼거리듯 말이 흘러나온다.

"너도 날 버리는구나."

조금 전의 감정을 죽인 것 같은 냉철한 목소리와는 달리 복잡한 색감의 목소리였다. 넋두리처럼 느껴지기도 했다.

가네쿠라 씨는 얼굴을 들어 작게 웃었다.

"버릴 리 없잖아. 우리가 함께한 세월이 얼만데."

린쿠 씨는 눈을 깜박였다. 그러더니 머뭇거리며 크게 한숨을 내쉰다. 나와 가논, 신지 군을 차례로 쳐다본다. 처음으로 제대로 눈을 마주치는 걸지도 모르겠다.

린쿠 씨는 가네쿠라 씨의 허벅지를 가볍게 찼다.

"꺼져, 새꺄. 이제 안 와도 돼. 대신 저 또라이 같은 년이 다시는 여기 못 오게 해라."

누구더러 또라이 같은 년이래? 라며 순간 분개했지만,

가논을 가리키는 게 틀림없다. 내색은 하지 않았지만, 가논의 소름 끼치는 협박은 린쿠 씨에게도 통했던 모양이다. 별안간 나이프를 휘둘러댔으니 당연한 일이라고 봐도 되지 않을까.

가네쿠라 씨는 머리를 깊이 숙였다.

"고마워, 형."

"싱겁긴. 어차피 넌 실패할 게 뻔해."

그렇지 않다고 말해주고 싶었지만 참았다. 아직도 고통스러운 듯 배를 움켜쥐고 있는 신지 군을 일으켜 어깨를 빌려주며 맨션에서 도망쳐 나왔다.

도중에 아리사를 스쳐 지났다. 아리사는 어째선지 원망하듯 나를 노려본다.

"잘해봐."

내가 작게 말하자 은근슬쩍 눈을 부라렸다.

가네쿠라 씨는 열쇠를 받아 수갑을 풀고 신속하게 자신의 소지품을 챙겨 우리 뒤를 쫓아온다. 그러한 가네쿠라 씨에게 린쿠 씨가 말을 걸었다.

"이봐, 쇼. 너, 최근에 걔 만났냐?"

가네쿠라 씨가 고개를 갸웃거린다.

"뭐? 걔라니?"

"너희 리더 말이야. '팅커벨'이었나?"

나는 걸음을 멈추었다. 린쿠 씨의 입에서 왜 그 단어가 나오는 걸까.

난처한 표정을 짓는 가네쿠라 씨를 보면서 린쿠 씨는 추잡스럽게 웃었다.

"역시 넌 멍청해. 이렇게까지 날 방해하는 놈은 한 명뿐이잖아."

린쿠 씨는 냉장고에서 젤리 음료를 두 개 꺼냈다. 한 개를 따서 본인이 마시더니 또 하나는 가네쿠라 씨에게 던졌다.

"난 알아. 손을 쓰기엔 이미 늦었다는 것도."

• • •

결국 우리는 도망치듯 택시를 타고 다 함께 내가 사는 아파트까지 이동했다. 갑자기 피로가 확 몰려왔다. 서로 한마디도 섞지 않은 채 집에 도착했고, 도착하자마자 바닥에 털썩 주저앉았다. 냉장고의 냉기를 쐬면서 달아오른 몸을 식힐 시간이 얼마 동안 필요했다. 6조도 안 되는 비좁은 방은 순식간에 냉기로 가득 찬다. 깊은 한숨을 내쉬고 힘겹게 얼굴을 들어 모두와 시선을 교환하자 웃음이 터졌다.

"가논, 아슬아슬했어. 거의 아웃이잖아."

"그러게. 잘한 짓은 아니었어."

가논은 정말 풀이 죽었는지 고개를 푹 숙인다.

"하지만 이번엔 잘 참았어요."

신지 군이 위로의 말을 건넸다.

"너네 다 어이없거든. 진짜 어쩌려고 그딴 짓을 한 거야."

가네쿠라 씨가 호주머니에서 전자담배를 꺼내다가 여기가 우리 집이라는 걸 깨닫고는 허둥거렸다.

"피워도 괜찮아요."

내가 말했지만, 가네쿠라 씨는 고사했다.

"하지만 고마워. 무지 당황하긴 했지만."

"미안해요. 확실히 폭주하긴 했죠. 가네쿠라 씨의 인생을 멋대로 바꿔버렸네요."

"누가 아니래."

가네쿠라 씨는 비난하듯 노려본 뒤 터지려는 웃음을 억지로 참는 것처럼 큭큭거린다.

"하지만 괜찮아. 애당초 한 걸음 내디딜 결심이 서지 않아서 우물쭈물하고 있었거든. 이번 일을 계기로 진심으로 인생을 새로 시작할래."

화가 난 것 같진 않다. 가슴을 쓸어내렸다. 린쿠 씨가 말해주기 전까지 기세만으로 밀어붙이고 있다는 걸 자각하지 못했다.

하지만 우리도 가네쿠라 씨 때문에 인생이 달라졌으니까 비긴 셈 치면 좋겠다.

"미즈레도 직장을 구해서 착실히 살고 있으니 나도 어떻게든 되겠지, 뭐."

가네쿠라 씨는 아슬아슬하게 입을 놀리면서 혼자 납득한다. 나는 농담을 하면서도 얼굴에 번지는 미소를 감출 수 없었다.

미리 준비해 둔 주스를 냉장고에서 꺼냈다. 각자에게 페트병을 하나씩 나눠주자 가논이 흥겹게 말했다.

"우리 '네버랜드'의 승리에 건배."

우리 팀명이 그런 거였어? 라고 의문을 품으면서 콜라를 꿀꺽꿀꺽 넘긴다. 기분이 좋다. 목적은 달성했다. 이런저런 석연치 않은 부분이 없는 건 아니지만, 최종적으로는 누구도 상처 주지 않고 상처받지 않고 가네쿠라 씨를 구출하는 데 성공했다.

주스뿐인 축승회도 나쁘지 않다. 미성년자인 우리가 여

는 건전한 파티.

건배 후, 신지 군이 손을 들면서 말한다.

"그나저나 가네쿠라 씨."

"결국 팅커벨은 누구죠? '창선회' 멤버예요?"

아직 거대한 의문점이 남았다.

우리는 블루마에서 여러 방면으로 조사했지만, 힌트 조차 얻지 못했다. 팅커벨이 사라진 이유도 모른다.

"아니, 사실 나도 몰라."

가네쿠라 씨가 겸연쩍은 듯 말했다.

"나도 온라인에서 만나는 게 다야. 왜 갑자기 연락이 끊어진 건지도 모르겠어. 요 며칠 동안 '네버랜드'에 안 왔지?"

우리는 동시에 고개를 끄덕였다.

다시 말해, 관련이 있을 거라 지레짐작했던 가네쿠라 씨와 팅커벨의 실종은 직접적인 관계가 없었던 것 같다. 경위를 살펴보자면 팅커벨이 '네버랜드'에서 먼저 사라졌고, 상담자를 잃은 가네쿠라 씨가 독단으로 멤버를 늘리려다가 린쿠 씨에게 들키고 만 것이다.

"단지, 형이 마지막에 이상한 말을 했어."

가네쿠라 씨는 페트병에 담긴 주스를 단숨에 삼켰다.

"'걔'라든가 '손을 쓰기엔 늦었다'라든가. 마치 나도 아는 사람인 것처럼."

"짚이는 게 없어요?"

"아니, 있긴 있어. 레이라고 불리던 사람. 쓰키시마 레이시 씨. 만약에 '예전에 형을 방해했던 사람'이라면 그 사람 말곤 떠오르지 않아."

무언가를 숨기는 듯한 함축적인 말투다.

신지 군이 무언가가 떠오른 듯 눈을 번쩍 뜬다.

단지, 라며 가네쿠라 씨는 뒤통수를 벅벅 긁었다.

"다른 사람인 것 같아. 목소리가 완전 딴판이거든. 목소리야 조금 달라졌을 수도 있겠지만 내가 기억하는 것과는 전혀 다른 사람이라서."

자세한 이야기를 들었다. 가네쿠라 형제가 예전에 고향에서 강도질을 일삼던 시기에 쓰키시마 레이시라는 인물이 그 집단의 이인자였는데, 팀원 모두가 체포된 후에 쓰키시마 레이시는 린쿠 씨와 대립각을 세우며 다른 멤버들과 팀에서 나갔다고 한다.

가네쿠라 씨를 제외한 우리 세 사람은 숨을 삼키고, 동시에 시선을 교환했다. 모두 일제히 떠오른 모양이다.

"목소리라면 간단히 바꿀 수 있어요."

가논이 대표하듯 말했다.

"뭐?"

"보이스 체인저예요. 가상공유공간에서 사용하는 사람
도 아주 많아요. 요즘 소프트웨어는 개인의 음성에 맞춰
피치[44](Pitch)나 포먼트[45](Formant)를 세밀하게 조정할 수 있
어서 엄청 자연스러운 목소리를 낼 수 있어요."

가네쿠라 씨의 표정이 변한다. 그는 몰랐던 것 같다. 원
래 정보기기에 젬병이라고 본인도 말했었다. 요즘은 남성
이 여성 목소리로 라이브 방송도 하는 시대다. 우리는 온
라인에서만 팅커벨을 만났기 때문에 실제 목소리가 어떠
한지 모른다.

"그렇다면 정말 쓰키시마란 사람일지도 모르겠네요."

방에 있는 모두가 입을 다물었다. 같은 생각을 하는 모
양이다.

가네쿠라 씨가 고개를 끄덕였다.

"쓰키시마 씨가 지금 어디에 있는지 찾는 수밖에 없겠
네."

---

44 음높이.

45 어떤 물체가 가진 고유한 공진 주파수 특색을 말하는데 사람 목소리의 경
우, 성대 포먼트(성대 모양)에 의해 목소리 톤이 결정됨.

이의는 없다. 만약 그가 팅커벨이라면 물어보고 싶은 게 산더미다.

——'네버랜드'는 왜 만들었으며, 그리고 왜 별안간 모습을 감추었는지.

6

'네버랜드'에서 함께 지낸 동료들에게

라고 쓰긴 했지만, 이 문서가 과연 여러분에게 도착할 수 있을까요.

어떻게 될까요. 남은 시간 동안 최선을 다해 쓰고 싶지만, 때에 따라서는 보낼 타이밍을 놓쳐버릴지도 모릅니다. 만약 그리되면 이보다 더 멍청한 짓도 없을 겁니다. 그럼에도 여러분께 당도하리란 전제하에 이야기하려고 합니다.

이것은——'인수인계서'.

여러분께는 밝히지 않은 '네버랜드'의 모든 것이 적힌 내용입니다. 강요하는 걸지도 모르겠지만 읽어주면 좋겠습니다.

그리고——제 부탁을 들어주셨으면 합니다.

조금 길어지겠지만 대신 여러분이 품은 의문을 해소할 수 있을지도 모릅니다. '이 네버랜드의 목적' 그리고 '제 정체'에 대해서.

어쩌면 단순히 알아줬으면 하는 걸지도 모르겠네요. 여러분만큼은.

이제부터 죽음을 향해 가는 제 이야기를요.

가장 먼저 고백해야 하는 건, 저는 선량한 어른이 아니란 겁니다.

전 여러분과 마찬가지로 예전에 큰 죄를 저지른 인간입니다.

저도 예전에 소년원에 들어갔었습니다.

• • •

14세 겨울, 나는 소년원에 입소했다.

소년원과 교도소 중, 소년원이 더 가혹하다는 이야기를 들은 적이 있다. 두 곳 다 가본 경험이 있는 사람에게 물어

보면 대개 "소년원이 더 괴롭지."라고 대답하는 모양이다. 법무 교관에게 들은 이야기라서 진위는 명확하지 않지만, 설명을 듣자 이해가 갔다.

소년원은 교육의 장소이며, 교도소는 징역의 장소이다. 물론 교도소에서도 갱생지도를 하지만 대충 그렇게 구분한다. 교도소는 수인(囚人)에게 징역을 부과하는 장소라서 다른 시간은 소년원에 비해 제약이 적다. 소년원은 교육하는 장소이기에 24시간 동안의 모든 행동이 지도 대상이다. 교도소보다 훨씬 엄격한 제한이 있다.

일단 사담은 금지다. 대화하려면 매번 법무 교관에게 허락받아야 한다. 교도소는 통상 오후 5시부터 9시까지가 저녁 식사와 자유시간이지만, 내가 입소한 소년원의 자유시간은 오후 8시부터 9시까지의 단 한 시간뿐. 저녁을 먹은 후에도 강의나 작문 시간이 짜여 있다. 규율을 어기면 징계를 받는다. 독방에 갇혀 끝도 없이 반성문을 써야 했다. 운동도 독서도 못 하고 그저 벽만 바라본다.

나는 이곳에서 지내면서 △가 ○가 되는 이미지를 품었다.

법무 교관은 엄격했고, 욕설이 난무하는 곳에서 우리 마음은 상처로 너덜너덜해진다. 세상의 일반 학교에서는 '체벌'이라고 여겨지는 행위가 소년원에서는 당연하듯 자행된다. 조례 때 줄을 세워놓고 모두가 일제히 '안녕하십니까'라고 인사한다. 목소리가 가장 작은 사람은 기합이 부족하다고 트집잡혀 벌로 스쾃을 해야 했다. 전원이 소리를 지르면 당연히 가장 소리가 작은 사람이 나오기 마련이다. 조금이라도 의아해하는 시선으로 쳐다보면 "열을 흐트러뜨리지 마!"라고 고함을 지르며 같은 벌을 내린다.

정신을 가공한다. 뾰족한 부분을 달군 후 망치로 두드리고 갈아서 여러 차례 형태를 일그러뜨린다. △가 ○가 될 때까지 변형시킨다. 그런 느낌.

소년원 입원자들끼리도 결코 사이가 좋다고 말할 수 없다. 화장실 청소 중에 교관의 눈을 피해 물을 뿌리는 녀석. 밥에 일부러 벌레를 쑤셔 넣고 히죽이며 웃는 녀석도 있었다. 이유 따윈 없었을 것이다. 보복하려고 때렸더니 싸움으로 번져 법무 교관에게 호통을 들은 후, 독방에 갇혔다. 웃기지 마, 라고 격분했다.

그런 식으로 낮에 아무리 당차게 행동해도 밤이 되면 마음이 위축된다.

소년원의 밤은 길다. 밤 9시에 취침, 아침 7시에 기상. 입원한 지 얼마 되지 않았을 때는 매일 해야 하는 운동이

나 엄한 질책 때문에 녹초가 되어 곯아떨어지지만, 익숙해지면 이 긴긴밤을 주체하지 못하게 된다. 나만 그런 게 아니다. 3인 1실의 단체방에서는 때때로 흐느껴 우는 소리가 들렸다. 내 저녁밥에 벌레를 넣었던 남자는 부모님과 면담한 날 밤에는 꼭 울곤 했다. 처음에는 멍청한 녀석이라고 생각했지만, 이윽고 덩달아 눈물을 흘릴 때도 있었다.

——미안합니다. 제가 상처를 준 아이나 씨. 정말 죄송합니다.

피해자 아이에게 용서를 구하는 밤이 있는가 하면, 제멋대로 내 앞날을 걱정하는 밤도 있다.

——난 앞으로 어떻게 되는 걸까.

지금까지처럼 중학교는 다닐 수 없다. 어디 먼 곳으로 이사 가고 싶다. 새로 시작하고 싶다. 하지만 돈은 어쩌지? 부모님은 내 이기적인 투정을 받아주실까. 정나미가 떨어졌다고 해도 이상할 게 없다. 중졸인 내가 일한다고 하면 세상은 어느 만큼 허용해 줄까. 이유를 물어보면 뭐라고 대답해야 하지?

어떤 설교보다 어떤 면담보다 이 긴긴밤이 훨씬 교화에 효과적이다.

어둠 속에서 ○가 되어가야 할 내가 △보다 더 일그러진

도형으로 망가지지 않도록 죽을힘을 다해 저항하는 시간이 길게 이어졌다.

난 원래 스케이트보드를 좋아하는 평범한 소년이었다.

중학교에 진학했을 때부터 역 앞의 스케이트보드 파크에 다니게 됐고, 그곳에서 지인들이 생겼다. 파크에는 질서가 있다. 모두가 자기 좋을 대로 타면 사고가 끊이지 않을 것이다. 그래서 사용자들이 대화를 주고받으며 자연스럽게 친해진다.

가장 친해진 사람이——가네모토 가이라는 남자.

기술을 가르쳐달라며 말을 걸어온 후로 자주 대화를 나누게 됐다. 처음에는 스케이트보드 이야기만 했지만, 얼마 안 있어 서로 개인적인 이야기를 털어놓게 됐다.

나는 가네모토 가이의 가정환경을 알게 됐고, 그에게 동정심이 생겼다.

어머니는 온데간데없이 사라졌고, 집에 남은 건 폭력을 행사하는 아버지뿐. 매일 누군가의 집에서 얹혀 지내며 식량을 얻어먹는다. 밥을 먹는 것조차 어렵다.

비교적 유복한 가정에서 태어난 나는 가네모토에게 무언가를 해주고 싶은 생각이 들었다. 집으로 돌아가는 나를 늘 쓸쓸한 눈빛으로 바라보는 가이에게 양심의 가책을 느졌다. 가이는 사람의 보호본능을 자극하는 묘한 매력을 지 녔다.

그래서 나는 가네모토 가이의 부탁을 들어주고 말았다.

그의 부탁은 강도질이었다.

하지만 그 당시 나는 죄의식이 별로 없었다.

가네모토 가이가 여러 차례 설득하는 바람에 거절하지 못한 이유도 있다.

"부탁할 사람이 너뿐이야."

"돈이 있을 것 같은 놈만 노리는 거야."

"수고비랑 내 밥값 이상은 안 훔쳐."

"난 동생도 있어. 굶어 죽게 만들 셈이야?"

하소연은 거듭 듣는 사이에 받아들이고 말았다. 물론 지 금 생각해 보면 변명일 뿐이지만.

곤경에 처한 친구를 돕기 위해서. 아주 조금 나쁜 짓을 할 뿐이다. 나는 나를 그렇게 세뇌했다.

타깃을 밀쳐 넘어뜨리고 지갑을 빼앗으면 모두 사방팔 방으로 흩어져 도망치는 게 룰이었다. 나는 현장에서 재빨 리 벗어나려고 스케이트보드에 올라 지면을 세게 박차며 가속도를 붙여 내리막길을 경쾌하게 내달렸다. 강도질은 다섯 번 정도 어렵지 않게 성공했다. 그래서 방심했다. 길

옆에서 나타난 아홉 살 여자아이를 미처 눈치채지 못했다.

난 한 여자아이를 망가뜨렸다.

충돌한 나와 여자아이는 병원으로 옮겨졌다. 사고를 일으킨 나는 다섯 번에 걸친 강도질도 발각되어 소년감별소와 가정재판소로 갔고, 이윽고 1년 상당의 소년원행이 결정됐다. 다른 동료들 역시 체포되어 제각기 다른 소년원으로 송치됐다고 전해 들었다.

내가 저지른 죄의 무게는 소년원에서 나온 후에도 통감했다.

소년원에서 나온 나를 맞아준 것은 아버지뿐이었다. 얼굴에 피곤한 기색이 역력한 아버지는 나를 보자마자 "네가 안에 있는 동안에는 말 못 했다만."이라고 미안하다는 듯 시선을 떨구며 "별거 중이란다."라고만 말씀하셨다.

차를 타고 있는 동안 모든 사실을 들었다.

나와 누나의 대학 학자금으로 사용하려고 모은 돈을 전부 민사상 손해배상금으로 지불했다고 한다. 고소를 당한 부모님은 속죄의 뜻으로 상대방이 제시한 금액을 전부 감당했다. 비용을 마련하려고 차도 팔았다. 원래 도쿄에 있는 대학에 가려던 누나는 장학금으로 학비와 생활비를 충당하는 건 무리라는 걸 알게 되자 나와 부모님을 비난했다. 자연스럽게 집안에서는 말다툼이 늘었고, 견딜 수 없어진 어머니와 누나는 외가에서 지내기로 했다고 한다.

"넌 신경 쓰지 않아도 돼."라며 보듬어주시는 아버지께 어떻게 사과를 드려야 좋을지 알 수 없었다.

열다섯 살이 된 나는 조용해진 집에서 자택 학습에 매진했다.

도저히 중학교로 돌아갈 수 없었다.

피해자에게 계속 편지를 쓰면서 반복되는 후회에 끊임없이 시달리고 있을 때 생각지도 못했던 사람이 우리 집을 찾아왔다.

가네모토 가이였다. 그는 현관에서 스스럼없이 손을 들고서 웃으며 말했다.

"공부하느라 수고가 많네."

아버지는 일하러 나가셨을 때라 무심코 집 안으로 들어오게 했다.

"석 달 전에 나왔다면서? 치사하네. 난 지난주에 간신히 나왔어. 소년원에서 지겨워 죽는 줄 알았다니까."

마룻바닥에 주저앉아 직접 사 온 주스를 마시면서 일방적으로 떠들어대는 가이. 한 번 시작된 수다는 멈추지 않았다. 오랜만에 만나서 흥분한 모양이다. 도중에 주먹으로 마룻바닥을 몇 번이나 두들기면서 법무 교관을 욕하고는 내 팔을 때렸다.

"한판 타러 가자. 쇼가 아직 소년원에 있어서 심심해. 걔가 좀 멍청하잖아. 징역 처분만 잔뜩 받아서 기간이 길어졌어."

"보드는 버렸어. 이만 돌아가."

그의 팔을 뿌리치며 말했다.

"꺼지라고. 이제 너랑 안 만날 거야."

가이의 눈에서 웃음이 사라지더니 삽시간에 눈이 가늘어졌다.

"뭐? 왜 그래, 레이."

"너, 반성 안 했잖아? 그런 놈이랑은 더 이상 어울릴 수 없어."

뜻을 분명히 전하자 가이는 모든 것을 이해했다는 듯 어깨를 움츠렸다. 비웃듯이 '예, 예' 하더니 입가를 씰룩이며 일어나 책상에 걸터앉았다.

"아, 그래? 그쪽으로 붙었구나? 꼴사납긴. 어른들한테 혼 좀 났다고 친구를 홀랑 버리네. 내가 사람을 잘못 봤어."

"마음대로 지껄여."

"변했구나, 너. 자상했던 내 친구는 어디로 갔을까?"

"넌 어째 하나도 변한 게 없냐. 또 내 동정심을 이용하려고?"

"듣기 거북하게 왜 이래. 그래, 그래. 전부 내 잘못이라 이거지? 알겠어, 인마. 김샜어. 딴 놈들한테 말해보지 뭐."

가이의 목소리는 부드러웠지만, 느닷없이 책상 옆에 있던 의자를 들어 올리더니 나를 향해 내던졌다. 하지만 앉아서는 정확히 조준하기 어려웠는지 근처에 있는 책장에 부딪친다. 책장이 기울어 위에 올려두었던 만화책이 떨어졌다.

가이는 따분하다는 듯 혀를 차고 책상에서 내려왔다. 그러더니 바닥에 놔두었던 페트병을 발로 차고는 방에서 나가려 한다. 옆으로 쓰러진 페트병에서 흘러나온 콜라가 카펫에 스며들더니 내 발까지 적셨다.

"……넌 정말 후회하지 않는구나."

감상을 말하자 가이가 발을 멈췄다. 개의치 않고 계속 말했다.

"넌 소년원 정도로는 갱생이 안 되네."

"갱생이 뭔데?"

가이가 코웃음을 친다.

"내가 나쁜 놈 같잖아. 뭘 모르시네. 난 다른 룰로 살아 가는 것뿐이야."

이를 갈고 있었다.

내 잘못 중 하나는 가네모토 가이라는 존재를 잘못 봤다 는 점이다. 가엾기 그지없는 불쌍한 소년이라고 단정하고 는 동정심 때문에 가이와 범행을 저질렀다.

가네모토 가이에게는 불행이라고 부를 만한 성장 배경 이 있다. 하지만 가이는 본인의 불행에 주변 사람들을 가차 없이 끌어들인다. 그러한 측면을 똑바로 인식했어야 했다.

"다른 팀원들에게도 미리 말해놨어."

내가 말했다.

"뭐?"

무슨 뜻인지 이해가 안 된다는 듯 가이는 눈을 깜박였다.

틈을 주지 않고 대답해 주었다.

"네가 소년원에 있는 동안 멤버들에게 말했지. 그 녀석 은 남을 불행하게 만들 뿐이니까 오더라도 상대하지 말라 고 설득했어. 이제 아무도 너 같은 놈하곤 동료가 되지 않 아."

가이는 잽싸게 덤벼들며 두 손으로 내 멱살을 잡으려고 했지만, 내가 그 팔을 되레 붙잡았다. 기세를 꺾지 못해 근처 벽에 등을 부딪쳤지만, 가이의 두 팔을 놓아주진 않았다. 힘겨루기는 내가 한 수 위였다. 서서히 가이의 몸을 밀어낸다.

"더는 네 불행에 다른 사람을 끌어들이지 마."

소년원에서 내린 대답 중 하나였다. 가네모토 가이가 개심할 거라고 생각하지 않는다. 가이는 출원 후에도 범죄를 반복하면서 아무 죄의식 없이 동료를 끌어들이겠지. 그런 건 인정할 수 없다. 이 이상 피해자가 생기는 것도, 누군가를 가해자로 만드는 것도 지긋지긋하다.

난 출원한 직후부터 나와 마찬가지로 출원한 다른 동료들에게 연락해 가이와는 두 번 다시 엮이지 말자고 맹세했다.

가이의 얼굴이 점점 붉어진다.

"정의의 사도 납셨네."

그는 몸을 비틀어 내 팔에서 빠져나와 두 걸음 물러서더니 말했다.

"네가 친 여자애, 히라가 아이나였나? 하반신 불구지?"

이번에는 내 표정이 일그러졌다. 반사적으로 입술을 깨물며 폐의 깊은 곳이 찌부러지는 듯한 강한 회한을 견딘다.

가이는 재밌다는 듯 누런 이를 드러냈다.

306

"넌 갱생한 것 같냐? 예전보다 괜찮은 사람이 된 것 같은 기분이 들어? 걔한테 말해보시지. '넌 평생 제대로 걷지 못하겠지만, 난 다시 태어난 것처럼 열심히 공부해서 좋은 대학에도 가고, 일류 기업에 취직도 하고, 결혼해서 화목한 가정을 만들도록 노력할 거야'라고. 어때? 내가 걔라면 구역질이 날 정도로 열 받을 것 같은데."

가이는 근처에 있는 벽을 세게 때렸다.

"갱생 같은 그럴듯한 개소리 씨부리지 마! 그건 전부 네 사정이잖아. 인마!"

뺨을 후려갈기는 듯한 거센 비난이었다.

그때 현관에서 자동차 엔진 소리가 들렸다. 아버지가 돌아오신 모양이다. 가이는 흥이 사라진 듯 고개를 좌우로 흔든다. 가이가 몸을 돌리자 가이가 때린 벽이 보였다. 벽지가 뚫렸고, 벽이 깨졌다.

"'네 불행에 다른 사람들을 끌어들이지 마'? 누가 누구한테 해야 할 말인지 모르겠군."

가이는 나지막한 어조로 말했다.

"넌 행복해질 자격도 없잖아."

난 전혀 되받아칠 수 없었다.

이겼다는 듯 멀어져가는 가이의 뒷모습을 그저 바라볼

수밖에 없었다.

• • •

내가 망가뜨린 히라가 아이나는 축구를 잘하는 여자아이였다고 한다.

지역 축구클럽에서 활동하며 축구 소년들에게도 지지 않는, 공차는 걸 정말 좋아하는 소녀였다.

축구클럽에서 돌아오던 길에 사고를 당한 것이다. 마중을 나온 엄마와 함께 그라운드 근처 주차장으로 이동하던 중에 나와 부딪쳤다. 당시 내 키는 170㎝. 맹렬한 스피드로 언덕을 내려온 나와 충돌한 아홉 살 여자아이는 등과 머리를 세게 부딪쳐 졸도했다. 나 역시 머리를 세게 부딪쳐 한동안 몽롱했지만, 히라가 아이나 어머니의 절규로 정신이 들었다. 소녀는 병원으로 옮겨져 즉시 치료를 받았으나 후유증이 남고 말았다.

부모님이 치른 3천2백만 엔의 배상금으로는 도무지 씻을 수 없는 죄다.

부모님께서 사죄하러 가셨지만, 상대측은 거듭 문전박대했다. 내가 직접 갈 수도 없는 노릇이라 편지를 계속 보냈다.

가네모토 가이의 대사를 부정할 수 없다. 이런 놈이 행복해져도 되는 걸까.

하지만――그렇다면 나는 무엇을 위해 살아가면 좋을까?

• • •

마음에 박힌 가이의 말은 저주처럼 여러 번 고통을 야기했고, 늘 마음을 침식시켰다. 눈앞의 신호가 점멸할 때, 달리는 것도 걷는 것도 불가능한 히라가 아이나가 머리를 스쳐 지나가고, 치밀어 오르는 구역질을 견뎌낸다.

차라리 가네모토 가이처럼 모든 걸 남 탓으로 돌리고 파멸적으로 살면 된다고 생각할 때도 있다. 난동을 부려 많은 이를 다치게 한 후 최종적으로 사형대에 오르면 히라가 아이나도 의외로 기뻐하지 않을까. 꼴좋다며 묵은 체증이 내려가는 듯한 후련함을 느끼지 않을까.

누나와 엄마에게 버림받고, 친구들에게도 손절당해 자포자기와 매한가지인 상태였다. '도와주세요'라고 외치는 것조차 어리광이라고 느꼈다. 머리가 이상해질 것 같았다.

"자조 그룹이라는 게 나고야에 있다나 봐."

아버지가 도움의 손길을 내미셨다.

"레이시처럼 교도소나 소년원에서 나온 사람들 모임인데. 가볼래?"

그런 곳이 있다고? 놀랐다.

긴장하며 고개를 끄덕이자, 아버지는 토요일에 데리고 가주셨다.

그 모임은 커뮤니티센터의 룸 하나를 빌려 진행되었다. 스무 명 정도의 남녀가 모였다. 나 같은 미성년자도 섞여 있다. 참가자들은 거리에서 흔히 볼 법한 평범한 외모의 중년이나 소년이라 과거에 죄를 저지른 사람이라는 생각이 들지 않는다.

놓여 있는 테이블 끄트머리에 앉으니 시계 방향으로 근황 나눔을 하겠다고 한다.

연둣빛 카디건을 걸친 상냥해 보이는 여성이 일어났다. 쑥스러운 듯 머리를 숙였다.

"아는 분도 많지만, 저는 2년 전 절도죄로 체포됐습니다."

어안이 벙벙해진 나와 아버지 앞에서 여성은 이야기를 이어갔다.

"도벽이 있어서 지금도 큰 가방은 가지고 다니지 않습니다. 호주머니가 큰 옷도 사지 않습니다. 이렇게 노력한 덕에 도둑질하지 않게 되었고, 남편이나 딸과도 대화가 많이 늘었습니다. 다음 달에는 5년 만에 가족여행을 갈 것 같습니다. 여행 중에 가방을 들지 않으면 마음이 불편할 것 같아서 지금 투명 가방을 열심히 알아보는 중입니다."

참가자 모두 따뜻한 박수를 보냈다.

"여행, 잘 다녀와요."

안녕을 비는 사람도 있다. 여성은 겸연쩍은 듯 미소를 띠며 착석했다.

그 후로 돌아가며 근황 나눔이 이어졌다. 본인의 죄명은 말해도 되고 말하지 않아도 되는 룰인 것 같다. 하지만 참가자 대다수가 털어놓았다. 절도가 가장 많고, 개중에는 상해나 사기도 있다.

"사람을 때렸습니다."

도저히 그렇게 보이지 않는 사람이 별안간 고백하고 숨을 삼키고 만다.

"특수사기의 '우케코[46]'로 활동했습니다."

내 또래 아이는 눈물을 글썽이며 말한다.

___

46 피해자에게 현금이나 현금인출카드를 받아내는 역할.

근황 나눔이 끝나자 과자와 차가 나왔고, 담소 시간으로 이어졌다.

모임이 진행되는 상황을 지켜보고 있으니 리더인 남성이 다가와 말을 건넨다.

"어땠어요?"

삼십 대 후반의 안경을 쓴 자상하게 생긴 사람이다. 남성은 근황 나눔 때 예전에 폭주족 생활을 반복했었다고 밝혔다.

감상을 솔직히 말하기로 했다.

"원론적인 질문인데요, 우리 같은 사람들이 모여도 되나요? 소년원 교관님은 만나지 말라고 하셨거든요."

"그렇죠. 이해합니다, 이해하고말고요."

남성 리더는 팔짱을 끼고 고개를 힘껏 끄덕인다.

"사담은 절대 금지라는 룰, 기억해요? 그 이유 중 하나는 연락처를 교환하지 못하도록 하기 위해서라는군요. 출원 후에 모여서 비행을 반복하지 못하도록 말이죠."

리더의 대답을 듣고 문득 어깨 힘이 빠졌다.

이 사람은 명명백백한 소년원 출신이라는 게 새삼 와 닿았다.

"무지 불합리하다고 생각했어요."

"시대 흐름과 안 맞긴 하죠. 연락하려고 마음만 먹으면 요즘엔 SNS로 간단히 연락할 수 있으니까요. 그런 제한을 둘 바에야 차라리 이렇게 격려하는 자리를 마련하는 게 좋죠. 뭐, 케이스 바이 케이스일지도 모르겠지만."

"그렇군요."

"소년원이나 교도소에서 나온 사람을 가장 괴롭히는 건 고독이에요. 직접적인 도움을 주는 건 아니지만, 같이 있는 것만으로도 위로가 되기도 합니다."

지극히 동의한다. 지금 내겐 친구라고 말할 수 있는 존재가 없다. 가이와도 거리를 두었고, 팀의 다른 멤버들과도 이미 접촉을 끊었다. 인연을 맺게 된 보호사는 나이 차이가 너무 많이 나서 고독한 감정까진 치유되지 않는다.

이 그룹에 강한 매력을 느끼기 시작했다.

"하나만 가르쳐주세요."

남성 리더에게 줄곧 품고 있던 마음을 털어놓았다.

내가 다치게 만든 여자아이, 가이가 내게 했던 말, 그리고 소년원에서 느꼈던 깊은 후회를 늘어놓으며 지푸라기라도 잡는 심정으로 말했다.

"제가 행복해져도 되는 걸까요?"

"그 질문에 대한 답은 저도 잘 모릅니다. 같이 생각해 보기로 하죠."

남성 리더는 고개를 끄덕이며 즉시 답해주었다.

간단히 긍정적으로 말하지 않은 그 대답이 어째서인지 한없이 기뻤다.

부등교[47] 상태로 중학교를 졸업하고 고향에서 떨어진 고등학교에 다니면서 한 달에 한 번 자조 그룹에 참석하게 됐다. 또래와는 금방 친해져 함께 놀 때도 있었다.

자조 그룹에서는 특별한 걸 하지 않는다. 일 년에 두 차례 정도 가볍게 여행을 떠나지만, 그것 이상은 하지 않는다. 그저 담소를 나누고 편히 쉴 뿐. 근황을 이야기하고, 때때로 불안을 털어놓으면 '괜찮아', '지나친 걱정인데?' 같은 위로의 말을 듣는다. 그것만으로도 가슴에 자욱하게 낀 검은 구름 같은 우울한 기분이 사라지고 긍정적으로 생각할 수 있는 힘이 생겼다.

무엇보다 좋았던 점은 의문을 털어놓을 사람이 있다는 점이다. 변호사나 법무 교관 출신자가 자원봉사자로 참가했다.

"갱생이란 게 뭘까요?"

예전에 내가 있던 곳과 다른 소년원에 있었다는 법무 교

---

47 학교 등교를 거부하는 상황이나 학생.

관 출신자에게 물었다. 이미 정년을 맞아 퇴직한 고령 남성이다.

"예를 들면 현재 저는 '갱생했다'라고 말할 수 있는 상태인가요? 소년원에서 나온 지 벌써 반년이 됐는데 비행이라고 할 만한 행동은 하지 않았거든요. 매달 보호사와 만나고 있고 준수사항도 어기지 않았어요."

"사람들은 일반적으로 '갱생 중'이라고 표현하죠."

"맞아요. 저도 가볍게 '갱생했다'고 말해선 안 된다고 생각해요. 하지만 그렇다면 언제 어떤 상태가 되어야 그렇게 말할 수 있죠?"

끈질기게 질문을 이어가는 내게 고령 남성은 싫은 내색 한 번 하지 않았다.

"그 대답은 '평생'이라고 할 수 있겠죠."

그는 다정하게 타이르듯 가르쳐주었다.

"소년법 규정상 '전과'라는 형태는 남지 않지만, 죄를 지은 과거는 사라지지 않습니다. 예를 들어 어른이 되고, 노인이 된다고 해도 레이시 군이 다시 죄를 지으면 과거를 아는 주변 사람들은 '역시 갱생한 게 아니었다'라는 시선으로 보겠지요."

"평생이라……. 까마득하네요."

"세상은 그런 곳입니다. 과거에 소년원이나 교도소에 있던 사람이 사회에서 재차 죄를 지으면, 설령 사회에 복귀한 기간이 십 년이든 이십 년이든 갱생과 관련된 사람은 '이런 놈을 방임하지 말라'는 비난의 목소리를 듣습니다."

자조하듯 어깨를 으쓱한 후 말했다.

"갱생은 평생에 걸쳐 증명해야 하는 게 아닌가 싶습니다."

마음에 그윽이 스며드는 말이었다.

나는 그 밖에도 많은 질문을 던졌다. '죄와 어떻게 마주해야 하는가?', '피해자를 어떤 마음으로 대하면 좋은가?', '갱생은 결국 본인의 행복만을 추구하는 행위가 아닌가?' 등등.

모든 질문에 명확한 해답이 있었던 것은 아니다. 때로는 "레이시 군은 참 성실해."라며 쓴웃음을 지을 때도 있었다. 하지만 자조 그룹에 있는 사람들은 끈기 있게 질문에 대답해 주었다. 명쾌한 해답은 아닐지라도 생각할 만한 힌트를 산더미처럼 얻었다.

언제부턴가 자조 그룹 모임이 있는 날을 기다리게 되었다.

이 시기에 결석한 날은 하루뿐이다.

"······?"

여느 때와 같은 모임 당일. 눈을 떴을 때 오른발에 힘이 들어가지 않는다는 걸 눈치챘다. 일어나려고 했을 때 제대로 서지 못하고 그 자리에서 넘어지고 말았다.

피로가 쌓여 자율신경이 흐트러졌나? 하고 생각했다. 생각할 게 너무 많아서 스트레스가 잔뜩 쌓인 거라고.

그날은 만약을 위해 쉬기로 했다.

순식간에 고3이 되었다.

내 입으로 이런 말을 하는 게 쑥스럽지만, 모범적인 학생이었다. 학생회 일원으로 활동하면서 빈 시간에는 공부에 전념했다.

세상 사람들 눈에 나는 '예전에 여자아이를 하반신 불구로 만든 쓰레기 같은 놈'일지도 모른다. 그 사실은 부정하지 않는다. 과거의 잘못은 돌이킬 수 없다. 그렇다면 목표는 '보다 건실함에 가까운 쓰레기'가 아닐까. 더는 사회에 폐를 끼치지 않는 존재.

가네모토 가이는 "결국, 널 위한 거잖아."라며 비난하겠지만 그래서 그게 뭐 어떻다고. 뻔뻔하게 구는 건 가이도 마찬가지다.

소문을 듣자 하니 그는 동생과 나고야로 옮겨가서 계속 범죄를 저지르는 모양이다. 손 쓸 수 없는 몬스터. 잃을 게 전혀 없는 자는 체포도 징역도 두려워하지 않는다.

사람을 살리는 직업에 종사하고 싶어졌다.

의사도 연구원도 많은 사람을 살릴 수 있는 직업이다. 백 명을 살린다 해도 한 사람의 인생을 파괴한 사실은 사라지지 않지만, '좀 더 건실한', '좀 더 선한' 인간이 된다면 그걸로 좋지 아니한가. 바라건대 히라가 아이나에게 큰돈을 줄 수 있는 직업이라면 좋겠다. 배상금을 대신 지불한 아버지께도 보답하고 싶다.

그래서 학업에 매진했다. 급부형 장학금[48]으로 대학에 다닐 수 있는 수준까지 도달했다. 학생회 활동의 성과도 추천 입학에 긍정적으로 작용했다. 이과 계열 학부를 목표로 정하고 면접을 거듭 연습했다.

모든 것이 순조롭다고 생각했다.

내 몸에 점차 빈번히 일어나는 이상 징후를 빼면.

운동 뉴런의 신경 장해——고3 여름, 의사가 내린 진단 결과다.

몸의 이상 징후를 무시하지 못하게 됐을 즈음 병원에서 통보를 받았다.

유명 난치병 중 하나로 손과 발, 혀, 목, 온몸의 근육을

---

48 상환하지 않아도 되는 장학금.

자유로이 움직일 수 없게 되는 병이다. 처음에는 입이나 손발을 움직일 수 없게 되고 점점 걷는 것도 말하는 것도 불가능해진다. 최종적으로는 호흡이나 물을 마시는 것조차 능숙히 할 수 없게 되어——목숨을 잃는다. 치료법은 아직 나오지 않았다. 1년에 10만 명 중 한두 명꼴로 걸린다고 알려져 있다.

안타깝다는 듯 그 사실을 전한 의사는 '진행을 더디게 하는 약이 있다는 것'과 '연명치료가 발달했다는 것'을 알려주었지만, 머리에 들어오지 않았다.

말도 안 돼, 라고 신음하는 아버지 곁에서 눈앞이 캄캄해지는 감각에 휩싸였다.

——나는 앞으로 사람들을 구해야 하는데.

좀 더 건실하고 좀 더 선한 쓰레기. 그것을 인생의 목표로 삼고 분발하자마자 닥친 현실.

가네모토 가이가 뱉은 저주의 말이 머릿속에 되살아났다.

"넌 행복해질 자격이 없어."

그 말이 맞을지도 모른다고 느꼈다.

"……전 왜 태어난 거죠?"

머리를 감싸 쥐며 신음했다.

한 여자아이의 인생을 망가뜨려 놓고 그걸 갚지도 못한

채 죽어간다. 그렇다면 처음부터 태어나지 않는 게 나았을 텐데. 그 누구도 아닌 내가 그렇게 판단한다. 나를 객관화했을 때, 나는 이 세상에 가치가 없는 정도가 아니라 해악일 뿐이다.

나약한 소리를 하자 의사가 자상하게 타일렀다.

"충격 받은 건 잘 압니다. 하지만 지금 이 순간에도 레이시 씨와 같은 병을 앓으면서도 일상을 열심히 살아가는 사람이 있습니다."

현재 일본에는 만 명에 가까운 환자가 있는 듯하다. 그들 역시 최선을 다해 살아온 증거를 남기려 한다.

강력히 말씀하셨다.

"남은 시간 동안 본인이 하고 싶은 일을 정리해 보세요."

그 말은 천천히 시간을 들이며 내 몸에 와 닿았다.

• • •

충격을 받지 않은 것은 아니다. 병명을 전해 듣고 일주일 동안은 아무것도 손에 잡히지 않아서 멍하니 있었다. 학교를 쉬고, 자조 그룹 모임도 결석하고, 침대에서 담요를 둘둘 말고 절망에 빠져 시간을 보냈다. 걱정되어 메시지를 보낸 친구에게 아무런 답장도 할 수 없어서 스마트폰의 전원을 꺼두었다.

그럼에도 몸을 움직인 건 이성의 힘이었다.

꺾이면 안 된다고 몇 번이나 스스로에게 충고했다. 병마가 몸을 좀 먹는 공포에 굴하지 않고 지금부터 내가 해야 할 일을 노트에 적었다.

이대로 인생을 끝내선 안 된다. 의사 선생님의 말씀이 옳다. 같은 병을 앓는 환자들의 수기를 읽으니, 그들이 하루하루를 소중히 여기며 살았다는 사실이 전해진다. 도서관에서 책을 여러 권 빌려 읽으며 조금씩 용기를 얻었다.

——현재 내게 남은 시간 동안 할 수 있는 일.

——예전에 죄를 지은 내가 조금이라도 세상에 공헌할 수 있는 일.

대학 진학은 포기했다. 병의 진행에 따라서는 졸업할 수 있을지 없을지조차 불분명하다. 히라가 아이나와는 만날 수 없다. 사죄조차 거절당했다. 지금 내가 실행할 수 있는 범위 안에서 타인을 위해 할 수 있는 일은 없을까. 생명이 꺼지기 전까지 마무리 지어야 하는 일은 무엇일까.

고심하다 보니 자연스럽게 해답을 찾을 수 있었다.

고3 겨울 저녁 무렵, 나는 나고야로 향했다. 지하철을 갈아타고 사카에 역에서 내려 12번 출구로 나왔다. 조금 걸어가자 수상한 분위기를 풍기는 어느 거리에 도착했다. 국적이 모호한 요리를 판매하는 이자카야, 업태를 알 수 없는 풍속점, 그리고 세련된 디자인 때문에 일순간 고급 레스토랑으로 착각할 것 같은 분위기의 러브호텔.

이런 곳에 공원이 있어? 라며 놀라움을 금치 못하고 있으니 이윽고 널찍한 공간이 보였다. 트레비 분수를 모델로 한 걸까. 푸른빛 조명이 밝혀진 분수가 눈길을 끄는 러브호텔이 있고 그 앞에는 몇 개의 조형물과 화단으로 꾸며진 공원이 있다.

——블루마에.

난 공원 앞에서 걸음을 멈췄다.

가네모토 가이가 여기 있다는 걸 안다. 녀석은 여기서 또 누군가를 불행으로 끌어들이려 한다. 그 사실을 상상하자 마음이 괴로워졌다.

들키면 성가신 일이 생길 것 같은 느낌이 들어 일단 돌아가려고 했을 때, 경련이 났다. 갑자기 말을 듣지 않는다. 균형을 잃고 앞으로 기울며 넘어지는데 오른발도 뜻대로 움직여주지 않는다.

"괜찮으세요?!"

넘어지기 직전에 갑자기 달려온 소년이 껴안으며 잡아주었다. 남고생인 모양이다. 감색 블레이저를 입었다. 강한 두 팔이 지탱해 주어 지면에 곤두박질치는 건 면했다.

얼굴을 들자 쾌활하게 웃는 얼굴이 보였다. 진심으로 안도한 것처럼 웃는다. 산뜻하게 5:5 가르마를 탄 남자.

"갑자기 위험할 뻔했네요."

밝게 말을 건넨다. 내가 단지 실수로 발이 걸려 넘어졌다고 생각하는가 보다.

"도와주셔서 감사합니다."

고마움을 전하며 일어났다.

도와준 소년을 새삼 쳐다보다가 문득 아이디어가 떠올랐다.

"혹시 지금 블루마에로 가는 길인가요?"

"네, 맞아요. 친한 선배가 있거든요."

상냥하게 웃으며 대답한 소년은 비행과는 거리가 멀어 보였다. 악한 짓을 동경하는 것이 아니라 그저 단순히 재미있는 것에 빠져 있는 듯한 인상을 받았다.

"몇 가지 물어볼 게 있어서 그러는데."

나는 소년을 깃사텐[49](喫茶店)으로 안내했다.

---

49 차나 커피, 간단한 음식을 제공하며 레트로한 분위기가 특징임.

소년의 이름은 히구레 히로토라고 했다.

"블루마에에 대해 알고 싶은데."

커피와 쇼트케이크를 사주며 운을 떼자 히로토 군은 내가 누군지 경계하는 기색 없이 술술 말해주었다. 개그맨이 되고 싶다는 히로토 군의 언변은 청산유수였다.

얻은 정보에 따르면 현재 블루마에에는 '린쿠'라는 인물이 관리하는 모양이다. 사진을 보고 그 인물이 가네모토 가이라는 것은 금방 알았다. 블루마에에는 별 뜻 없이 몰려다니며 시간을 때우는 게 전부인 평범한 청소년들이 대부분이다. 파파카츠나 음주, 흡연 정도의 비행을 일삼는 사람은 많지만, 절도나 공갈 등의 범죄에 손을 대는 자는 적다. 드물게 가출 청소년을 포함해 고민이 있는 아이가 있으면 '린쿠'를 소개해 준다고.

"물론 위험한 소문도 들리긴 해요."

히로토 군은 쓴웃음을 지으며 이야기해 주었다.

"'린쿠' 씨가 매춘을 시켰다든가 약을 강매했다든가 뭐 그런 거요. 하지만 솔직히 도긴개긴이란 느낌이 들어서 별로 신경 안 써요. 기본적으로 다정한 사람이에요. 밥도 잘 사주거든요."

그것이 일반적인 블루마에 소년이 본 가네모토 가이인

것 같았다. 상당히 교활하게 활동하고 있다는 사실이 흥분하듯 말하는 그의 어조로 전해졌다.

"진짜 장난 아니에요. '린쿠' 씨 주변엔 소년원 출신자도 있는 것 같던데. 아무도 반항 못 해요."

히로토 군이 하는 말을 들으니 암울한 기분이 든다.

가네모토 가이가 지금도 계속 범죄를 저지르고 있다는 건 의심할 여지가 없다. 하지만 이곳을 오가는 청소년들은 그를 무서워하긴 해도 그 이상으로 외경심을 갖고 있다. 교실에서 따돌림을 주도하는 아이가 일정한 지위를 차지하고 마는 그런 천진난만하고 잔혹한 히에라르키[50](Hierarchie).

생각해 보면 가네모토 가이는 포학하지만 사람들에게 추앙받는 카리스마를 지니고 있었다. 예전에는 나 또한 친밀감을 느껴 가이와 강도질을 했었다.

히로토 군은 한껏 들떠 입술에 크림을 묻힌 채 말한다.

"왜?"

무심코 그런 질문을 던졌다.

커피를 마시려던 손이 멈춘 히로토 군에게 재차 묻는다.

"너희는 왜 블루마에에 모이니?"

---

50 피라미드형 계층 조직.

"다른 덴 시시하니까요."

즉답이었다. 히로토 군의 입가에서 미소가 사라졌다.

"제가 딱히 눈에 띄게 나쁜 짓을 하는 건 아니거든요. 술도 안 마시고 학교도 착실히 다니고요."

"너 말고는?"

"마찬가지예요. 달리 재밌는 데가 없으니까 모이는 거예요. 피난 장소일지도 모르겠네요. 어차피 집에 있어 봐야 잔소리만 들으니까."

히로토 군은 커피를 단숨에 삼켰다. 그 역시 부모와 불화를 겪는 중인 것 같았다.

"물론 뻘짓하다가 걸리는 놈도 있어요. 파파카츠라든가 미성년자 음주 같은 걸로. 시설에 들어가는 사람도 있죠. 하지만 결국 블루마에로 돌아와요. 걔들을 탓할 수 있겠어요? 감별소 같은 데 갔다 오면 평범한 녀석들은 곁에 오려고도 안 해요."

"……그렇지."

내 경우를 떠올리며 동의했다. 고독만큼 마음을 못살게 구는 건 없다. 아버지가 자조 그룹을 제안하지 않았더라면 나 또한 이곳을 찾았을지도 모른다.

하지만 그래선 안 된다. 블루마에라는 안식처 자체는 부정하지 않는다. 허나 그곳은 그 이상의 문제를 품고 있다.

——블루마에는 가네모토 가이의 손아귀에 있다.

가이가, 혹은 가이와 비슷한 인간이 있는 한 블루마에는 항시 위험을 내포하고 있다.

무엇을 해야 할지 차츰 보이기 시작했다. 내가 맞서 싸우지 않으면 안 되는 그것.

히로토 군의 눈을 정면에서 응시했다.

"'린쿠'의 본명은 가네모토 가이. 공갈과 폭행으로 자립지원시설을 두 차례, 강도질로 소년원을 한 차례 경험했어. 고향에서 유명한 악동이야."

히로토 군은 당황했는지 표정이 굳었다.

역시 몰랐던 모양인 것 같아서 고개를 끄덕였다. 아니면 갑자기 정보를 들은 탓에 놀랐을 뿐일지도 모른다. 어느 쪽이든 상관없었다.

"그 녀석은 조심하는 게 좋아. 적절한 거리를 두고 사귀어야 해."

"……네, 감사합니다. 하지만 왜 알려주신 거죠?"

"난 가네모토 가이를 막고 싶어."

원래 생각했던 일이다. 내게 남은 시간이 얼마나 되는지 모른다. 남은 시간 동안 내가 속죄로 해야 할 일. 가장 먼저 떠오른 것이 가네모토 가이로 인해 불행해지는 사람을 줄이는 일이다.

하지만 히로토 군과 대화하면서 내가 오해하고 있었다는 걸 깨달았다.

"──라고 생각했지만, 그것만으론 안 될 것 같아. 그를 막는다 해도 소용없어. 어차피 블루마에의 아이들을 노리는 또 다른 나쁜 무리가 그 자리를 차지할 뿐이야."

그것은 가네모토 가이보다 질 나쁜 인간일지도 모른다.

가이만을 모든 것의 원흉처럼 배제해도 아무것도 달라지지 않는다.

"완전히 형태가 다른 새로운 안식처를 만들어야 해."

그것이 내가 도달한 결론이었다. 블루마에와는 다른 공간을 창조한다.

아직 구체적인 이미지는 완성되지 않았지만, 아이디어는 정리하기 시작했다.

히로토 군은 얼떨떨한지 내 눈앞에서 입을 벌린 채 굳어 있다. 별안간 듣게 된 이야기에 당황한 것 같아서 나는 황급히 사과했다. 나도 모르게 생각했던 것을 그대로 입 밖에 꺼내고 말았다.

히로토 군은 기분 나빠하는 기색도 없이 생글거리며 말

했다.

"잘은 모르겠지만 대박이네요."

꽤 배포가 큰 소년이다.

"가이와는 인연이 좀 있어."

나는 주변에 들리지 않도록 목소리 볼륨을 줄였다.

"게다가 나한텐 남은 시간이 많지 않거든."

이것도 밝힐 필요는 없었지만 무심코 말해버리고 말았다. 쾌활한 히로토 군의 서글서글한 분위기에 의지하고 말았다.

히로토 군은 그 한마디로 눈치챈 듯 아아, 하며 쉰 소리를 냈다. 아무것도 없는 데서 넘어질 뻔한 나를 떠올리는지도 모르겠다.

"레지스탕스 쓰키시마 씨."

히로토 군이 별안간 이상한 단어를 중얼거렸다.

"그게 무슨 소리야?"

"지금 생각한 별명이에요. 블루마에 왕에게 대적하는 혁명가."

지적하고 싶은 부분이 여기저기 있었지만, 히로토 군은 본인의 네이밍 센스에 만족했는지 고개를 힘껏 끄덕였다.

"열심히 하세요. 그거 재밌을 것 같아요. 제대로 된 도움은 못 드리겠지만 지금 들은 건 '린쿠' 씨에겐 비밀로 할게요."

그리고 히로토 군은 그 대신이라는 듯 직접 찍은 쇼츠 영상을 소개했다. 내가 그 계정을 팔로우하자 히로토 군은 천진난만하게 기뻐하며 파트너를 자랑하기 시작했다. 덕분에 난 히로토 군의 파트너인 기하라 신지라는 소년에 대해 자세히 알게 됐다.

헤어질 때, 난 히로토 군이 내민 손을 굳세게 쥐었다.

——블루마에를 대신할 새로운 안식처.

아이디어의 토대가 된 것은 어느 게임이었다.

점점 몸을 움직일 수 없게 된 내가 비탄에 빠지지 않도록 아버지가 사 주셨다. 가상공유공간 안에서 커뮤니케이션이 가능하다. 손가락만 움직일 수 있다면 달리기는 물론이고 점프도 할 수 있어서 많은 세계를 모험할 수 있다.

병을 알게 된 후, 다시 자조 그룹 모임에 참석한 나는 내가 어떤 상황인지 밝혔다. 놀란 동료들에게 현재 목표도 같이 전한다.

"VR 공간 안에 새로운 자조 그룹을 만들고 싶어요."

염두에 둔 것은 물론 이 자조 그룹이었다.

"자조 단체가 전국 어디에나 있는 건 아니잖아요? 소년원에 가는 아이들도 해마다 줄고 있어요. 만남의 자리를 만드는 건 어려운 일일 겁니다."

실제로 내가 다니는 단체에는 현 밖에서 전차를 갈아타고 오는 사람도 있다. 훨씬 벽지에 사는 사람은 참가하고 싶어도 단념했을 것이다.

"좀 더 쉽게 모일 수 있으면서 밀접하게 이어지는 공간을 만들고 싶어요."

내 목표에 많은 이가 동의해 주었다. 개중에는 '수형자 출신이 모여 재범을 일으킬 리스크', '익명자들의 개인 정보가 유출될 리스크' 등 불안해하는 의견도 있었지만, 대부분은 응원해 주었다.

"문제가 생겼을 땐 곧바로 연락하세요."

변호사 선생님께서도 명함을 주셨다.

이름은 이미 정했다――'네버랜드'.

소년원에서 지내는 동안 책장에 있던 『피터팬』의 원작을 자유 시간에 읽었다. 유소년기 때 봤던 애니메이션 영화의 이미지와 다른 피터팬의 잔학성에 놀라기도 했지만, 결말이 묘하게 인상적이라 기억에 남았다.

주인공들은 피터팬을 따라 네버랜드로 향해 그곳에 있던 아이들과 함께 지내게 되는데, 엔딩에서 피터팬을 제외한 네버랜드에 살던 아이들도 주인공들과 함께 현실 세계로 돌아온다.

집을 나와 어머니조차 까맣게 잊고 미아가 된 아이들. 그들에게 네버랜드는 피난처이자 어른이 되기 위한 통과 지점 같다고 생각했다.

방황하는 아이들이 마음에 평온을 찾고 다시 날아오를 수 있는 장소면 좋겠다.

염두에 두었던 곳은 물론 블루마에다. 그곳에는 가네모토 가이에게 잡아먹힐 아이들이 있다. 몸을 망치기 전에 다른 안식처를 만들어줘야 한다.

——블루마에가 아닌, 어둠 속에서 헤매는 아이들이 모이는 장소.

그것이 '네버랜드'에 담은 바람이었다.

그 후의 일은 분명 대강 짐작이 가리라.

점점 몸이 굳어가는 내겐 협력자가 필요했다.

블루마에에 넓은 인맥이 있으면서 내 사상에 찬동해 주는 자.

히로토 군을 통해 후보자 한 명을 발견했다. '창선회' 간부인 동시에 '린쿠' 씨에게 반항적인 태도를 보이는 자. 다행히 나도 아는 인물이었다.

――가네모토 쇼고. 가이의 동생이자 유일무이한 파트너.

히로토 군에게 연락처를 받은 나는 기도하는 심정으로 메시지를 보냈다. 가네모토 쇼고가 예전에 소중한 사람을 잃었다는 건 히로토 군이 알아봐 주었다.

그는 내 이념에 찬동해 주었다. 나 대신 블루마에에서 멤버를 모아 미즈이 하노나 히구치 미하루를 초대했다.

생각해 보면 대부분을 가네모토 쇼고――가네쿠라 군에게 의지하고 말았다.

애초에 기하라 신지 군을 초대한 건 나다. 가네쿠라 군에게 히구레 히로토 군이 사망했단 사실은 전해 들었다. 파트너에 관한 소문도 알려주었다. 신지 군은 소년원에 들어간 건 아니지만 내버려둘 수 없었다.

그 무렵부터 난 지팡이가 없으면 걸을 수 없게 되어 당장 휠체어가 필요한 몸이 되었다.

VR 공간에서 항시 대기하게 되었다.

목소리를 변조한 이유는 병이 진행되면 앞으로 말을 제대로 할 수 없을지도 모르기 때문이다. 혀가 다소 돌아가지 않아도 잘 알아들을 수 있도록 음성 변환 소프트를 이용해 조정했다. 방문자들이 경계하지 않도록 상냥하고 온화한 목소리로.

그렇게 너희와 함께 보낸 날들은 정말로 즐거웠다.

병세는 조금씩 진행되었다.

때때로 온몸에 격렬한 통증이 느껴졌다. 병세가 악화되면서 나타나는 증상. 돌발적으로 온몸이 깨질 것 같은 고통에 휩싸여 의식을 잃은 것만 같다. 진통제를 맞으면 한동안 머리가 돌아가지 않는다. 이윽고 병원에 입원하게 되었다.

VR 기기를 착용할 수 있는 상황이 아니라서 로그인하지 못한 날이 며칠이나 이어지고 말았다. 가네쿠라 군에게 메시지를 보냈어야 했는지도 모른다. 하지만 나는 남은 체력으로 이 문서를 작성하는 데 전념했다. 미안해. 분명 당혹스러웠겠지. 하지만 떨리는 손가락으로는 칠 수 있는 글자수에 한계가 있었으니까.

――생명이 꺼지기 전에 인수인계서를 완성해야 했다.

그리고 거기에는 이 시기에 만난 의외의 인물을 언급할 필요가 있다.

가네모토 가이가 병실에 나타난 것이다.

"새끼, 너지? 내 동생 들쑤신 거."

가이는 9월 하순에 내 병실에 찾아와 조소하듯 비웃었다.

나는 이 시기엔 이미 말을 할 수 없게 되어 노려보는 수밖에 없었다. 그저 예상치 못한 재회에 놀랄 따름이었다.

그는 자랑하듯 떠벌렸다. 블루마에에 있던 배신자는 가네모토 쇼고라는 사실을 알아냈다는 것을. 쇼고를 감금했다는 것을. 또한 아리사라는 소녀에게 관련자들의 정보를 얻어냈다는 것을. 흑막이 쓰키시마 레이시라고 추측해서 고향 연줄을 사용해 여기까지 왔다는 것을.

가이에게는 '자신을 방해하는 자 = 쓰키시마 레이시'라는 공식이 있는 듯하다. 말도 안 되는 논리였지만 사실이 그러하니 아이러니하다.

"병 때문에 곧 죽는다며? 꼴좋다."

가이가 웃는다.

유치한 폭언.

어처구니가 없어서 앞에 있는 노트북 키보드로 타자를 쳤다.

#"정답이야. 내가 '네버랜드' 관리자 팅커벨이지. 그래서? 날 비웃으려고 일부러 여기까지 온 거야?"#

"쇼를 설득해. 그럼 녀석을 풀어주지."

움직일 수 없는 나를 괴롭히려는 듯 가이는 내 가슴팍을 건드리며 슬쩍 체중을 실었다. 그다지 세게 누르진 않았지만, 그 이상으로 압박당한 느낌이 든다.

느릿한 숨이 새어 나왔다.

이제는 표정을 짓는 것조차 여의찮지만 웃음이 터져 나왔다.

#"넌 어째 변하질 않냐."#

"뭐?"

#"어른이 되려는 아이들을 방해만 하는, 평생 어른이 되긴 글러 먹은 어리석은 자식."#

가이의 손이 떨렸다. 도발에 쉽게 걸려드는 모습이야말로 어린아이 같아서 나는 이어서 타자를 쳤다.

#"쇼는 어린애가 아니야. 본인의 판단으로 움직이는 어른이야. 난 쇼에게 동료가 되어달라고 했을 뿐이지 세뇌한 게 아닌데 어떻게 설득하란 거지?"#

가네모토 가이는 아무것도 이해하지 못했다. 힘으로 찍어 누르면 모든 게 잘될 거라 생각한다. 아니면 '갱생 따윈 하지 말'고 설득하는 게 정론이라는 걸까.

#"안됐지만, 넌 아무것도 못 해. VR 공간의 모임에 폭력은 무용지물이야."#

난 떨리는 손가락 끝에 힘을 주어 엔터키를 눌렀다.

#"어른이 되길 바랄게. 나와 다르게 너한텐 가능성이 남아 있으니까."#

가이는 순간 숨을 멈춘 후, 짜증이 나는지 혀를 찼다. 내가 자기 생각대로 움직여주지 않을 거란 걸 눈치챘겠지. 이곳이 병실이 아니었다면 또 폭주했을지도 모른다.

나와 거리를 두더니 매섭게 노려본다.

"범죄자 주제에 어디서 설교야."

그 어느 때와 비슷한 대사. 저주 같은 말.

한 여자아이를 망가뜨렸다――그 죄는 사라지지 않는다. 그런 악인이 행복을 바라는 건 염치 없는 일일지도 모른다.

그래서 나는 문자를 입력한다.

#"가이, 네 말이 맞아."#

#"나에겐 행복해질 자격 따윈 없을지도 몰라. 예전에 내가 상처 준 사람은 계속 날 원망하면서 내가 불행해지길 바랄 거야."#

하지만 예전처럼 겁먹진 않는다.

내가 얼마나 사건을 진지하게 마주하며 살아왔는지 네가 아냐고.

#"그렇지만 타인의 행복을 빌어줄 권리는 나한테도 분명히 있어."#

내가 입력한 문장을 본 가이는 눈을 크게 뜨더니 아무

반응도 하지 않고 도망치듯 떠났다.

●　●　●

이것으로 내가 해줄 이야기는 다 했어.

어쩌면 지금쯤 가네쿠라 군은 곤경에 처해있을지도 모르겠네. 그렇다면 정말 미안한 짓을 했어. 이걸 다 쓰고 나면 즉시 이 문서와 함께 사죄의 메시지를 네게 보낼 생각이야. 정말 미안해.

마지막으로 이 네버랜드가 만들어진 가장 중요한 목적을 밝힐게.

——난 분명 갱생이라는 것에 도달하지 못했어.

갱생이 평생을 바쳐 증명해야 하는 거라면 남들보다 짧은 인생을 살다 가는 나로서는 도저히 이룰 수 없는 거였어. 내가 비행이나 범죄에서 손을 씻었다는 걸 증명하기 전에 내 인생은 막을 내리려고 하니까.

그래서 병명을 알게 된 후 내가 할 수 있는 건 한 가지였어.

——달라지려고 하는 누군가를 돕는 것.

나 대신 누구 한 사람이라도 비행에서 손을 씻고 살아가게 만드는 것.

그것이 일찍이 죄를 저질렀던 내가 속죄할 수 있는 유일한 방법이었어.

——'네버랜드'는 내 삶의 가치를 증명하기 위한 공간이야.

결국 자기만족일지도 몰라.

너희는 분명 죄에서 멀어진 삶을 살아가게 될 거야. 너희는 달라질 수 있어. 과거의 잘못을 직시하고 교훈으로 삼으면 돼.

난 그 일련의 흐름 속에 아주 조금이라도 공헌하고 싶었어.

만약 그 바람이 이루어진다면 난 진정으로 구원을 얻겠지.

가네모토 쇼고 군. 너한텐 늘 신세만 졌어. 형을 포기하지 않는 돈독한 우애를 존경해. 하지만 이 '네버랜드'에 있을 때 넌 예전에 형을 따르던 때보다 훨씬 활기가 넘쳤어.

기하라 신지 군, 먼저 히로토 군을 안다는 걸 비밀로 해서 미안해. 그는 연락할 때마다 네 이야기를 곧잘 했어. 개그맨이 되겠다는 꿈, 진심으로 응원할게.

히구치 미하루 군. 가네모토 군이 처음 네 이야기를 할 때 블루마에서 항상 외롭게 혼자 있는 아이라고 알려주더군. 그래서 더더욱 '네버랜드'에서 네가 웃으면 난 정말 기분이 좋아. 언제까지나 네 마음이 평온하면 좋겠어.

미즈이 하노 군. 네가 '네버랜드'에 온 후로 다 함께 보내는 시간이 한층 더 즐거워졌어. 다만 주변 사람들의 기대에 부응하려고 혼자 떠안으려 할 때가 있으니까 그럴 땐 솔직히 털어놔 줘. 직장에서도 힘내고.

이제 진짜 마지막인데, 아직 내가 '팅커벨'이라는 닉네임을 사용한 이유를 밝히지 않았네.

팅커벨은 꽤 못된 요정이야. 네버랜드에 온 아이들을 아무렇지 않게 죽이려고 할 때도 있어. 그래서 별로 좋아하지 않아.

다만 팅커벨은 아이들에게 날 수 있는 힘을 줘. 요정의 가루. '네버랜드'로 가고 싶어 하는 아이에게 힘을 줄 수 있는 건 팅커벨뿐이야. 나도 그런 존재가 되고 싶어서 팅커벨의 이름을 빌리기로 한 거야.

어쩌면 피터팬이라는 존재를 너무 싫어해서 그럴지도 모르겠어.

난 어른이 되고 싶었으니까.

7

팅커벨의 진상을 알게 된 지, 석 달이라는 시간이 흘렀다.

우리는 가네쿠라 씨의 고향 인맥을 통해 쓰키시마 레이시 씨의 본가를 알아냈고, 쓰키시마 씨의 아버지께서는 아들이 어떤 병을 앓았는지 말해주셨다. 그리고 쓰키시마 씨의 노트북에 저장되어 있던 가네쿠라 씨에게 보내는 인수인계서를 읽을 수 있었다.

팅커벨. 즉, 쓰키시마 레이시 씨가 작성한 인수인계서는 작성을 마친 직후에 쓰키시마 씨의 병세가 급변해서 가네쿠라 씨에게 전달되지 않은 것 같다.

우리는 다 함께 그 문서를 읽고 나서 쓰키시마 씨의 의지를 알게 되어 눈물을 흘렸다.

쓰키시마 씨의 병에 관한 힌트는 있었을 것이다. 애초에 VR 공간에 항시 있다는 시점에서 뭔가 사정이 있는 사람이라는 건 분명했다. '어른이 되고 싶다'는 바람은 쓰키시마 씨와 처음 만났을 때 들었다. 미리 알았더라면, 쓰키시마 씨와 함께하는 시간을 좀 더 소중히 여겼을 텐데.

——병문안은 오지 말았으면 해.

——여기 올 시간을 부디 '네버랜드'를 위해 써줘.

인수인계서 말미에는 그렇게 쓰여 있었다. 나와 가논은 그럼에도 쓰키시마 씨의 병실에 가고 싶어 했으나, 가네쿠라 씨가 완강히 반대했다. 꽤 격렬한 언쟁이 오갔지만 신지 군이 타일러서 쓰키시마 씨의 의사를 존중하기로 했다.

"우리 일이 정리되면 언젠가 병문안 가자."

나는 결정하고 승복했다.

하지만 현실은 잔혹했다.

쓰키시마 씨는 유행성 폐렴에 걸려 갑작스럽게 세상을 떠났다. 남들보다 몸이 쇠약해진 쓰키시마 씨는 폐렴을 이겨낼 힘이 없었다.

석 달이라는 시간 동안 우리에겐 많은 일이 있었다.

가장 큰 변화를 겪은 건 가네쿠라 씨. 즉, 가네모토 쇼고 씨. 헬로워크[51]의 문을 두드린 결과, 소년원 시절에 취득했던 자격증이 빛을 발해 보란 듯이 유명 전자 상점에 취직하게 됐다. 에어컨이나 세탁기를 설치하는 일이다. 선배 직원이 상당히 엄하게 지도하는 것 같지만 "형이 혼내는 것에 비하면 아무것도 아냐."라며 여유를 부렸다. 근성이 다르다.

가네모토 가이는 위법 약물 매매가 들켜 체포되었다.

"이르든 늦든 간에 체포됐을 거야. 별로 놀랍지도 않아."

쇼고 씨는 연민 어린 말투로 설명한다. '창선회'를 탈퇴한 후에도 쇼고 씨는 형과 가끔 만난 것 같지만 비즈니스에 가담하진 않았는지 참고인 조사만으로 끝났다.

"형이 출소했을 때, '난 평범하게 일하면서 만족스러운 삶을 살고 있어. 형도 슬슬 달라지는 게 어때?'라는 말을, 흔쾌히 받아들일 수 있게 해주고 싶어."

역시 쇼고 씨에게 형과 손절하는 선택지는 없나 보다. 언젠가 가네모토 가이가 갱생할 때가 올지도 모른다. 분명 쓰키시마 씨는 기뻐하겠지.

——누구나 갱생할 가능성은 있다.

그것은 가네모토 가이와의 싸움을 통해 절실히 인식한

---

51 한국의 고용복지센터와 비슷한 일본 국가기관.

점이다.

기하라 신지 군은 개그맨으로 진로를 정해, 졸업 후 양성소에 다니기로 한 모양이다. 지금은 아르바이트로 입학금을 벌면서 매일 SNS에 열심히 영상을 올린다. 여전히 나와 웃음 코드가 어긋나긴 하지만 팔로워 수도 조회수도 점점 늘어나는 추세였다.

가논. 즉, 히구치 미하루는 진학하려고 열공 중이다. 대학 문학부에 다닐지, 전문학교에 다니며 일러스트레이터를 목표로 공부할지 진지하게 고민 중인 듯하다. 신지 군에게 집요하게 진로상담을 하는지 그가 쓴웃음을 짓고 있다.

어떤 의미로 가장 큰 변화가 있었던 건 미즈레. 바로 나, 미즈이 하노다.

옷 가게 일은 이럭저럭 계속하는 중이다. 실수를 전혀 하지 않는 건 아니지만 조금씩 일이 손에 익어 고객에게 고맙다는 말을 듣는 일도 늘었다. 수습기간을 무사히 넘겨 월급도 올랐다. 그때는 너무 좋아서 삼촌과 숙모께는 케이크를 사 드렸고, 보호사 세토구치 씨에게는 고급 홍차 잎을 선물했다.

블루마에 친구인 미키와는 화해했다. 미키는 결국 부모

님께 파파카츠가 들켜서 옥신각신한 끝에 대학을 그만뒀다고 한다. 지금은 카바레에서 일한다.

"밤에 일하는 게 적성에 맞는 것 같아."

본인은 긍정적이다. 이따금 연락하며 지낸다.

참고로 미키가 말하길 '창선회' 간부가 아리사를 마음에 들어 해서 결혼을 전제로 동거를 시작했다고 한다. 그건 좀 아닌 것 같은 생각이 들지만, 본인이 선택한 길이다.

가네쿠라 씨처럼 맞고 살지는 않는 것 같아서 응원하기로 했다.

그리고 내겐 큰 사명이 주어졌다.

쓰키시마 씨의 후계자――2대 팅커벨이다.

원래는 가네쿠라 씨가 이어받을 예정이었던 것 같으나, 본인이 "내가 그럴만한 그릇이 못 돼."라며 고사했기 때문에 내게 역할이 돌아왔다.

쓰키시마 씨가 작성한 인수인계서를 읽고, 쓰키시마가 다녔다는 자조 그룹에도 얼굴을 비쳤다. '문제가 생기면 곧바로 상담하라'고 했던 변호사 선생님과 법무 교관 출신이라는 분도 강력히 권하셔서 내 방식대로 활동을 시작하기로 했다.

언젠가는 인터넷으로 멤버를 모집해서 일본 전역에 있

는 고립된 아이들을 구하고 싶다는 게 쓰키시마 씨의 목표였지만, 느닷없이 일을 크게 벌일 생각은 없다. VR 고글이 없는 아이도 많다. 빌려줄 수 있는 양은 한정적이다.

나는 꾸준히 접촉하는 방법을 선택했다.

얼어붙을 것 같은 겨울밤, 나는 일주일에 두 번, 신지 군이나 가논과 나고야 근처에 청소년들이 모일만한 장소를 돌아다닌다. 홀로 따분하게 있는 사람을 발견하면 "괜찮니?"라고 말을 걸며 손난로를 내민다. 처음에는 시비를 거는 줄 알고 오해받아 몇 번이나 위험한 상황에 놓이기도 했지만, 자주 오가자 주변 사람들도 얼굴을 기억해 '이들은 이런 활동을 하는 사람들'이라며 옹호해 주게 되었다.

곱아드는 손가락을 입김과 손난로로 데우며 거리를 걷다 보면 때때로 예전의 나와 닮은 아이를 만날 때도 있다.

그날은 눈이 내린 날이었다.

기후가 온난한 나고야에도 일 년에 며칠은 눈이 내려 거리에 있는 사람들은 곤란해하면서도 조금은 즐거운 듯한, 들뜬 표정으로 걸어간다.

하지만 사카에를 걷다가 눈을 원망하듯 노려보는 소녀가 시야에 들어왔을 때 숨이 멎었다. 지하상점가 출입구에서 망연히 하늘을 바라보는 소녀. 두 손을 코트 호주머니에 찔러 넣고 하얀 입김을 뱉는다.

추위를 피하려고 사카에의 지하에서 시간을 죽이고 있었지만, 지하상가의 영업시간이 끝나 어쩔 수 없이 지상으로 올라온 것이다. 셔터투성이인 지하상가에 언제까지고 쭈그리고 앉아 있다간 경찰의 선도 활동에 걸린다.

내가 직접 경험했던 일이다.

사카에의 상업 빌딩에서 새어 나오는 빛이 내리는 눈을 비춰준다.

나는 그 눈이 닿지 않게 우산을 쓰고 소녀에게 다가가 손난로를 내밀었다.

"여기 있으면 나쁜 어른이 와서 잡아가."

늘상 하는 멘트.

내게 손을 내밀어주었던 쓰키시마 씨처럼 가능한 한 다정하게.

"밤을 새울 거면 더 좋은 장소가 있어. 아이들이 밤에 빠져나와 도달하는, 어른들에게는 보이지 않는 환상의 나라."

잘 안다.

블루마에서 새벽을 기다리며 보내는 긴긴 시간을. 미키나 아리사와 실없는 이야기로 배를 잡고 웃으면서도 마음 한구석에 자리 잡은 불안은 사라지지 않았다. 마음을 구제할 수단은 없다. 혼자가 되면 자기혐오에 시달리며 마치 과자처럼 형형색색인 시판 감기약을 몇 알씩이나 삼킨다. '좋아요'와 '아무래도 좋아요'는 동의어다. 그걸 알면서도 빈 약봉지를 찍어 SNS에 올리고 생판 처음 보는 남자가 흑심을 품고 보내는 '괜찮니?'라는 DM을 모은다. 세상에서 가장 시시한 인터넷 라이프에 인생을 소비한다. 얻는 건 전혀 없다.

어딘가에 꿈의 세계가 있다면 데려가 주길 원했다.

설령 그곳이 전자상의 세계라 해도 이 어둠과는 다른 장소라면.

팅커벨과의 만남, 그리고 팅커벨이 맡긴 소원을 떠올리며 말을 건넨다.

"널 '네버랜드'로 초대할게."

그것이 내가 인생을 되찾기 위한 첫걸음이다.

"갱생이란 게 뭘까요?"

"저는 '갱생했다'라고 말할 수 있는 상태인가요?
소년원에서 나온 지 벌써 반년이 됐는데 비행이라고 할 만한 행동은 하지 않았거
든요. 매달 보호사와 만나고 있고 준수사항도 어기지 않았어요."

"사람들은 일반적으로 '갱생 중'이라고 표현하죠."

"맞아요. 저도 가볍게 '갱생했다'고 말해선 안 된다고 생각해요.
하지만 그렇다면 언제 어떤 상태가 되어야 그렇게 말할 수 있죠?"

"그 대답은 '평생'이라고 할 수 있겠죠."

"평생이라……. 까마득하네요."

"갱생은 평생에 걸쳐 증명해야 하는 게 아닌가 싶습니다."

– 본문 중에서

어둠 속의 비행 소년들

초판 1쇄 인쇄	2024년 7월 25일
초판 1쇄 발행	2024년 8월 20일

글	마츠무라 료야
옮긴이	조아라
펴낸곳	도서출판 아이노리
임프린트	할배책방
펴낸이	김순웅
디자인	노은하

출판등록	2018년 3월 27일 제2018-000082호
주소	서울 마포구 잔다리로 47 B1층 (서교동 373-3)
전화	02-323-4762
팩스	02-323-4764
이메일	halbaebooks@naver.com
인스타그램	@halbaebooks
ISBN	979-11-89768-68-3 03830